dtv

Bitte zurück an Konni Hannappel

Danke

W0362803

Ashby House, in der Nähe von Land's End gelegen, steht schon lange auf einer streng vertraulichen Liste der gefährlichsten Orte mit paranormaler Aktivität in Großbritannien. An diesem frostigen Januartag jedoch liegt es still und friedlich da und erwartet seine neue Besitzerin. Es ist keine Geringere als die weltberühmte Fotografin Lucille Shalott, die, nach einem schweren Unfall an den Rollstuhl gefesselt, Ashby House zu ihrem Rückzugsort und künftigen Domizil erkoren hat. Lucille reist in Begleitung ihrer Schwester Laura an, mit der sie seit jeher eine tiefe Hassliebe verbindet. Kaum angekommen, ist Lucille plötzlich wie vom Erdboden verschluckt. Laura, durch das Verschwinden der verhassten Schwester plötzlich in Zugzwang, macht sich mit Butler Steerpike auf die Suche nach ihr. Als sie in den verbotenen zweiten Stock mit dem legendären Turmzimmer vordringen, erwacht Ashby House schlagartig zu eigenem Leben und geht zum Gegenangriff über ...

V. K. Ludewig betätigte sich nach seinem Anglistikstudium u. a. als Plattenproduzent, Ghostwriter, Redakteur, Fernseh- und Buchautor. 2000 erschien sein Ratgeber ›Nur nicht aus Liebe weinen. Frust und Freuden schwuler Beziehungen‹, der zu einem Klassiker der schwulen Selbsthilfeliteratur wurde. ›Ashby House‹ ist sein Debüt als Romanautor.

V. K. LUDEWIG

ASHBY HOUSE

ROMAN

Deutscher Taschenbuch Verlag

Ausführliche Informationen über
unsere Autoren und Bücher
finden Sie auf unserer Website
www.dtv.de

MIX
Papier aus verantwortungsvollen Quellen
FSC® C019821
FSC
www.fsc.org

Originalausgabe 2012

Umschlagkonzept: Balk & Brumshagen
Umschlaggestaltung: Wildes Blut, Atelier für Gestaltung, Stephanie Weischer unter Verwendung von Fotos von plainpicture/Arcangel und Trevillion Images/Yolande de Kort
Satz: Greiner & Reichel, Köln
Gesetzt aus der Stempel Garamond 9,5/12,75·
Druck und Bindung: Druckerei C. H. Beck, Nördlingen
Gedruckt auf säurefreiem, chlorfrei gebleichtem Papier
Printed in Germany · ISBN 978-3-423-21351-6

Für Jeraldine Dvorak, für »Chris« und
für die »Hounds of Love«

PROLOG

Im Turmzimmer waren schon immer Menschen verschwunden. Daran hatte sich seit der Erbauung von Ashby House im Jahre 1845 nichts geändert, genauer gesagt: seit seiner Möblierung im Spätherbst desselben Jahres. Kaum, dass ein Schrank, ein Stuhl, ein Tisch, ein Bett, ein Spiegel im Raum waren, schien er Menschen und andere Lebewesen zu verschlucken. Gegenstände blieben von diesem Phänomen unbetroffen – es war eine unumstößliche Tatsache, dass das Zimmer nur an Warmblütern Interesse hatte. Vielleicht waren die Möbel in ihrer Zusammenstellung eine Art Portal? Denn es konnte weder an dem leeren Raum noch an den einzelnen Möbelstücken liegen – sie waren über Jahre und Jahrzehnte immer wieder ausgetauscht worden. Die Ottomane aus Kairo, das elsässische Spinett, der mit zartweißen Intarsien verzierte Sekretär, zuletzt der ovale Spiegel. Dieses prachtvolle Stück mit dem breiten, geschwungenen Goldrahmen war durch eine Jagdlandschaft ersetzt worden, die mehrere Monate das Herrenschlafzimmer verschönert und sich als unbedenklich erwiesen hatte. Im Herrenschlafzimmer war nie jemand verschwunden, ganz im Gegenteil. In manchen Nächten schienen sich Gestalten dort aufzuhalten, was man vom Korridor aus erahnen konnte, wenn man des

Nachts am Zimmer vorbeieilte und wispernde Geräusche hinter der Tür wahrnahm. Nicht, dass häufig jemand den Korridor entlangeilte – schon gar nicht nach Einbruch der Dunkelheit. Ebenso selten wurde jemand allein ins Turmzimmer geschickt, es sei denn, man verfolgte damit einen bestimmten Zweck.

Der verdachterregende Spiegel wurde zunächst in der Empfangshalle deponiert, gegenüber der Holztür mit dem abgenutzten Schloss, das einem Spukhaus alle Ehre machte. Der Schlüssel, der es öffnete, war so groß wie die Handlänge des Dorfschmieds. Verließ man das Haus, steckte man ihn besser in eine große Tasche. Niemand trug den Schlüssel gern in der Hand, denn sobald man sich wenige Schritte vom Haus wegbewegte, schien er eiskalt zu werden und mit einem öligen Film überzogen zu sein. Es konnte der Eindruck entstehen, der Schlüssel entferne sich nicht gerne von seinem natürlichen Umfeld, dem Schloss, was möglicherweise in Zusammenhang stand mit seinem ursprünglichen Standort, der nicht überliefert ist – eine von vielen Geschichten über Ashby House, die dem Vergessen anheimgefallen sind.

Nachdem der Spiegel einige Tage lang der Haustür gegenüber gehangen hatte und weder die Hausbewohner noch ihre Bediensteten verschwunden waren, galt er als sicher. Das erklärte freilich immer noch nicht, aus welchem Grund das Turmzimmer Menschen rückstandslos verspeiste, und rief die beunruhigendsten Spekulationen darüber hervor, was aus ihnen geworden war, wo sie sich nun aufhielten und wie sie sich dort wohl fühlten.

Vielleicht ging die rätselhafte Aktivität des Turmzimmers mit dem Spleen seiner Bauherrin, der früh verwitweten Lady Deborah Ashby einher, mit Stoffen und Materialien zu arbeiten, die über ein Maximum an Geschichte und Geschichten verfügten: Steine aus Ruinen kriegszerfressener Schlösser, verlassener Paläste, verfallener Stadthäuser, Felsbrocken, die – so munkelte man im Dorf – Bestandteile von Dolmen gewesen seien und sicherlich nicht ungestraft hatten entfernt werden dürfen, Türrahmen aus aufgegebenen Abteien, Beschläge aus sämtlichen Ländern des Commonwealth sowie wertvolle Fenstergläser, die das Vestibül im Arbeitszimmer schmückten. Sie seien, so behauptete zumindest Lady Ashbys stets düster gekleideter, wohlgestalteter Stiefbruder Sebastian Branwell, in China hergestellt und von einer Karawane seines Urgroßvaters mütterlicherseits, Hartley Desmond Harrington, auf die Insel gebracht worden. Lady Deborah zweifelte diese Behauptung zwar an, sah sich indes nicht genötigt, den Stiefbruder zu korrigieren, weil sie wusste, wie wichtig ihm die Lüge von der gehobenen Geburt und den abenteuerlustigen Ahnen war. Tatsächlich hatte seine Mutter Christine sich emporgeheiratet (in einem Empire-Kleid, lang bevor es wieder Mode war, Sebastian zeichnete sich schon deutlich auf ihrem Leibe ab), nachdem ihr erster Mann, Sebastians Vater Harvey, einer nicht ungelegen gekommenen Influenza zum Opfer gefallen war. Deborah verzieh ihrem Stiefbruder Sebastian nahezu alles. In ihm hatte sie den perfekten Partner für ihre Experimente gefunden, und dies honorierte sie, indem sie ihm so manche falsche Behauptung durchgehen und ihn in seinen Exzentrizitäten gewähren ließ.

Deborah und Sebastian hatten sich für ihr Zusammenleben und ihre gemeinsamen Taten ein Haus erbaut, das die Bauweisen und Inneneinrichtungen vergangener Epochen zitierte und offenbar auch den Dämonen der Vergangenheit eine neue Heimat bot. So wie in der Alchemie das Zusammentun verschiedenster Ingredienzen eine neue, andersartige Substanz erzeugt, öffnete die Zusammenstellung der Gegenstände und Materialien in Ashby House ein Tor in eine Dimension, von der wir wenig wissen, weil die, die sie bewandern, ungern Zeugnis darüber ablegen oder die Gelegenheit zur Dokumentation nicht wahrnehmen oder nicht wahrnehmen können.

Zu Deborah und Sebastians Schicksal sei nur so viel gesagt: Auf den Tag genau dreiundvierzig Jahre nach ihrem Einzug fehlte von ihnen plötzlich jede Spur. Lady Deborahs Zofe Guinevere, die in ihrer fast fünfzehn Jahre währenden Dienerschaft niemandem gegenüber hatte verlauten lassen, dass Sebastians Zimmer in all den Jahren nie benutzt worden war, entfernte die Wachsspuren auf dem Korridor zum Turmzimmer, schloss die Haustür hinter sich ab, steckte den Schlüssel in die Tasche ihres Rockes, wo er bei jedem Schritt kalt gegen ihren rechten Oberschenkel schlug, und ging geradewegs nach London, wo sie nur wenige Monate später erfolgreich ein Freudenhaus leitete, das sich auf die skurrileren Wünsche seiner Klientel spezialisiert hatte. In Guineveres linker Rocktasche befand sich eine letzte handschriftliche Notiz von Deborah an ihren Stiefbruder, worin in ihrer charakteristischen spinnennetzartigen Schrift geschrieben stand: »So iss doch wenigstens das Fleisch auf.«

Von all den Abenteuern, die Deborah und Sebastian Branwell gemeinsam erlebt hatten, nahmen sie das Geheimnis ihres allerletzten mit an den Ort ihrer Reise ohne Wiederkehr.

Doch nicht die Lebensgeschichte der Ashbys ist es, die uns vor die Tür des Turmzimmers in Ashby House bringt, sondern die Erlebnisse seiner späteren Bewohner, die über Umwege in den Besitz der ruchlosen Immobilie kamen.

TEIL 1

ANKUNFT UND ANDERE ERSCHEINUNGEN

Here we go – some things are inevitable
Carlisle

KAPITEL 1

»Das kannst du unmöglich ernst meinen, Lucille!«

Das Knirschen der Räder des Rollstuhls auf dem Kies verstummte abrupt, als Laura Shalott in der Auffahrt zu Ashby House stehen blieb. Für einen Moment blieb es still – nur die Kälte klirrte –, bis sich eine Krähe aus einem der zwölf knorrigen Apfelbäume, die den Weg säumten, erhob und ihr archaisches Krächzen ausstieß.

»Ach, sei still«, herrschte Lucille ihre entsetzte Schwester an, »und schieb gefälligst weiter. Oder willst du, dass ich erfriere?«

Tatsächlich lag die Außentemperatur an diesem Vormittag bei minus zehn Grad Celsius, und tatsächlich war es vorstellbar, dass Laura gerade über eine natürlich erscheinende Todesart für ihre Schwester sinnierte. Ein außergewöhnlich kalter Winter hatte die Insel im Griff. An diesem Januarmorgen war die Sonne gerade erst aufgegangen, und die Eiseskälte drang selbst durch die dicken Pelzmäntel der beiden Frauen. Von Westen her scheuchte der Wind feuchte Meeresluft auf, die, gefrierend, wie Stecknadeln auf die ungeschützten Gesichter der Schwestern einstach. Lauras Finger schmerzten in den dünnen Lederhandschuhen, als sie die Griffe des Rollstuhls wieder umfasste und widerwillig, übellaunig und gegen den Widerstand der Kieselsteine ihre Schwester in Richtung des Dienstboteneingangs auf der Rückseite des Hauses schob. Noch hatte man keine architektonische Lösung gefunden, die es Lucille ermöglichte, ihr neu erworbenes Haus standesgemäß durch das Hauptportal zu betreten.

»Ich kann es nicht glauben! Du kaufst ein Haus am Ende der Welt und dann auch noch so einen grotesken Kasten, der aussieht wie aus einem Schauerroman! Was hast du dir bloß dabei gedacht?«

Tatsächlich schien sich das Gebäude, dessen verwitterte graue Mauern in das Gerippe einer längst verstorbenen Weinranke gekleidet waren (oder von ihr gehalten wurden), zusammenzukauern, als wolle es sich gleich zu voller Größe aufrichten und auf seine neue Besitzerin zuspringen. Jahre des Leerstehens hatten nicht dazu beigetragen, Ashby House in einen Ort zu verwandeln, der einen willkommen hieß. Im Gegenteil, sie schienen den abweisenden Charakter des Hauses eher bekräftigt als besänftigt zu haben.

»Sei still und beeil dich. Sei froh, dass du überhaupt ein Dach über dem Kopf hast. Ich könnte ebenso gut kompetentes Personal einstellen, das sich um mich kümmert.«

Eine lapidare Antwort kam Laura in den Sinn: Wo sie recht hat, hat sie recht. Also zuckte sie die Achseln, fügte sich in ihr Schicksal und schob die lästige Schwester weiter voran durch die ungnädige Kälte, dem Haus entgegen, das nun vor den Schwestern Shalott zurückzuweichen schien. Oder woran mochte es sonst liegen, dass der Weg sich so lang streckte?

»Wann kommen die Dienstboten?«

»Ich habe sie für Mittag bestellt.«

»Mittag!«, spie Lucille aus, »bis dahin sind wir längst erfroren. Du musst dich um die Kamine kümmern.«

Laura zögerte kurz, Worte brannten auf ihren Lippen, aber sie schluckte sie hinunter.

Als habe sie die Gedanken der Schwester gelesen, höhnte Lucille: »Einmal das Aschenputtel, immer das Aschenputtel.« Sie lachte schnaubend und umkrallte mit ihren langen, dünnen Fingern, die in den beigefarbenen Handschuhen Vogelklauen nicht unähnlich waren, die Armlehnen des Rollstuhls, während die Fahrt weiterging.

Als sie das Haus umrundet hatten und der Blick auf Ashby Park freilag, zog es Laura das Herz zusammen: weiß, weiß, weiß. Ein Weiß, das von hier bis ins Nirgendwo zu reichen schien. Die Bäume und Sträucher, die Wiesen und der Teich waren mit Schnee bedeckt, der bis an den Horizont reichte und nur von dem silbriggrauen Streifen Meer durchtrennt wurde, den man in der Ferne erahnen konnte. Land's End … Ein hartes Weiß, das so strahlte, dass ihr makelloser Elfenbein-Teint unter den kupferroten Haaren zu leuchten schien, ihre grüngrauen Augen blitzten und tatsächlich zu funkeln begannen, als zwei Tränen emporstiegen. Sie hielt sie kaltschnäuzig zurück, der Kälte wegen und um ihre Schwester nicht zu bestätigen.

Lucilles Hand zitterte, als sie umständlich den Rollstuhl rangierte, um an das Türschloss zu gelangen. Sie fluchte, als der Schlüssel ihr zu entgleiten drohte, fasste ihn fester und schob ihn ins Schloss. Das Geräusch metallenen Knirschens verursachte Laura eine Gänsehaut. Als Lucille die Tür aufstieß, geschah etwas, das Laura kurz um Fassung ringen ließ. Ein Lufthauch, noch kälter als die Außentemperatur, erfasste die Schwestern und umhüllte sie einen Augenblick, um dann wie ein Seufzer weiterzuziehen.

Bevor sie ihrer Schwester ins Haus folgte, drehte sich Laura noch einmal um. Dieses seltsame Gefühl … War da jemand, der sie beobachtete? Graue Wolken hatten sich wie aus dem Nichts am Horizont formiert. Es begann zu schneien. Noch nie hatte sie sich so allein gefühlt. Verloren. Und möglicherweise verdammt.

Lauras Stimme ist schön. Einzigartig. Sie kann klingen wie ein kullerndes Kinderlachen. Wäre Lauras Anblick nicht so atemberaubend, die Menschen würden ihr wegen ihrer Stimme zu Füßen liegen. Doch das ahnt Laura nicht. Laura ist eine Gefangene ihrer Schönheit und von ihr befangen, weshalb ihre Schönheit ihr selten einen Dienst erwiesen hat. Sie hat sich keine Vorteile davon versprochen, also wurden ihr auch keine offeriert. Lauras Schönheit ist allerdings nicht völlig nutzlos. Sie öffnet die Herzen der Menschen, aber da Laura eine echte Shalott ist, misstraut sie den Herzen der Menschen.

Lauras Lachen ist bezaubernd. Laura lacht oft. Bislang hat sie sich des Öfteren aus einer Notlage herausgelacht, ein paar Herzen geöffnet. Laura ist schon oft verziehen worden. Der einzige Mensch, der Lauras Lachen für falsch hält und der darüber hinaus kein nennenswertes Herz zum Öffnen hat, ist ihre Schwester Lucille.

Nur wenige Meter trennten sie von dem Kamin in der Halle, in dem ein Feuer prasselte, an dem Lucille, immer noch im Pelzmantel, ihre Hände wärmte, während aus Lauras Mund Atemwölkchen flogen. Harker, ein Angestellter des Anwalts Peter Hawkins, der den Verkauf des Grundstückes abgewickelt hatte, war vor einigen Tagen mit drei Frauen aus dem Dorf in Ashby House gewesen, um die Möbel abzudecken und eine Grundreinigung der wichtigsten Räume vorzunehmen. Man hatte jedoch vergessen, die schweren Vorhänge zu öffnen. Als Laura sich daranmachte, Tageslicht einzulassen, stoben Staubwolken aus dem verschlissenen Brokat, und die Tasseln, die den Rand des morschen Vorhangs säumten, lösten sich und fielen zu Boden.

»Verdammt«, entfuhr es Laura, als sie einen Schritt zurückwich und sich mit blau gefrorenen Händen den Staub von ihrem schwarzen Rock wischte.

»Wie erwünscht«, kam der spitzzüngige Kommentar von Lucille.

Die großen Panoramafenster gaben den Blick auf die Auffahrt frei, die die beiden gerade entlanggekommen waren. Die Wipfel der schneebedeckten Bäume ragten wie knochige Finger Gnade erbittend in den Himmel. Unter dem Gewicht des Schnees ächzten und knarrten die Äste so laut, dass es trotz des knisternden Feuers zu hören war. »Überall in der Welt könnten wir sein, und ausgerechnet hierher musst du uns bringen.«

»Überall in der Welt könntest *du* sein. Ich muss mich auf Orte beschränken, die ich hiermit erreichen kann.« Lucille schlug mit der flachen Hand gegen das Rad ihres edlen Gefährts.

»Mä mä mä mä …«, murmelte Laura vor sich hin, während sie den letzten geschlossenen Vorhang zurückzog und sich im nun ausreichend erhellten Raum umsah, den Kamin und den Anblick ihrer Schwester davor vermeidend. Steinerner Fußboden, der bösartige Kälte abstrahlte, die unter dem Rock ihre Beine heraufkroch. Vereinzelt Teppiche mit Blumenmustern, deren Flor abgetreten war und deren einst prächtige Farben verblasst waren. Wuchtige Schränke, verziert mit Holzschnitzereien, die an Wasserspeier gothischer Kathedralen erinnerten. Und entlang der Treppe, die ins erste Geschoss führte, eine Vielzahl von Gemälden, aufgehängt in zufällig wirkender Anordnung, über denen noch die einst weißen, jetzt jedoch grauen Leinentücher hingen, mit denen auch die Möbel abgedeckt gewesen waren. War schon der Anblick dieses Raumes zu viel für Lauras Geschmack, so war es der Geruch, der diesen Ort zu einem Albtraum machte. Je mehr die vom offenen Feuer aufsteigende Wärme die alten Mauern durchdrang, desto unerträglicher wurde der Moder alter Bücher, maroder Seidentapeten und verrottender Gobelins, an denen sich Generationen von Ungeziefer schadlos gehalten hatten. Laura hatte schon jetzt genug Vergangenheit gesehen und gerochen, und sie hatte keinerlei Verwendung für die Relikte wildfremder Toter. »Es heißt nicht umsonst Alte Welt, was?«

Lucille ignorierte die Bemerkung.

Ihre Reise hatte vor zwei Wochen ihren Anfang genommen. Sie waren in New York an Bord gegangen, und Tag für Tag auf See musste sie mit ansehen, wie Lucilles Blick über die Weiten des Ozeans wanderte, um dann tief in Lauras Augen zu versinken. Ein unausgesprochener Vorwurf. Das Meer. Der »Unfall«. Laura hätte schwören können, dass Lucille dieses Ritual jeden Tag aufs Neue genüsslich zelebrierte.

Die Menschen an den Tischen tuschelten, wenn Lucille in den Raum rollte, und verstummten, wenn sie sich des Geräusches bewusst wurden, das ihr alarmiertes Gemurmel erzeugte. Dennoch oder möglicherweise gerade deshalb bestand Lucille darauf, das Essen nicht in der Kabine, sondern im Saal einzunehmen. Laura war spätestens jetzt klar, dass jede weitere Stunde, jeder Tag, jede Woche, jeder Monat, den sie in Gesellschaft ihrer Schwester verbrachte, von Sticheleien und demonstrativen Demütigungen geprägt sein würde. Sie würde sich davon befreien und irgendwo einen Raum, einen Ort des Rückzugs finden müssen.

Das Pfeifen des Wasserkessels riss sie zurück in die beklemmende Gegenwart der Küche von Ashby House. Der Raum war so groß wie das Apartment, das sie mit Lucille bewohnt hatte, als diese am Anfang ihrer Karriere stand. Dunkle Balken aus unbearbeitetem Holz spannten sich über die Decke und schienen sich in kaum feststellbaren Intervallen herabzusenken und den Raum zusammenzudrücken. Versuchte man, sie bei der Bewegung zu erhaschen, waren sie jedoch immer an ihrem alten Platz. Laura wünschte, sie hätten in ihrer Reiseapotheke ein Mittel, das ihr die Übermüdung nähme, aber ihre Schwester tendierte eher zu beruhigenden und schmerzhemmenden Medikamenten.

Die Wasserleitungen in der Küche waren eingefroren, also hatte sie ihren Mantel übergeworfen und mit einem Blecheimer Schnee geschöpft. Nachdem sie das Wasser aufgesetzt hatte, war sie durch die Räume gegangen und hatte jede verfügbare Lampe mit Petroleum gefüllt. Harker hatte einen Korb mit Utensilien, die für das Überleben in den ersten Tagen und Nächten in Ashby House vonnöten sein würden, auf der Küchentafel deponiert: Wachskerzen, Petroleum, Anmachholz sowie eine Auswahl an Lebensmitteln, angesichts derer Laura die Augenbrauen hochzog. Haferschleim entsprach nicht gerade dem, was sie sich unter einem schmackhaften Frühstück vorstellte … Von den Gaslampen erhoffte sie sich ein wenig zusätzliche Wärme, außerdem übertönte der Geruch brennenden Petroleums den penetranten Gestank, der vom Herd ausging. Es roch, als erwache etwas vor langer Zeit Verkohltes zu neuem Leben.

Laura goss den Tee auf. Wie spät mochte es sein? Und wo blieben die Dienstboten? Draußen stürmte und schneite es, und es war unmöglich, anhand der Lichtverhältnisse Rückschlüsse auf die Tageszeit zu ziehen. Sie musste zugeben, dass man bei einem solchem Unwetter nicht pünktlich sein konnte und dass sie beide Glück gehabt hatten, vor Einsetzen des Sturmes in Ashby House eingetroffen zu sein. Waren ihre Lebensgeister schon dermaßen geschwächt, dass sie freudig die Ankunft von Dienstboten erwartete, da sie eine willkommene Abwechslung und mit etwas Glück eine zeitweise Befreiung aus der Isolationshaft mit ihrer Schwester boten?

»Wo bleibst du?«, hörte sie Lucille rufen. Jetzt wusste sie, wie spät es war. Verlässlich eine Viertelstunde früher als am Vortag, als Lucille ihr Morphium verlangt hatte. Die Dosis blieb unverändert, entsprechend verkürzte sich die Wirkungsdauer der Droge.

»Ich brauche meine Medizin.«

»Komme.«

Mittagszeit also.

Lucille hatte ihren Vikunja-Schal vom Kopf genommen und ihn als stumme Aufforderung auf den Boden geworfen. Laura schob ihn unter dem wachsamen Blicken ihrer Schwester mit dem Fuß beiseite und platzierte das mitgebrachte Tablett auf einem niedrigen Tisch. »Tee?«

Wortlos griff Lucille in die Innentasche ihres Mantels, zog einen metallenen Flakon hervor, schraubte den Verschluss ab und nahm einen Schluck. Die züngelnden Flammen spiegelten sich auf der glänzenden Oberfläche. Nach einem weiteren kräftigen Schluck verstaute sie ihre Ration Bombay Sapphire wieder an ihrem gewohnten Platz.

»Morphium gefällig?« Laura präsentierte die Phiole mit einem Lächeln. »Oder lieber etwas Lau-ra-num?« Sie schüttelte die Phiole wie ein Rhythmusgerät.

»Gib schon her.«

Laura drehte sich zur Seite, setzte die Fußspitze auf den

Boden und schwenkte ihre Ferse hin und her. Wie wunderbar, dass sie ein Tanzbein hatte, das sie schwingen konnte! Lucille dagegen …

»Mach!« Wenn sie schrie, verwandelte sich Lucilles klassisch geschnittenes Gesicht in die Fratze eines Raubvogels: die gewölbte Stirn, die hohen Wangenknochen, die markante Nase, die ewas zu kurze Oberlippe, die ihre scharfen weißen Zähne freilegte, und die Mundwinkel, die sich herabzogen und dabei den Wasserspeier-Schnitzereien auf den Schränken ähnelten. Man hatte Lucilles Gesicht oft als edel und aristokratisch bezeichnet, aber Wut und Verzweiflung hatten es zu einer Maske erstarren lassen. Bitterkeit war in ihre Züge gekrochen und hatte das, was schön gewesen war, beharrlich und erfolgreich ruiniert. Auch wenn ihre Haut auf wundersame Weise faltenfrei geblieben war, war ihr anzusehen, dass sie die vierzig erreicht, wenn nicht gar überschritten hatte. (Tatsächlich war sie neunundvierzig Jahre alt, dreizehn Jahre älter als ihre Schwester, die ein Geheimnis durchaus wahren konnte, wenn sie sich etwas davon versprach. Laura tolerierte Lucilles Alterslügen, um sich selbst jünger zu machen und nicht als alte Jungfer im Schatten ihrer großen Schwester zu stehen. Sie hatte die Hoffnung, dass jemand etwas anderes in ihr sehen könnte als Lucille Shalotts kleine Schwester, noch nicht aufgegeben.) Lucilles hochgesteckte unnatürlich gelbblonde Haare waren unter dem Tuch zerdrückt worden. Einige Strähnen hatten sich gelöst. Die Anstrengungen der Reise waren ihr deutlich anzusehen, und über ihrer teuren Garderobe schwebte der Hauch einer unabwendbaren Verwahrlosung.

Laura brach das Spiel ab, das ihr schon lange keinen richtigen Spaß mehr machte, und warf ihrer Schwester die Phiole zu.

Lucille musste sich weit vorbeugen, um sie zu fangen, und fluchte zwischen zusammengebissenen Zähnen. »Miststück!«

Aus dem Sortiment möglicher Repliken wählte Laura mit Treffsicherheit:

»Krüppel!«

Bevor Lucille antworten, ja noch bevor sie die Phiole öffnen konnte, was ihr zu diesem Zeitpunkt dringlicher schien, geschah etwas, das beide Schwestern innehalten ließ. Ein klarer Schrei, so weiß wie der Schnee, zerriss die winterliche Stille, ein Schrei, gefolgt von den wütenden Lauten eines wilden Tieres.

Stockstill standen die Schwestern, wie schockgefroren in ihren Positionen, als die Flügeltüren von Ashby House zu bersten schienen. Eine Schneewolke stob herein und trug, sein langes blondes Haar aufwirbelnd, einen schmalen Mann in schwarzem Gehrock, kalkweiß in dem kantigen Gesicht mit seinen hohen Wangenknochen, blauen, vollen Lippen und aufgerissenen Smaragdaugen in die Halle.

In einer einzigen dramatischen Bewegung, die einem hingebungsvollen Fließen glich, als er der Schwestern gewahr wurde, stemmte er sich mit voller Kraft gegen die Tür und zwang sie hinter sich ins Schloss, das silbrig glänzende Biest, das im Ansprung auf ihn war, dadurch am Schädel treffend und ihm ein lautes Jaulen entringend, bevor es dumpf auf die verschneiten Steinstufen schlug, verbeugte sich vor den Schwestern und sagte mit wohlklingender Stimme: »Steerpike, Ladies. Es ist mir eine Ehre.«

KAPITEL 2

Laura traute ihren Augen kaum. Mit derselben Eleganz, mit der Steerpike erst den Angriff abgewehrt und sich dann vorgestellt hatte, war sie ans Fenster geeilt und beobachtete nun, wie sich der riesige silberne Hund benommen aufrappelte, sich der Tür zuwandte und gerade Anstalten machte, erbost zu bellen, als er die Bewegung am Fenster wahrnahm. Sein Blick traf ihren, und beiden Kreaturen sträubten sich die Nackenhaare. Laura hatte noch nie etwas vergleichbar Wildes, Ungezähmtes und zugleich Anmutiges zu Gesicht bekommen wie diesen muskulösen blausilbrigen Hund von der Größe eines Shetland-Ponys. Sein Fell war glatt und kurz wie das eines Panthers, sein Schädel schmal, und die bernsteinfarbenen Augen besaßen den gelben Schimmer eines Reptils. Als habe man ihn geschlagen, kniff der Hund den Schwanz ein, wich zurück, machte kehrt und rannte in langen, geschmeidigen Sätzen die Auffahrt hinab, bis er vom fallenden Schnee verschluckt wurde. Noch nie hatte Laura in so kurzer Zeit zwei so schöne Wesen gesehen wie Steerpike und diesen Hund.

»Verdammt – was war das?« Lucille hatte sich von ihrem Schock erholt.

»Vielleicht der Hund der Vorbesitzer?« Steerpike strich

sich den Schnee von den Schultern und schaute seine neue Arbeitgeberin mit einem schwer zu deutenden Ausdruck an. War es Neugier, Verehrung?

»Hawkins sagte, das Haus stehe seit Jahren leer.«

Laura hatte sich gefasst und war zu den beiden hinübergegangen. Lucilles Rollstuhl stand jetzt mit der Rückseite zum Kamin, und es sah fast so aus, als brenne sie in den lodernden Flammen. Das Bild hatte etwas Verlockendes.

»Entschuldigen Sie die Verspätung, Miss Shalott, aber der Weg war nahezu unpassierbar.«

»Schon gut. Schickt Hawkins Sie?«

»Sein Assistent Harker, um genau zu sein. Er erwähnte, dass Ashby House verkauft sei und die neuen Besitzer geeignetes Personal suchten.«

»Und Sie sind geeignet?«

»Nun«, er lächelte, wobei sich seine Augen ein wenig schlossen, was ihm etwas Diabolisches verlieh, »wenn Sie jemanden suchen, der den Ort wohnlich gestaltet und dazu beiträgt, Ihnen das Leben so angenehm wie möglich zu machen, dann, ja, dann bin ich wohl geeignet.«

»Sie hören sich gerne reden?« Lucille wurde sich erst jetzt wieder der Phiole in ihrer Hand bewusst. Sie öffnete sie, nahm einen Schluck und schüttelte sich.

»Verzeihung?«

»Ich bezahle Sie nicht, damit Sie reden. Ich will mein Personal nicht sehen, ich will es nicht hören. Ich will, dass es seiner Arbeit nachgeht und mich mit seiner Präsenz möglichst verschont.«

Laura hatte sich an Lucilles Seite gestellt, um Steerpike einer genauen Betrachtung unterziehen zu können. Der zweite Blick bestätigte, was der erste versprochen hatte. Der Mann war von atemberaubender Schönheit, insbesondere jetzt, da sich seine Lippen langsam wieder mit Blut füllten und den Blick auf ein leuchtend weißes, ebenmäßiges Gebiss freigaben, dessen Eckzähne spitz zuliefen wie bei einem Vampir.

Laura legte den Kopf etwas schräg und lächelte Steerpike ermutigend an, um die schroffen Worte ihrer Schwester zu mildern.

Ein leises Glimmen ging durch den Blick, den er Laura schenkte, obwohl er Lucille antwortete: »Gewiss, Miss Shalott.« Ein tiefes Ein- und Ausatmen hob und senkte seinen Brustkorb, bevor er sich wieder Lucille zuwandte: »Die Damen hatten schon Gelegenheit, sich mit dem Haus vertraut zu machen?«

»Wir sind noch nicht lange hier. Ich habe nur Feuer gemacht und –«

»Dann erlauben Sie mir, Ihnen die Räumlichkeiten zu zeigen. Insbesondere die Schlafzimmer sollten so schnell wie möglich geheizt werden. Uns steht eine eiskalte Nacht bevor.«

Lucille hatte die Führung nach der Runde durch das Erdgeschoss abgebrochen und sich in ihr Zimmer zurückgezogen, kaum dass die Wirkung des Morphiums einsetzte. Laura hatte Steerpike in die Küche geführt und ihm gegen seinen Protest, dass dies nun seine Aufgabe sei, eine Tasse Tee eingeschenkt.

»Die Handwerker sind nicht so weit gekommen, wie wir zunächst geplant hatten. Der heftige Wintereinbruch, sehr untypisch für diese Region, hat alles verzögert, und wir haben erst Mitte Februar mit Ihrer Ankunft gerechnet.«

»Ja, unsere Abreise war etwas überstürzt. Wir haben kurzfristig noch Kabinen bekommen.« Laura schaute auf ihre

Tasse und rührte den mit sechs Löffeln Zucker gesüßten Tee. Steerpikes Blick hatte mit wachsendem Amüsement den Weg ihrer Hand von der Zuckerdose zur Tasse begleitet.

»Die Transportvorrichtung in die oberen Stockwerke kann frühestens in zwei Wochen fertig gestellt werden. Deshalb haben wir für Ihre Schwester den Wintergarten in ein Schlafzimmer verwandelt. Sie haben also im ersten Stock freie Auswahl.«

»Nur im ersten Stock?«

»Hat Ihre Schwester nicht erwähnt, dass der zweite Stock zunächst ungenutzt bleiben soll?«

Es erschien ihr etwas albern, ihm zu erklären, dass sie mit Lucille selten substanzielle Gespräche führte. »Vielleicht hat sie mal so etwas angedeutet ...« Sie schenkte ihm ihr reizendstes Lächeln. »Freie Auswahl also. Welches Zimmer würden Sie mir denn empfehlen, Mister Steerpike?«

»Oh, dazu kenne ich Ihren Geschmack zu wenig. Sie haben die Wahl zwischen den Schlafräumen von Lord und Lady Ashby oder einem Gästeraum mit angeschlossenem Bad. Aber selbstverständlich kann ich für Sie auch den Grünen, den Roten oder den Javanischen Salon, das Teezimmer oder die kleine Bibliothek herrichten.«

Bei dem Gedanken an den Geruch staubiger, vergilbter Bücher rümpfte Laura unwillkürlich die Nase.

»Es sei denn, Sie möchten Ihrer Schwester näher sein, dann können wir auch gerne im Erdgeschoss –«

»Nein, das wird nicht nötig sein. Ich will Ihnen nicht zusätzlich Arbeit machen. Warum Möbel hin und her schieben? Ich nehme eines der Schlafzimmer. Haben Sie vor, den Haushalt alleine zu führen?«

»Nein, Harker wies mich an, noch eine Köchin einzustellen. Miss Marsh wird in den nächsten Tagen eintreffen. Aber die Anweisungen Ihrer Schwester waren sehr präzise.« Seine linke Augenbraue hob sich.

Die britische Skepsis in seinem Blick war fein, aber unverhohlen, und sie war frech, wenn man den Standesunterschied zwischen ihnen bedachte. Es war offensichtlich, dass Laura ihm nichts vormachen konnte. Ohnehin würde er das zerrüttete Verhältnis und den Mangel an zweckorientierter Kommunikation zwischen Lucille und ihr bemerken, wenn er sich länger als zwölf Stunden in Ashby House aufhielt. »Ja. Lucille hat gerne die Fäden in der Hand.«

»So sagt man.« Wieder erschien ihr seine Bemerkung eine Idee zu forsch, doch sie kam nicht umhin, sein dezentes Lächeln zu erwidern.

»Dann schlage ich vor, ich zeige Ihnen die beiden Zimmer.«

»Nicht, bevor Sie in Ruhe Ihren Tee ausgetrunken haben, Mister Steerpike«, sagte Laura, nahm einen Schluck des süßen, heißen Getränks und schenkte ihm ihren sanftesten Augenaufschlag. »Ein starker Tee hält Leib und Seele zusammen.« Etwas Besseres war ihr nicht eingefallen. Dass alle ihre Verführungsversuche an Steerpike verschwendet und sinnlos waren, konnte sie zu diesem Zeitpunkt freilich noch nicht wissen.

Das Herrenschlafzimmer kam für Laura schon wegen der zahlreichen Geweihe und der Wildschweinschädel, die die Wände und die düsteren Ecken zierten, sowie des ausgestopften Bären – zu voller Größe aufgerichtet, eine Tatze erhoben, die Zähne gebleckt – nicht infrage. Hinzu kam der Luftzug aus Richtung der Fensterfront. »Hier bekomme ich Albträume, das weiß ich jetzt schon.« Mehr zu sich selbst fügte sie hinzu: »Es fehlt eigentlich nur noch die Ritterrüstung.«

»Wenn Sie bitte nach links schauen würden ...«

Die Ritterrüstung.

Steerpike nahm einen fünfarmigen Kandelaber, bestückte ihn mit Kerzen und zündete sie an.

»Zeigen Sie mir lieber das Zimmer von Lady Ashby.«

»Gewiss, wie Sie wünschen. Ich bin sicher, es wird Ihnen gefallen.« Er ließ sie aus der Tür in den holzgetäfelten Korridor treten und wies ihr den Weg.

»Ehrlich gesagt, bin ich keine Freundin von alten Sachen. Ich hab es lieber neu und modern.«

»Ich fürchte, dann wird eine Umgestaltung vonnöten sein.« Er ging neben ihr den Korridor entlang und blieb vor einer Zimmertür stehen. »Hier sind wir – Lady Ashbys Gemächer. Bitte folgen Sie mir.«

Er öffnete die Tür und ließ sie eintreten. Dicke Teppiche schluckten jedes Geräusch. Steerpike durchschritt das Zimmer, zog die schweren bordeauxroten Samtvorhänge zurück und befestigte sie mit breiten goldenen Posamenten.

Auch wenn Laura jeder Vergleich fehlte, der Raum erschien ihr wie ein Edelbordell. Die Wände waren mit purpurnen Seidentapeten geschmückt, die Mahagonimöbel ebenfalls mit Purpurseide bezogen. Vor dem Fenster, das auf den Park wies, stand ein kleiner Sekretär, auf Tischen rechts und links davon waren schwere Vasen platziert. Der rechte Teil des Zimmers war mit einem Diwan und mehreren zierlichen Sesseln möbliert, dahinter hing ein monumentaler, blinder Spiegel, in dem sich zwei Gestalten schemenhaft abzeichneten und fünf Flämmchen unstet geisterten wie betrunkene Glühwürmchen. Die linke Seite wurde von einem Himmelbett beherrscht, das gut und gerne Schlafmöglichkeit für vier erwachsene Menschen bot (und möglicherweise geboten hatte). Dem Bett gegenüber befand sich ein Kamin, der genauso groß war wie jener in der Halle – man hätte ohne viel Umstände ein Wildschwein darin braten können.

»Rechter Hand finden Sie eine Tapetentür. Sie führt zum Ankleidezimmer und zum Bad.« Steerpike trat auf die kaum sichtbare Tür zu und stieß sie auf, sodass Laura einen Blick wagen konnte.

»Es hätte schlimmer kommen können.«

Steerpike nickte verständnisvoll. »Wenn Sie sich für dieses Zimmer entscheiden, kümmere ich mich um Feuer und beziehe das Bett.«

»Das wäre sehr freundlich.«

Steerpike zog seine Jacke aus, faltete sie sorgsam und legte sie auf einen violetten Samthocker. »Dann werde ich mich jetzt der Dinge annehmen, mit Verlaub.« Er schenkte ihr ein Lächeln, das seine Vampirzähne zum Vorschein brachte, und machte sich an die Arbeit.

Während Steerpike Brennholz aufschichtete, setzte Laura sich auf das Bett. Als sie den großen Spiegel über sich bemerkte, stand sie verlegen auf, ging zum Fenster und schaute über den Park hinaus aufs Meer. Obwohl ihr das Leben an einer Küste nicht fremd war, hielt der Anblick des winterlichen Atlantiks nichts Tröstliches für Laura bereit. Die dramatisch herabfallenden Klippen, die vereinzelten Bäume, die ihren Platz an der windumtosten Küste behauptet hatten und wie gramgebeugt dem Sturm trotzten – all das wirkte beklemmend. Vielleicht lag es nur an dem Unwetter oder an der Jahreszeit, vielleicht aber an der Landschaft, die etwas Archaisches, Ursprüngliches ausstrahlte hier hinter Ashby House, am Ende einer alten römischen Straße.

»Darf ich fragen, wo Sie untergebracht sind, Mister Steerpike?« Sie drehte sich zu ihm um und ließ ihren Blick über seine strammen Schultern gleiten. Die Muskulatur seiner

Oberarme zeichnete sich deutlich unter dem schlichten, aber fein gearbeiteten weißen Hemd ab.

»Ich habe ein Zimmer im ›Three Suns‹, bis der zweite Stock geöffnet wird. Dann kann ich eines der Dienstbotenzimmer beziehen.«

»Oh.« Sie legte das größte Maß an milder Enttäuschung, zu dem sie fähig war, in ihren Seufzer.

»Gibt es ein Problem, Miss Shalott?«

Mit geneigtem Kopf und leicht abgespreizten Armen, nicht unähnlich der Waldfee, die sie in ihrer Kindheit so sehr geliebt hatte, konzentrierte sie sich auf ihre zarteste Mädchenstimme. »Es ist nur so, dass …«

»Ja, bitte?«

»Mister Steerpike, die arme Lucille. Sie haben sie gesehen. Ich fürchte, sie braucht rund um die Uhr Betreuung, und ich … ich …« An dieser Stelle zog sie ein zartblaues Damasttuch aus ihrer Rocktasche und führte es an den Mund, während sich zwischen ihren Augenbrauen eine sanfte Sorgenfalte bildete und ihre Mundwinkel in leichter Abwärtsbewegung zu vibrieren begannen. Ihr Rock rauschte, als sie sich aufs Bett warf, eine kleine Staubwolke aufwirbelnd, und einen zarten Schluchzer verlauten ließ, der von dem Chinchillafell, das als Tagesdecke diente, dezent gedämpft wurde. »Ich bin am Ende meiner Kräfte, Mister Steerpike, bitte verzeihen Sie.«

In dem Szenario, wie sie es sich ausgemalt hatte, wäre es jetzt für ihn an der Zeit gewesen, zu ihr zu eilen, behutsam ihre Schultern zu umfassen und besorgt auf sie einzureden. Als nach vier Sekunden nichts dergleichen geschah, richtete sie sich wieder auf und rieb sich mit dem Taschentuch die vermeintlich tränenden Augen. »Entschuldigen Sie den Ausbruch. Die lange Reise. Die Kälte. Und dann dieses – Haus.

Ich will ganz ehrlich sein, ich fühle mich nicht gut, hier mit meiner Schwester allein. Ich hielte es für besser, wenn noch jemand im Haus wäre, der sich um Lucille kümmert. Unsere Beziehung ist momentan sehr angespannt, und ich fühle mich überfordert.« Sie rang um Fassung. Es wirkte überzeugend. »Sie braucht ständige Betreuung, und ich fürchte, dass ich ihr in diesem Zustand nicht gerecht werden kann.«

Steerpike war aufgestanden und schaute sie mit einem offenen, aber schwer deutbaren Blick an.

»Wäre es unverschämt, Sie zu bitten, das Herrenzimmer zu beziehen? Freilich will ich nicht, dass Ihnen durch unsere hastige Planänderung, die in der gegebenen Situation leider unvermeidbar war, irgendwelche Umstände entstehen.«

Kurz bevor man sein Schweigen als Beleidigung hätte auffassen können, begann er zu sprechen: »Es wird mir eine Freude sein, Ihnen zu dienen, Miss Shalott. Sobald ich das Feuer in Gang habe, gehe ich meine Sachen holen.«

Sie verbannte den Triumph, den sie verspürte, aus ihrem Lächeln, nickte ihm zu und verließ das Schlafzimmer. Auf dem Korridor ließ sie ihrem breitesten Grinsen freien Lauf.

KAPITEL 3

Am Nachmittag hatte der Schneefall nachgelassen, und das restliche Reisegepäck der Schwestern war angeliefert worden. Laura hatte den Transport der Koffer und Truhen überwacht, dabei immer ein wachsames Auge auf die Büsche und Sträucher werfend, hinter denen der Höllenhund nach Steerpikes Ankunft verschwunden war, und dann begonnen, ihre Wohnräume mit eigenen Bildern persönlich zu gestalten. Wie weit weg sie von der Heimat war, wurde ihr bewusst, als sie ein Bild ihrer verstorbenen Eltern in der Hand hielt. Sie hatte niemanden mehr, von Lucille einmal abgesehen. Ihre Freunde waren weit entfernt. Nach dem Unfall hatte es ohnehin nicht mehr viele gegeben. »Ich will nicht mehr an gestern denken«, redete sie sich zum tausendsten Male ein. An Deborah Ashbys Sekretär machte sie einen Eintrag in ihr Reisejournal:

Wir sind angekommen. Besser, ich mache das Beste aus dem, was ich habe. Bislang ist es mir noch immer gelungen weiterzumachen, wenn ich dachte, das Ende sei nahe, und aufzustehen, wenn mich mal wieder jemand zu Boden getreten hat. Ich werde mir wieder einmal selbst helfen und nicht darauf warten, dass mir ein anderer das Leben leichter macht. Und wenn er es mir erschweren möchte, wird mir schon etwas einfallen.

Laura verfügte über das neiderregende Talent, ihren eigenen Worten Glauben zu schenken. Man konnte auch behaupten, sie redete sich etwas ein. Auch im Verdrängen böser Erinnerungen und in ihrem Optimismus selbst angesichts schlechter Prognosen war sie sehr versiert. Sie überflog die frisch eingetragenen Zeilen mehrmals und rang sich ein zuversichtliches Lächeln ab.

Pünktlich um vier Uhr nachmittags servierte Steerpike den Tee in der Bibliothek. Lieber hätte sie ihn gemeinsam mit dem Bediensteten in der Küche eingenommen, aber es galt, Distanz zu wahren, jetzt, wo sie ihren Willen bekommen und Steerpike sich in Lord Ashbys zugigen Gemächern eingerichtet hatte. Ein junger Bursche mit wildlockigem schwarzen Haar, wortkarg und glutäugig, vermutlich ein Angestellter des »Three Suns«, hatte ihm geholfen, seine Taschen und Koffer nach Ashby House zu bringen. Es war erstaunlich viel Gepäck, und Laura fragte sich, ob die Truhen und Kisten Steerpikes sämtliche Habe beinhalteten.

Während Laura ihren Tee in der Bibliothek zu sich nahm (nicht ohne zuvor fast eine halbe Flasche ihres durchdringenden Gardenienparfüms zerstäubt zu haben, um den Geruch des alten Papiers zu übertönen), stärkten sich die Männer in der Küche. Da Laura in ihrer eigenen Gesellschaft selten langweilig war, inspizierte sie den Inhalt der hohen Regale. Ledergebundene Bände mit Goldprägung standen neben unordentlichen Stapeln von Notizbüchern und Kladden. Sie konnte keine Systematik in der Anordnung der Bände ausmachen und verlor bald das Interesse. Berichte über die sakralen Riten der Ebu Gogo in Java, ›Satan bei Tasso und Marino‹, Anwendungen von Naturstoffen zur Stimulierung der menschlichen Gemütszustände oder Johann Jakob Bachofens Theorien zum Matriarchat erschienen ihr keinesfalls lesenswert. Ebenso wenig die gesammelten Werke Friedrich Engels', das Jahrbuch des Deutschen Ägyptologischen Instituts, das Drama ›The Unhappy Revenge‹ von Swinburne oder Pierre Quillards Gedichtband ›La lyre héroique et dolente‹. Sie beschloss, wie zuvor dem Schlafgemach Deborah Ashleys nun auch der Bibliothek den Shalott-Stempel aufzudrücken, und machte sich daran, eine Regalfläche rechter Hand des Schreibtisches zu leeren, um sie mit eigenen Notizbüchern und Lucilles Pressemappen zu bestücken.

Nachdem sie die Bücher aus dem Regal achtlos aufgestapelt hatte, zerrte sie die schwere Bücherkiste aus der Halle in die Bibliothek und begann, die eigenen Schriften, Berichte und Notizen einzuordnen. Lucilles prall gefüllte Alben verstaute sie hastig, ohne einen Blick hineinzuwerfen. In diesen Zeiten von den ruhmreichen Tagen ihrer Schwester zu lesen war unangebracht. Neben Lucilles Pressemappen stellte sie die Journale ihrer Reisen mit Lucille an exotische Orte. Dann ergriff sie einen weiteren Stapel Hefte aus der Kiste. Es waren Lucilles Materialsammlungen. Für jeden Auftrag hatte sie akribisch Informationen und Details gesammelt, hatte fein säuberlich ausgeschnittene Zeitungsartikel, gepresste Blütenblätter und ganze Bücherseiten eingeklebt, Listen mit Charakterdetails geführt oder penible Situationsbeschreibungen und Regieanweisungen angelegt. Das letzte Heft trug die Aufschrift »Chris«. Der Name sagte Laura nichts. Es musste sich um die Materialsammlung handeln, an der ihre Schwester kurz vor ihrem Unfall gearbeitet hatte.

Gerade, als ihre Neugier geweckt und sie im Begriff war, die Seiten durchzublättern, fiel der Stapel mit Deborah Ashbys Büchern um. Laura erschrak so sehr, dass sie nach Luft ringen musste. Eines der Ashby-Bücher lag geöffnet vor ihr auf dem Parkett. Die Doppelseite erinnerte in ihrem Collage-Charakter stark an Lucilles Hefte, doch hier war etwas eingeklebt, das es in Lucilles Heften nicht gab: eine zartgeflochtene weißblonde Haarsträhne. Darüber ein Name: Lucy Gray. Trotz der Wärme aus dem Kamin begann Laura zu frieren. Lucy Gray. Der Klang dieses Namens löste in ihr ein Déjà-vu aus. Sie blätterte eine Seite weiter und erschrak. Grauen machte sich in ihr breit, als sie den Abdruck einer Kinderhand sah, daneben, in spindeldürrer Handschrift, ein Name: Hindley. Auf der gegenüberliegenden Seite war ein blassblauer Stofffetzen eingeklebt, bedruckt mit einem Muster aus Segelbooten, Edward, der Name, darunter in Schreibschrift.

Laura erhob sich, und das Journal glitt von ihrem Schoß. Sie wusste nicht, was sie hier entdeckt hatte, aber eines war klar: Dies war kein Erinnerungsalbum an glückliche Kindertage. Etwas Unheiliges lag darin verborgen. Als sie wie eine Schlafwandlerin die Bibliothek verließ, glitt sie auf einem der persischen Läufer in der Halle in eine dankbare Ohnmacht.

»Miss Shalott, Miss Shalott? Ist alles in Ordnung?«

Die Stimme kam von weit her. Eine wohlige Wärme stieg in ihr auf. Fast hätte sie sich geborgen gefühlt, da drang die Kälte des Fußbodens in ihre Glieder, und sie erinnerte sich, wo sie war. Ashby House. Land's End. Sie schlug die Augen auf und blickte in Steerpikes beunruhigtes Gesicht. Aus dieser Nähe erkannte sie die feinen Linien um seine graugrünen, ausdrucksstarken Augen. Er musste in ihrem Alter sein. »Entschuldigung – ich habe wohl kurz das Bewusstsein verloren.«

Er legte seine Arme um ihre Taille und half ihr in eine sitzende Position. »Die Erschöpfung?«

Ihr fiel das Notizbuch ein, und ein scharfer Stich ging durch ihren Schädel. »Vermutlich. Es war alles sehr anstrengend.«

»Vielleicht sollten Sie sich etwas ausruhen. Ich komme sehr gut voran.«

»Aber Lucille …«

»Ich werde noch einmal nach ihr schauen, wenn Sie möchten.«

»Sie braucht vermutlich ihre Medikamente.« Obwohl sie die Berührung Steerpikes mehr als genoss, erhob Laura sich langsam vom Boden und strich den Staub von ihrem Rock. Eine Idee rauschte an ihr vorbei (»zu gemein«) und rauschte dann wieder zurück, sodass sie sich gezwungen sah, sie umzusetzen. »Wenn ich es mir recht überlege … Sie hat in den letzten Tagen zu wenig gegessen. Vielleicht ist es besser, wenn wir mit den Medikamenten bis morgen warten.«

»Wie Sie meinen, Miss Shalott. Gibt es noch etwas, das ich für Sie tun kann?«

Ihr fielen auf Anhieb viele Dinge ein. »Danke, Mister Steerpike. Ich werde mich hinlegen.« Niemals vor der Hochzeit! Niemals mit Bediensteten! Zumindest nicht am Tag des Kennenlernens …

Sie hatte in Deborah Ashbys Heft geblättert, bis ihr die Augen zugefallen waren. Die anderen Artefakte und Skizzen waren weniger schockierend und riefen nicht das Grauen hervor, das Lucy Grays Haarsträhne in Laura ausgelöst hatte. Den Anfang machten Listen mit Angaben über Namen, Körpergröße und Gewicht. Das größte der Kinder hatte einen Meter, zehn Zentimeter gemessen. In einer Tabelle waren die Namen mit Datumsangaben versehen, und unter einer Rubrik I waren ihnen Zahlen zugeordnet, die für Laura keinen Sinn machten. Am 30.12.1863 hatte Hindley einen I-Wert in Höhe von 67, ein halbes Jahr später lag er bei 74. Zum Jahresende 1864 war er um weitere drei Punkte auf 77 gewachsen. Wofür stand der Buchstabe I? Sie wollte sich konzentrieren, war aber zu erschöpft.

Die Haarsträhne ging ihr nicht aus dem Kopf, und die Spekulationen über deren Besitzerin und was ihr wohl Grauenvolles zugestoßen war, hielten sie vom Einschlafen ab.

Ein englisches Herrenhaus im Winter, ein beunruhigend schöner Butler mit Vampirzähnen, Schneetreiben wie in einem Märchen, mysteriöse Aufzeichnungen in einem Notizbuch: Wenn Laura nichts anderes zu tun haben würde, als ihre eigenen Geheimnisse zu wahren und sich um ihre bösartige Schwester zu kümmern, dann kam ihr ein schauriges Geheimnis, das es aufzuschlüsseln galt, nicht ungelegen.

Das Knacken eines Holzscheits im Feuer riss sie aus einem ersten Schlummer. Sie war jetzt viel zu müde, um weiter über das Geheimnis der Ashbys zu grübeln. Ihr letzter Gedanke, bevor der Schlaf sie vollständig übermannte, war: »Morgen ist auch noch ein Tag.« (Sie besaß ein Lieblingskissen, in dem das Motto in Kreuzstich prangte.)

Ein Geräusch weckte sie. Das Heulen eines Hundes. Die blausilberne Bestie mit den hellen Augen? Ein Blick auf ihren Reisewecker besagte, dass es kurz nach Mitternacht war. Als Laura sich umdrehen und weiterschlafen wollte, erregte ein weiteres Geräusch – Wispern, verhaltenes Lachen? – ihre Aufmerksamkeit. Das heruntergebrannte Feuer verbreitete einen dunkelroten Schimmer. Vorsichtig einen Fuß vor den anderen setzend, schlich Laura durch den Raum und öffnete die Tapetentür zum Ankleidezimmer.

Bei der ersten flüchtigen Inspektion des Raumes war ihr

etwas entgangen, das sie jetzt in der Dunkelheit an dem Lichtstreifen auf dem Boden deutlich erkennen konnte. Das Ankleidezimmer besaß auch eine Tür zum angrenzenden Raum. Zwei Lichtpunkte zeichneten sich in der Finsternis ab. Laura näherte sich ihnen und stolperte beinahe über etwas, das am Boden gegen die Wand gelehnt war. Ein Bild. Das Bild hatte offenbar die beiden Löcher verdeckt, war irgendwann abgenommen, beiseitegestellt und vergessen worden. Sie stellte sich an die Wand und schaute durch die in komfortabler Höhe angebrachten Gucklöcher.

Was sie sah, gefiel ihr. Sie blickte in das Herrenschlafzimmer, das von einem hellen Kaminfeuer erleuchtet wurde. Auf einem überdimensionalen Tigerfell stand mit dem Rücken zu ihr Steerpike, barfuß, in Hose und Hemd. Er war im Begriff, die Knöpfe des Hemdes zu öffnen, und Laura betrachtete fasziniert den Fluss seiner Bewegungen. Sein Rücken hatte die perfekte V-Form eines Schwimmers, seine Oberarme waren muskulös, und ein praller Hintern füllte die enge Hose, die oben bereits aufgeknöpft war. Er streifte das Hemd über seine Schultern und warf es auf einen mit schwarzem Samt bezogenen Diwan, wobei er sich ein wenig nach rechts drehte und nun im Profil dastand.

Sie konnte sich nicht sattsehen: Seine schulterlangen, glatten blonden Haare, die Laura an Matrosen auf Kitschpostkarten denken ließen, seine gewölbte, glatte Brust und die sich sanft abzeichnenden Bauchmuskeln auf dem sehnigen Leib. Sandfarbene Härchen, die vom Bauchnabel herab eine schmale Linie beschrieben. Steerpike zog die Hose mit einer Eleganz herunter, wie Laura sie bei einem Mann noch nie gesehen hatte. Darunter trug er nichts. Mit einem lässigen Kick transportierte er die Hose auf einen Fußschemel, der vor dem Kamin stand. Laura sog geräuschvoll die Luft ein, als sie beobachtete, wie seine Hand sich in seinen Schritt senkte und er seinen wohlgeformten, halb erigierten Schwanz ergriff.

Anderen Frauen mochten bei solch einem Anblick die Sinne schwinden, bei Laura jedoch mobilisierten sie sich. Erregung übermannte sie, als sie beobachtete, wie Steerpike seinen Schwanz massierte. Ihr Mund wurde trocken, und ihre Knie wurden weich. Ein wohliges Gefühl strahlte von ihrem Solarplexus aus und strömte hinab, sodass es sie Überwindung kostete, sich nicht zu berühren. Doch – warum eigentlich nicht? Ihre Hand schob sich unter ihr Nachthemd, ihr Zeigefinger rieb an ihrer Klitoris, als Steerpike sich über die Rückenlehne des Diwans beugte – was hatte er vor? – und plötzlich und völlig geräuschlos der dunkle Wildgelockte aus dem »Three Suns« hinter ihm auftauchte, sich bückte und mit seinem Gesicht zwischen Steerpikes Hinterbacken verschwand, dort verweilte, einen endlos lang erscheinenden Augenblick. Nach einem wohligen Stöhnen Steerpikes richtete er sich wieder auf, zog mit einer lässigen Handbewegung seine Hose weit genug herab, um ein apfelförmiges Gesäß zu enthüllen, presste sein viel zu groß scheinendes Glied gegen Steerpikes Hintereingang und drang mit einem sanften Stoß und einem kehligen Seufzer in ihn ein. Steerpikes Hände umschlossen die Lehne des Möbels, und er legte den Kopf in den Nacken. Seine Augen waren geschlossen, und sein erregt angespannter Gesichtsausdruck löste sich. Ein Keuchen entrang sich seiner Kehle. Mit der Zunge befeuchtete er seine Lippen.

Der Schein des Kaminfeuers tanzte auf den nackten Leibern der Männer, die bald in Schweiß gebadet waren, während Steerpike sich auslieferte, dabei den eigenen Schwanz umfasste, rieb, mit Speichel benetzte und durch seine Faust gleiten ließ. Der dunkelhaarige Mann kam zuerst. Ein tiefes Stöhnen kündigte seinen Orgasmus an, und sein Rücken spannte sich weit zurück, als er sich in Steerpike entlud. Steerpike warf sich nach hinten, den Schwanz des Mannes in sich haltend, und lag rücklings auf ihm, als auch er so weit war. Sein Samen schoss in hohem Bogen aus ihm heraus, und aus seinem offenen Mund kam ein tiefer, archaischer Seufzer. Seine Vampirzähne blitzten, als seine Ladung in heißen Strömen auf die beiden Männer herabprasselte.

Fiddle dee dee, dachte Laura, da gibt es also etwas, das ich Steerpike nicht geben kann, nur um den Gedanken sofort wieder zu verwerfen, während sie sich versiert und zügig zum Höhepunkt brachte und zuschaute, wie der Dunkelhaarige in einer qualvoll erotischen und innigen Geste Steerpikes Sperma auf dessen in Schweiß gebadeter Brust verrieb.

KAPITEL 4

»Das hätte *von mir* sein können!« Ganz offensichtlich war die Wirkung des Morphiums vollständig verpufft, denn Lucille war weit genug bei Sinnen, um ihre Schwester anzuschreien.

Ein Pandämonium hatte Laura aus tiefem Schlaf und wilden Träumen gerissen. In Nachthemd und Hausschuhen war sie aus ihrem Zimmer in den Korridor gelaufen, um den Ursprung der lauten Musik zu ergründen. Die beißende Kälte kroch ihre Beine empor, als sie die Treppe hinabrannte und die Geräuschquelle im Wintergarten, Lucilles vorläufigem Schlafquartier, ausmachte.

»Könntest du dich wohl beruhigen?« Sie riss der Schwester die Fernbedienung aus der Hand und dämmte den Geräuschpegel der Dolby-Surround-Anlage auf ein erträgliches Level. Über den Plasmaschirm geisterte mit aufgerissenen Augen und leicht geöffneten Lippen das wachsbleiche Gesicht Nicole Kidmans.

»Das wäre mein Werk gewesen – die Kidman in Blond neu zu erfinden, einen Look zu kreieren, ihren neuen Lebensabschnitt zu dokumentieren. Es wäre ein ›Vanity Fair‹-Cover geworden!«

»Kein Grund, so einen Lärm zu machen. Wie viele ›Vanity Fair‹-Cover braucht eine einzelne Fotografin? Seit wann geht der Strom?«

»Seit gerade eben – der Fernseher hat sich von selbst angeschaltet.«

»Und dann ausgerechnet Nicole … Da hast du dich sicher gefreut.«

Lucilles Augen verengten sich zu Schlitzen.

Laura legte die Fernbedienung beiseite und zog das Federbett ihrer Schwester glatt. »Immer nur die Leibovitz und du. Oder besser: jetzt nur noch die Leibovitz. Der Nachwuchs verdient auch seine Chance.«

»Spar dir die Häme und mach dich lieber nützlich. Es muss doch in diesem Haus irgendwo einen Heizlüfter geben. Diese Kaminhitze ist scheußlich. Das Gesicht brennt, der Hinterkopf friert.«

»Wer wollte denn unbedingt nach England? Im Januar! Wir könnten auch irgendwo in der Karibik sein.«

»Das könnte dir so passen … Lass mich in Ruhe und besorg mir was zu essen, ich verhungere.«

Der Gedanke an ein üppiges Frühstück war auch für Laura verlockend, aber dann fiel ihr etwas ein. »Lucille, ich muss dir etwas sagen. Ich war gestern in der Bibliothek und –«

»Ich habe weder die Zeit noch das Interesse für deine Gefühlslage, Laura. Schick mir den dünnen Knaben und verzieh dich. Wenn ich etwas von dir will, dann pfeif ich.«

»Und wenn du dir nicht einen anderen Ton zulegst, Roller-Girl, dann ist bald Schluss mit dem Rausch der Sinne.«

»Vergiss nicht, wer hier am längeren Hebel sitzt, Aschenputtel.«

»Ich glaube, Hebel haben wir beide genug. Lass es nicht drauf ankommen.« Im Herausgehen griff Laura sich die Bettpfanne und warf sie Lucille auf die gefühllosen Beine.

»Töpfchen, Schätzchen!«

»Spar dir die Baby-Jane-Nummer. Dazu fehlt es dir an Größe.« Wenn sie nicht im Drogenrausch war, gewann Lucille immer den Kampf um das letzte Wort.

Sie hätte es schlimmer treffen können. Ihre Lage war unangenehm, aber nicht aussichtslos. In Los Angeles zu bleiben wäre keine Alternative gewesen. Alle Menschen, die sie dort kannte, kannte sie über Lucille. Und diese Menschen waren ihr seit dem Unfall nicht besonders gewogen. Der beste Weg war deshalb, an Lucilles Seite zu bleiben und sich um sie zu kümmern, den Anschein zu erwecken, ihre Pflege sei aufopferungsvoll. Irgendwann würde Lucille das Landleben satthaben und sich wieder ins Gesellschaftsleben stürzen. Sie würde einen elfenbeinernen Rollstuhl bei Tom Ford in Auftrag geben, möglicherweise so hoch wie ein Barhocker, um auf Partys Begegnungen auf Augenhöhe zu haben. Lucille hasste es, zu Menschen aufzuschauen, sie war eine Macherin, kein Opfer, auch wenn es momentan anders aussah. Wenn Lucille ihr irgendwann vergab, dann taten es doch auch alle anderen? Den Gedanken an die unzähligen Celebrities, die von Lucille auf ihre einzigartige Weise mit dem Shalott-Stempel versehen, inszeniert, abgelichtet und für die Nachwelt auf dem Höhepunkt ihrer Sinne und Sinnlichkeiten konserviert worden waren, schob sie beiseite.

Als Laura die Küche betrat, kam ihr Steerpike mit einem dampfenden, duftenden Tablett entgegen. Er sah übernächtigt aus. Ab einem gewissen Alter verleiht einem selbst der befriedigendste Sex nicht mehr den zarten Schmelz, mit dem er die Schönheit der Jugend krönt, sondern die sichtbaren Zeichen von Übermüdung und das Gefühl geschundener Muskeln. Laura hatte diesen Effekt recht erfolgreich mit der Einnahme hoher Dosen von Arginin und Ornithin bekämpft, die die Ausschüttung von Wachstumshormonen veranlassten. Steerpike wäre ihr für den Hinweis vielleicht dankbar gewesen, aber sie war nicht in Stimmung für Großzügigkeit.

»Guten Morgen, die Küche ist im Moment noch am wärmsten. Wenn Sie möchten, serviere ich Ihnen das Frühstück hier.«

»Danke, ich bediene mich selbst.« Sie musste auf ihren Ton achten – sie hatte für ihre Ohren zu schnippisch geklungen.

Er ließ ihr den Vortritt, sie schritt an ihm vorbei, schenkte sich eine Tasse Kaffee ein, fügte die obligatorischen sechs Löffel Zucker hinzu, nahm einen Schluck und war Steerpike trotz seines unverhohlenen Seitenblicks auf die Zuckerdose schon etwas weniger böse. Sein Kaffee war eine Offenbarung.

Das Wichtigste war, sich zusammenzureißen, sich nicht auf das Niveau der Umgebung herabzubegeben, sondern sich zu pflegen, zu schmücken, das Beste aus sich zu machen. Diese Anleitung hatte sie befolgt, seit Joan Rivers in Oprah Winfreys Show betont hatte, wie wichtig es war, sich in Lebenskrisen besonders um das eigene Erscheinungsbild zu kümmern: die Haare zu frisieren, nie ohne Strumpfhose aus dem Haus zu gehen und das Make-up nicht zu vernachlässigen – ganz besonders, wenn man eine Frau war. Also tat Laura, was sie konnte, steckte das Rothaar zu einem strengen Grace-Kelly-Dutt auf, applizierte Make-up, Eyeliner, Lippenstift, Wimperntusche und den hervorragenden Blusher einer australischen Produktlinie. Sie entschied sich für das kleine flaschengrüne Prada-Kostüm, das sie zuletzt bei einer Home-Story über Geschwister in Hollywood für das Magazin

›People‹ getragen und das sowohl ihren Teint als auch ihre Haarfarbe nahezu aggressiv zum Leuchten gebracht hatte. Abgerundet wurde das Ensemble durch einen federleichten grünkarierten Pashmina-Schal, Bestandteil einer Goodie-Bag anlässlich der ersten und letzten Kabbalah-Akquise-Party, die sie und ihre Schwester im Hause von Roseanne Barr besucht hatten. Lucille war der Erfolg haarscharf an der Scientology-Sekte vorbei gelungen – sie würde jetzt nicht freiwillig einer modischen Religion ihre hart erarbeiteten Millionen abführen, nur weil Madonna langsam die Ideen ausgingen, was sie mit ihrem Geld noch anfangen sollte. Laura hatte gebettelt, mitkommen zu dürfen, doch dann hatte Demi Moore Ashton Kutcher zu Hause gelassen, und das einzig Gute, was der Abend ihr gebracht hatte, war der Pashmina-Schal.

Nach dem erfolgreichen Bestehen eines prüfenden Blickes in den Spiegel hüpfte sie frohen Mutes die Treppe hinab und erstarrte beinahe vor Schreck, als sie sich einer Gestalt gegenübersah, wie sie nur in Grand-Guignol-Horrorfilmen und – dies würde sie in den nächsten Tagen zu akzeptieren lernen – in Ashby House vorstellbar war. Vor ihr stand, mit leicht hängenden Schultern, eine in alle Schattierungen von Anthrazit gekleidete Frau, die sie fast um Haupteslänge überragte. Sie war ungeschminkt, trug ihr aschgraues Haar in einem Zopf um den Schädel gewunden und strahlte etwas ungemein Dumpfes, Verhärtetes aus. Eine Erscheinung wie Mrs. Danvers in Daphne DuMauriers ›Rebecca‹, nur ohne jeden Funken dramatischen Glamours. Neben ihr stand ein abgewetzter, ehemals schwarzer Lederkoffer, nicht größer als eine Arzttasche.

»Ein Hund war hinter mir her, und die Tür war nicht verschlossen. Marsh. Rose Marsh. Ich bin die Köchin.« Sie hielt Laura die rechte Hand hin.

Zögerlich ergriff diese die kalte Klaue. »Ah, ja. Rose Marsh.«

Der schale Geruch von Mottenkugeln und etwas Undefinierbarem (Hautschuppen? Ungewaschene Haare? Sauerkraut?) umwaberte die grobschlächtige Gestalt. In dem ovalen Spiegel, dem die beiden gegenüberstanden, wirkte der Anblick der kantigen Riesin und der zartgliedrigen Laura noch unheimlicher. Obwohl alles andere als ängstlich veranlagt, musste Laura schlucken. Sie wich einen Schritt zur Seite, aus der Reichweite des Spiegels.

Mit Miss Marshs Einzug schien sich ein weiterer düsterer Schatten auf Ashby House zu legen. Doch Laura Shalott wäre nicht Laura Shalott gewesen, wenn es ihr nicht gelungen wäre, die Ströme negativer Energie umzulenken und für sich das Beste aus dem noch jungen Tag zu machen.

»Steeeeeerpike!«, rief sie durch das Haus, und das »-pike« knallte wie ein Peitschenhieb. »Wenn Sie der Köchin bitte ihren Arbeitsplatz zeigen würden!« Dann machte sie auf dem Absatz kehrt und verschwand ohne einen Blick zurück in der Bibliothek.

Die Aufzeichnungen Deborah Ashbys begannen im Juni 1849 und endeten zwanzig Jahre später am 30. Dezember 1869. Aus den Zahlenkolonnen war nicht schlau zu werden. Die Dokumentation des I-Wertes der Kinder war in den ersten beiden Jahren mit dem Eintrag »Stoff gemäß Mills« versehen worden. Ab 1851 änderte sich der Eintrag in »Stoff gemäß Gulch«. Zuletzt, im Jahr 1869, wurde »Durbeyfield« verwendet. Was für einen Stoff hatte man den Kindern verabreicht? Und mit welchen Resultaten außer dem Ansteigen eines gewissen I-Wertes?

Laura nahm sich die Hefte systematisch vor und machte

eine erschreckende Entdeckung. Keine der Versuchsreihen hatte länger als fünf Jahre gedauert. Die einzige Ausnahme bildete jene von Lucy Gray, deren blonde Haarsträhne Platz in einem der Notizbücher gefunden hatte. Was war aus Lucy nach dem 30. Dezember 1856 nach fast siebenjähriger Behandlung geworden? Was aus Hindley, aus Edward? Was hatte Deborah Ashley den Kindern angetan, und wie sollte Laura dies in Erfahrung bringen?

KAPITEL 5

Wenn bisher der Eindruck entstanden ist, Lucille Shalott sei erst seit ihrem Unfall übellaunig und im Umgang mit ihrer Schwester harsch geworden, so muss dieser Eindruck korrigiert werden. Lucille ist noch nie ein angenehmer Mensch gewesen, auch wenn ihr öffentlich propagierter Einsatz für diverse Charitys mitunter ein anderes Bild vermittelt. Lucille leidet unter einer Blockade des Glücksempfindens. Jeder Schritt auf der Leiter ihrer Karriere hat ihr ein Höchstmaß an Anstrengung abverlangt, und sie hat noch jeden Mitarbeiter spüren lassen, wie schwer sie diesen Einsatz bezahlt, der ihr ein Leben im Luxus ermöglicht.

Popstars, Topmodels, Filmgrößen und die Mitglieder der Königshäuser dieser Welt schätzen die Zusammenarbeit mit der visionär begabten und handwerklich unerreichten Fotografin, aber alle, die im Rang unter ihr stehen, zeichnen ein anderes Bild von ihr. (Wenn man von Naomi Campbell als »bestialisch jähzornig« bezeichnet wird, dann gewährt das einen Einblick in das Ausmaß des cholerischen Gemüts und lässt darauf schließen, wie sich erst die Assistenten, die Beleuchter, Stylisten und Make-up-Künstler fühlen müssen.) Selbst die Personal Assistants der Stars wappneten sich mit Wodka und Xanax, wenn für ihre Klienten ein Shooting mit

Lucille Shalott anstand. Die Assistentin einer dreifachen Oscar-Gewinnerin* (dazu noch deren Cousine) verbrachte nach einem mehrtägigen Shooting, in dem ihre Arbeitgeberin die wichtigsten Hitchcock-Heldinnen darstellte (Kim Novak, von Lucille verachtet, auslassend), die nächsten vier Monate im Alkoholentzug, ohne je Alkoholikerin gewesen zu sein. »Ich musste nur weg – irgendwohin, wo kein Telefon für mich klingeln konnte.«

Doch die Chefetagen der Hochglanzmagazine schert nicht die Personalführung, wenn die Fotos der Künstlerin regelmäßig die Auflagen in die Höhe treiben.

Am Anfang: Debbie Harry in einer überdimensionalen Champagnerschale, bekleidet mit nur ein Paar Rollerskates und kirschenförmigen Zopfhaltern. Der ›Rolling Stone‹ war nach drei Tagen ausverkauft – Grundstein für eine Karriere, die keine Tiefpunkte kennen sollte. Julia Roberts in der Rolle aller Figuren des ›Zauberers von Oz‹, Nicole Kidman auf den Spuren der Garbo von Mata Hari über Anna Karenina bis hin zu Königin Christine.

Neben den groß angelegten Fotoproduktionen, die Unsummen für die Ausstattung verschlangen und sich wegen ihrer Spektakularität dennoch rechneten, waren es aber vor allem die »Nacktporträts«, die Lucilles Ruhm besiegelten. Es gab Stars, die diese Serie scheuten, doch andere, die mutig genug waren, sich ungeschminkt der Großaufnahme zu stellen. Sie riskierten Entlarvung. Lucille besaß die Gabe, durch eine Frage, eine Geste oder eine Provokation in ihren Subjekten Reaktionen hervorzurufen, die auf dem Foto eine ikonische, mitunter monströse Qualität annahmen.

* Zweimal für die beste weibliche Hauptrolle, zuletzt für die beste weibliche Nebenrolle.

Als Madonna fassungslos vor dem hart ausgeleuchteten Porträt stand, in dem ihr Blick kalt, ihr Haar stumpf und ihre Seele lange verstorben wirkten, und »an artistic smash« ausstieß, auf den Louboutin-Hacken kehrtmachte und die ihr gewidmete Vernissage verließ, war Lucilles Ruf zementiert. Selbst jene Stars, die vor einer vergleichbaren Bloßstellung zitterten, kamen danach nicht mehr umhin zuzustimmen, dass ein »Nacktporträt« von Lucille Shalott den Höhepunkt ihrer Karriere bedeuten konnte. Was in den Händen dieser Ausnahme-Fotokünstlerin entstand, waren keine Fotos, sondern Bilder, Bildnisse für die Ewigkeit: echt und jung aussehend, auch dann noch, wenn Botox, Lifting oder Aufspritzung jede menschliche Regung aus einem Gesicht getilgt hatten.

Seit dem Unfall hat sich Lucille Shalott fast bis zur Unsichtbarkeit zurückgezogen. Die Gründe hierfür liegen auf der Hand, besser gesagt: ruhen auf zwei Rädern. Es sind ihre funktionslosen Beine.

Lucille hatte schon immer Verständnis für Diven, die sich zurückziehen. Auch in Marlene Dietrichs Fall war das Versagen der Beine ausschlaggebend für ihren Rückzug. Die Dietrich legte sich ins Bett und existierte nur noch auf Fernsehschirmen, in den Programmkinos von Universitätsstädten und am Telefon. Lucilles anderes Idol gab ein noch schlechteres Bild ab. Die Garbo hatte 1941 ihren letzten Film gedreht und war doch bis zu ihrem letzten Tag fotografiert worden. Es war ihr nicht gelungen, vergessen zu werden. Noch vierzig Jahre nach der Berufsaufgabe waren ihr die Paparazzi augfescheucht hinterhergerannt. Vielleicht verstand sie das als Sport, der ihre ausgiebigen Spaziergänge auflockerte. Jedenfalls ist nichts davon überliefert, dass die Garbo an Osteoporose litt – viel frische Luft, gesunde

Ernährung und Bewegung wirken in manchen Fällen Wunder.

Lucilles Lieblings-Garbo-Anekdote war allerdings auch eine Metapher auf das Warten. Während Marlene ihren Tod jahrelang bettlägerig herbeisehnte, gelang es der toten Greta nicht, unter die Erde zu kommen. Erst mehr als zehn Jahre nach ihrem Ableben wurde ihre Urne nach Schweden überführt, wo sie im kleinsten Kreis beerdigt wurde. Und selbst in diesem Moment waren die Paparazzi noch aufmerksam.

Lucille hatte ihr Verschwinden aus Hollywood genauestens geplant. Sie hatte die Damen der Townsend-Agentur beauftragt, und die hatten für sie eine Reiseroute ausgearbeitet, die auch noch den letzten Reporter abzuschütteln vermocht hatte. Den Privatjet zu nehmen stand nicht zur Debatte. Kein Flughafen der Welt hätte die Information zurückgehalten, dass die tragisch verunglückte Starfotografin auf Reisen war. So hatte Privatermittlerin Kelly Garrett stattdessen einen Krankenwagen ausgestattet wie ein First-Class-Abteil und ihn persönlich nach San Diego chauffiert. Lucille und Laura waren bis zur Unkenntlichkeit geschminkt und verkleidet nach New York weitergeflogen und hatten dort für eine Nacht im »Chelsea Hotel« eingecheckt – an dessen Standard Lucille sich mit einem Schaudern erinnert, doch das Medienaufkommen dort war gleich null. Kellys ehemalige Kollegin Jill übernahm die Betreuung der Schwestern an der Ostküste und begleitete sie an Bord der »Queen Elizabeth«, nachdem sie sowohl die Passagierlisten als auch die Mannschaft überprüft und Letztere durch die gezielte Verteilung von Banknoten zum Schweigen verpflichtet hatte.

Lucille und Laura hatten den Kontinent so verlassen, wie ihre Vorfahren ihn betreten hatten: auf dem Seeweg. Die unangenehme Kälte und der Mangel an Unterhaltungsmöglichkeiten auf der Passage schienen Lucille eine adäquate Vorwegnahme der kommenden Monate zu sein.

Ausgerechnet ›Königin Christine‹ lief im Fernsehen, als sie es sich in ihrer Kabine bequem machen wollte. Beim Schlussbild – die Garbo allein an Bord eines Schiffes, mit ausdruckslosem Gesicht einem ungewissen Ufer entgegensteuernd – waren Lucille zwei Tränen aufgestiegen. War Europa nichts anderes als ein Friedhof für Diven?

Doch sowenig sie sich gestattete, Glück zu genießen, sowenig gelang es ihr, Traurigkeit zu zelebrieren. Vielleicht waren es die Gene ihrer deutschen Vorfahren, die für Lucilles preußische Disziplin verantwortlich waren, vielleicht war es aber auch die Unfähigkeit, etwas Geschenktes als gegeben zu akzeptieren. Lucille hatte ausgiebig Leid erfahren und festgestellt, dass das Leid sich gern als Ruhebett für einen Dornröschenschlaf anbietet, dass man es jedoch besser als Sprungfeder benutzt. So presste sie die Tränen mit einem Taschentuch zurück in die Augen und nahm sich ihr Notizbuch zur Hand. Sie hatte immerhin sechs Einstellungen entdeckt, in denen Chris auftauchte.

»Mister Steerpike, wie lange, glauben Sie, wird es noch dauern, bis die Telefonleitung funktioniert?«

»Der Auftrag ist vor mehr als zwei Wochen erteilt worden. Ich rechne jeden Tag damit.«

»Ich muss dringend den Computer anschließen. Ich fühle mich wie amputiert ohne Internet.«

»Im Dorf gibt es ein Internet-Café. Möchten Sie, dass ich Sie dorthinbringe?«

Laura hatte nicht die geringste Lust, zwischen Teenagern, die Sexseiten absurften, und heimatlosen Ausländern, die keine billigere Kommunikationsmöglichkeit hatten als das Netz, in einem nach Pubertätsschweiß, Koriander und Zigaretten stinkenden Café zu sitzen und über Ashby House zu recherchieren. Wo blieb denn da die Romantik?

»Danke, nein. Aber wenn Sie bitte bei der Telefongesellschaf nachhaken könnten.«

»Selbstverständlich, Miss Shalott.«

»Und wenn Sie vielleicht Zeit hätten, sämtliche Räume zu heizen. Die Kälte sitzt in den Mauern, und wenn wir nicht einmal das ganze Haus durchheizen, dann holen wir uns alle den Tod.«

»Wie Sie wünschen.«

»Ich meine tatsächlich sämtliche Räume, Mister Steerpike. Auch die im ...«

»Im zweiten Stock?« Der Gedanke schien ihm nicht zu behagen.

»Ganz genau. Ich würde mich dort gern ein wenig umschauen.«

»Selbstverständlich, Miss Shalott, wenn Sie das wünschen. Es kann sein, dass die Zeit heute nur für den ersten Stock ausreicht, aber ich werde mein Möglichstes tun.«

Er wartete höflich weitere Anordnungen Lauras für ihn ab, und es ärgerte sie, dass er so schnell wieder seiner Arbeit nachgehen wollte.

»Das wäre im Moment alles, Mister Steerpike.«

Er nickte ihr kurz zu, wobei ihm eine Strähne seines langen blonden Haares in die Stirn fiel, die er mit einer lässigen Bewegung fortstrich. Seine schlanken Hände zierte noch ein Rest Sommerbräune. Er drehte sich um und war im Begriff zu gehen.

»Ach, und Mister Steerpike, wenn Sie Hilfe brauchen – ich verstehe, dass das Haus groß ist und vielleicht erst noch

Brennholz gehackt werden muss –, bitten Sie doch den jungen Mann, der Ihnen gestern beim Umzug geholfen hat, Sie zu unterstützen.« Sie drückte ihm einen Stapel Pfundnoten in die Hand. »Die Haushaltskasse.«

Es fiel ihm schwer, seine Freude zu verbergen. »Gewiss. Eine sehr gute Idee. Vielen Dank, Miss Shalott.«

»Und wenn Sie bitte meine Schwester mit dem Nötigsten versorgen könnten. Ich plane, heute Nachmittag ins Dorf zu fahren.«

Wie sich herausstellte, war St. Just tatsächlich nicht mehr als ein Dorf. Ein romantisches und unglaublich pittoreskes Dorf zugegebenermaßen, aber bei diesem Wetter ein kaltes romantisches Dorf, das immerhin ausgeschlafen genug war, eine effiziente Schneebeseitigung zu bewerkstelligen. Die gestern noch schwer passierbaren Straßen waren an diesem Vormittag geräumt. Der Schneesturm hatte sich in der Nacht gelegt, und heute grieselte es nur leicht.

Die Granitbauten hoben sich farblich kaum vom Winterhimmel ab. Um die Mittagszeit hatte in St. Just kaum ein Geschäft geöffnet, und so beschloss Laura, gleich bis Penzance weiterzufahren. Obwohl sie nicht wusste, für wen sie erreichbar sein beziehungsweise wen sie anrufen wollte, besorgte sie sich ein Mobiltelefon – der Gedanke, ohne Telefonleitung zu sein, machte sie unruhig.

Die Straßen von Penzance waren nicht stärker bevölkert als die von St. Just. Der für diesen Landstrich, dessen Klima eigentlich durch den warmen Golfstrom begünstigt wurde, unerwartet heftig ausfallende Winter hielt die Menschen in ihren Wohnungen fest, in denen brustschwache britische Radiatoren vermutlich auf Hochtouren liefen und in diesem Januar für einen rekordverdächtigen Stromverbrauch sorgten.

Der besondere Charme der Küste Cornwalls drang nicht zu Laura durch, was vor allem an dem verhassten Wetter lag. Ihre Küste war die Küste Kaliforniens, und die Kombination von Ozean und Schnee empfand sie als geradezu pervers. Ihre Laune wurde nicht besser, als sie feststellte, wie teuer Zigaretten in England waren und dass Informationen über kohlenhydratarme Kost es noch nicht über den Ozean geschafft hatten: kein Dr.-Atkins-Erdnussriegel weit und breit. Ihre Laune hob sich erst, als sie eine Videothek entdeckte, in der sie sich mit Hollywood-Filmen eindeckte. Zumindest die Abende waren gerettet. Ein attraktiver Mann in Yves-Saint-Laurent-Mantel (mit Silberfuchsbesatz am Revers!) hielt ihr lächelnd die Tür auf, und sie schöpfte Hoffnung, was die Stadtbevölkerung anbelangte. Sie konnte es sich nicht verkneifen, ›Moulin Rouge‹, ›Return to Cold Mountain‹, ›Dogville‹, ›The Human Stain‹ und natürlich ›Eyes Wide Shut‹ zu erstehen, bezahlte ihre DVDs und verließ den Laden.

Als sie ihre Einkäufe in dem äußerst unpraktischen Mini Cooper zu verstauen begann, der noch dazu eine Gangschaltung besaß, fiel ihr Blick auf eine Häuserwand, auf der die Aufschrift »Hawkins Solicitor« prangte. Sie lud ihre Tüten ab, verschloss die Tür des Wagens und stattete der Anwaltskanzlei, die Lucilles Hauskauf abgewickelt hatte, einen Besuch ab.

»Miss Shalott, wie schön, Sie zu sehen! Ist in Ashby House alles zu Ihrer Zufriedenheit?«

»Danke, Mister Hawkins, es könnte für meinen Geschmack ein paar Grad wärmer sein.«

»Wem sagen Sie das, wem sagen Sie das! So eine Kälte hatten wir hier noch nie. Wenn wir gewusst hätten, dass Sie so bald schon eintreffen, hätte ich Steerpike einige Tage früher geschickt, das Haus aufzuheizen. Harker, mein Name. Mister Hawkins ist gerade in Osteuropa. Wir haben Scherereien mit einem Anwesen, das wir dort verwalten.«

»Harker – ich verstehe. Hat Ihnen schon mal jemand gesagt, dass Sie eine unglaubliche Ähnlichkeit mit Keanu Reeves haben?«

Der Name sagte ihm nichts, aber ihrem Ton entnahm er, dass es sich um ein Kompliment handeln musste. »Wie charmant, Miss Shalott, ganz reizend, ganz erfrischend.«

»Das ist mein Ernst, Mister Harker. Wie aus dem Gesicht geschnitten!«

Der Mittdreißiger errötete angemessen und schenkte Laura frischen Tee ein.

»Sagen Sie, Mister Harker, wie sind Sie ausgerechnet auf Ashby House gekommen?«

»Ich verstehe nicht?« Er lächelte charmant und aufrichtig irritiert.

»Wie kamen Sie darauf, uns ausgerechnet Ashby House zu verkaufen? Sie müssen wohl Gedanken lesen können – so ein reizendes Anwesen!«

»Soweit ich weiß, Miss Shalott, hat Ihre Schwester sich ganz gezielt nach Ashby House erkundigt. Und eine hervorragende Wahl getroffen, wenn Sie mich fragen. Es gibt nur wenige Immobilien in einer solchen Lage und dann noch zu einem so günstigen Preis!«

Laura lächelte, wohl wissend, dass der Name der Käuferin den tatsächlichen Preis vermutlich noch einmal um ein Drittel gesteigert hatte. »Aber warum sollte Lucille ein Haus in einem Landstrich kaufen, von dem sie nicht einmal wusste, dass es ihn gibt?«

Sein Lächeln fiel etwas weniger enthusiastisch aus, nachdem sie seine Heimat beleidigt hatte. »Das erfahren Sie vermutlich am besten von Ihrer Schwester. Möglicherweise, aber das ist nur eine persönliche Spekulation, gehört sie zu den Millionen von Leserinnen der weltweit geschätzten Schriftstellerin Rosamunde Pilcher, die ihre Romane gern in den pittoresken Landschaften des ländlichen Cornwall ansiedelt.«

Rosamunde Pilcher. Der Name hörte sich in Lauras Ohren an wie die medizinische Bezeichnung für einen Pilz im Genitalbereich. Und wann hatte Lucille das letzte Mal einen Roman gelesen, es sei denn, sie befand sich gerade in Vorbereitung auf ein thematisches Shooting?

»Pilcher. Aha. Ich muss Lucille darauf ansprechen.« Sie wechselte das Thema.

»Wie lange stand das Haus denn schon leer? Die Inneneinrichtung scheint ja original zu sein.«

»Lassen Sie mich nachrechnen ... Das deutsche Fernsehen hat Mitte der neunziger Jahre einige klassische Cornwall-Romane verfilmt, und Ashby House ist für zwei Produktionen als Location angemietet worden. Die Ealing Studios hatten es bereits in den vierziger Jahren für Außenaufnahmen verwendet. Und davor stand es mehrere Jahrzehnte leer.« Der Advokat räusperte sich.

»So lange? Aber es ist doch sicher ein sehr begehrtes Objekt gewesen!«

»Man war sich einfach nicht einig darüber, was man mit der Immobilie anfangen wollte. Einige wollten es vermieten, andere verkaufen.«

»Einige?«

»Der Gemeinderat. Das Haus ist schon seit Langem Eigentum des Landes. Es gab keine Erben.«

»Aber dann haben sie sich schließlich geeinigt?«

»Vor die Wahl gestellt, das Haus als Museum umzubauen,

was sehr kostspielig gewesen wäre, oder es an Ihre Schwester zu verkaufen, hat man sich für letztere Variante entschieden.« Sein Lächeln schien etwas verlegen. »Die Renovierungsarbeiten, Sie verstehen. Die Ritchies hatten aus diesem Grund Abstand von dem Kauf genommen.« Dass seines Erachtens die Attraktivität der Küste Cornwalls Jahrtausende überdauert hatte, was man von keinem Geschöpf Hollywoods behaupten konnte, behielt Harker in der für ihn charakteristischen vornehmen Freundlichkeit für sich.

Obwohl sie einiges an Informationen mit auf den Weg bekommen hatte, fühlte Laura sich nicht schlauer als vorher. Sie stapfte durch den Schneematsch zu ihrem Mini Cooper, steckte den Schlüssel ins Zündschloss und startete den kleinen, kalten Wagen, den auch nur Madonna mit ihrer Liliputaner-Körpergröße bequem finden konnte. Im Schritttempo verließ sie Penzance, und je näher sie ihrer neuen Heimat Ashby House kam, desto stetiger wuchs ihre Beklemmung.

In St. Just fiel ihr ein kleines Lokal auf, das »Star Inn«. Warmes gelbes Licht drang durch die kleinen Butzenfenster nach draußen und verbreitete das einladende Flair von Landhaus und Five o' clock tea. Der Name des Lokals schien ihr Programm, und so parkte sie den Wagen direkt davor. Eine gute Gelegenheit, ihre Rückkehr ins kalte Gemäuer noch etwas hinauszuzögern und die ländliche Küche zu testen.

Sie hatte Schlimmeres befürchtet. Anstandslos und lächelnd war die rotbackige Wirtin mit der helmartigen Dauerwelle ihrem Wunsch nachgekommen, ein Rührei aus vier Eiweißen und nur einem Eigelb herzustellen. Sobald das Internet installiert war, würde Laura gigantische Care-Pakete beim Dr.-Atkins-Versand ordern. Bis es jedoch so weit war, musste sie sich selbst um ihre proteinreiche, kohlenhydratarme Ernährung kümmern. Auch wenn es keinen AAC-Wein gab (»Alles außer Chardonnay«) – der Chardonnay im »Star Inn« war schmackhaft und hochwertig. Unaufgefordert hatte ihr die Wirtin eine Tasse schwarzen Kaffee zur Rechnung präsentiert, und trotz der Vorliebe der Engländer für Tee war dieser Kaffee besser als alles, was Starbucks servierte.

Der Imbiss hatte Laura gestärkt, und sie fühlte sich gewappnet, die Heimreise anzutreten. Gerade als sie ihren Mantel anzog, öffnete sich die Tür des »Inn«, und zusammen mit einer Schneewolke und dem Duft kalter, klarer Seeluft stob ein Mann herein. Laura musste an Steerpikes Ankunft in Ashby House denken und fragte sich, ob englische Männer grundsätzlich die Naturgewalten nutzten, um einen dramatischen ersten Eindruck zu hinterlassen. Doch sie täuschte sich. Dieser Mann hatte seinen ersten Eindruck bereits gemacht. Es war der Yves-Saint-Laurent-Mantel-Träger aus Penzance, der ihr im Videoladen freundlich die Tür aufgehalten hatte. Als er sie erkannte, strahlte er sie mit funkelnden Augen und blitzenden Zähnen an – noch ein englisches Klischee, das Laura nun abhaken konnte, sein Gebiss sah gesund und wohlgeformt aus – und wuchtete einen großen Korb voller Lebensmittel auf den Tresen.

»Haben Sie in Penzance gefunden, was Sie gesucht haben?« Er fuhr sich mit den Händen durch das schwarze, an den Schläfen leicht silbrige Haar und schüttelte Schneeflocken heraus.

Ich Cathy, du Heathcliff, schoss es Laura durch den Kopf. »Oh, ja, die komplette Nicole-Kidman-Bibliothek für lange, kalte Winterabende.«

»Ah, Nicole Kidman. Eine wunderbare Schauspielerin.«

»Die beste momentan, wenn Sie mich fragen.«

»Sie planen einen längeren Aufenthalt in St. Just?«

In den Staaten hätte sie eine solche Frage, gestellt von einem Fremden, nie beantwortet, aber langsam fühlte sie sich in ihrem Inkognito sicher. »Nicht direkt im Dorf. Aber hier in der Nähe.«

»Slasher mein Name.« Er machte eine ausladende Geste, die ihn als Besitzer des Lokals etablierte. »Willkommen im ›Star Inn‹!«

»Eigentlich wollte ich gerade gehen.«

»Darf ich Sie auf einen Kaffee einladen? Der Sturm draußen ist gerade teuflisch.«

Die Wirtin nahm ihm den Korb mit den Lebensmitteln ab und schaute Laura erwartungsvoll an. Diese schob eine imaginäre Haarsträhne zurück in den Dutt, aus dem sie nicht herausgefallen war. »Warum eigentlich nicht?« Und jetzt war es an ihr, ihr perfektes Gebiss in einem Hollywood-Lächeln zu präsentieren.

Slasher war nicht nur ein ansehnlicher, sondern auch ein angenehmer Gesprächspartner. Er berichtete von der Akquise des ländlichen Lokals vor ein paar Jahren. Er hatte in London gelebt, wo er immer noch drei Tage die Woche verbrachte, und sich zum Ziel gesetzt, ein Juwel von einem Lokal in Cornwall zu eröffnen. Bei einem sommerlichen Wochenendtrip war er durch St. Just gefahren und hatte das Schild »zu verkaufen« im Fenster des Pubs gesehen. Der Name des Ortes, die Lage des Inns – all das schien ihm, so seine Worte, »just right«, und so war er einige Wochen später Eigentümer eines Landgasthofs geworden.

Während er sich mit Laura unterhielt, präsentierte die Wirtin Teller mit kleinen Leckereien, weshalb Lauras Stoffwechsel das erste Mal seit Langem eine überraschende Zufuhr von Kohlenhydraten erhielt. Es schmeckte zu gut, als dass sie Schuldgefühle aufkommen lassen wollte.

»Und, läuft der Laden gut?« Es war ihr nicht entgangen, dass sie noch immer der einzige Gast im Lokal war.

»Es könnte besser laufen, vor allem im Winter, aber ich zahle nicht drauf.«

Wenn es für einen Yves-Saint-Laurent-Mantel reichte, fiel sein Einkommen sicher ganz zufriedenstellend aus.

»Bei besserem Wetter ist mehr los. Die Einheimischen müssen die Fünfzehn-Jahre-Frist abwarten, in der ein Zugereister als ortsansässig gilt, und die Touristen sind in dieser Jahreszeit nicht sehr zahlreich. Das gegenwärtige Wetter hilft auch nicht.«

»Also, eine neue Kundin haben Sie. Das Essen und der Kaffee sind wirklich exzellent! Es ist bestimmt nicht das letzte Mal, dass ich mich hier blicken lasse.«

»Das hoffe ich sehr, Miss …«

»Laura, nennen Sie mich einfach Laura.«

»Gerne«, er schenkte ihr ein Strahlen und reichte ihr die Hand. »Ich bin Hector.«

»Hector, wenn ich jemanden bräuchte, der mir etwas mehr über Land und Leute und über die Architektur in dieser Gegend erzählt – an wen sollte ich mich Ihrer Meinung nach wenden?«

Er schwieg bedeutungsvoll, aber nicht übertrieben lange. Sein Timing war von gnadenloser Perfektion.

»Laura, ich würde vorschlagen, Sie wenden sich vertrauensvoll an mich. Ich habe mich mit meiner Umgebung sehr vertraut gemacht.«

Als sie im Licht der Autoscheinwerfer, in dem die Schneeflocken hysterisch tanzten, die schweren, schmiedeeisernen Tore zur Auffahrt von Ashby House öffnete, zerrte der Sturm an ihren Kleidern. Doch Laura spürte weder die aggressiven Böen noch die Kälte des Metalls in ihren Händen, im Gegenteil, ihr war angenehm warm zumute. Ihre gesamte Wahrnehmung war durch ein sonniges inneres Glühen gefärbt. Den kalbgroßen silbergrauen Hund sah sie erst, als im Licht der Scheinwerfer seine Augen grell aufblitzten und er sich bereits so weit genähert hatte, dass sie nur die Hand hätte ausstrecken müssen, um seinen Schädel zu berühren, der sich auf Höhe ihres Bauchnabels befand. Für den Bruchteil einer Sekunde fror, während die beiden Kreaturen sich gegenseitig fixierten, das Bild ein. Selbst die Schneeflocken verharrten in ihrem Tanz, in der Erwartung, welche Art von Leben in dieses Standbild fahren würde.

KAPITEL 6

Dies ist ein guter Zeitpunkt, einige Informationen über Lauras emotionale Disposition preiszugeben. In dem Fach »Gefühle« ist unsere Heldin versiert. Hass, Neid, Missgunst – die gesamte Klaviatur an Emotionen ist bei ihr nicht nur angelegt, sondern ganz besonders ausgeprägt vorhanden. Was Laura von den meisten anderen schlechten Menschen unterscheidet, ist die Tatsache, dass diese Regungen bei ihr an einen unverwüstlichen Optimismus gekettet sind.

Um ihr den brutalen Umgang mit ihrer gehbehinderten Schwester zu verzeihen, braucht sie dringend einen Sympathiepunkt. Aber woher nehmen? Sie ist die betörende Frau im Schatten, sie ist steter Quell von Ärger. Was soll sie auch anderes bringen als Ärger, wenn alle Erwartungen, die man an sie stellen könnte, durch den Triumph ihrer Schwester schon mehrfach übererfüllt wurden? Lucille ist Lucille Shalott. Laura ist ihre Schwester. Das muss reichen.

Bei all dem Überfluss an üblen Unterströmungen besitzt Laura dennoch etwas, das man Herz nennt, womit jedoch nicht das Organ gemeint ist, das Blut durch den Körper pumpt. Wenn Laura Böses schafft, dann immer aus der wagemutigen Hoffnung heraus, am Ende möge alles gut werden. Für sie selbst und manchmal auch für die, die ihr nahestehen. Sie strengt sich an, sie bemüht sich, und vielleicht ist es diese sichtbare Anstrengung, die Männer abschreckt und die Laura zielstrebig in die Arme der am wenigsten zu ihr passenden Vertreter des anderen Geschlechts treibt. Trotz ihrer Schönheit, ihrer guten Umgangsformen, ihres beachtlichen Repertoires an sexuellen Tricks und Kniffen und trotz ihrer naiven Durchtriebenheit hat Laura noch nie die Worte »Ich liebe dich« gehört. Noch nie. »Traurig, aber wahr« wäre an dieser Stelle nicht nur eine Beleidigung, sondern auch eine maßlose Trivialisierung. Denn auch wenn sie die Liebe in ihrem Umfeld immer wieder hat sich aufbäumen und vergehen sehen, so trägt die kleine Schwester Shalott eine innere Sehnsucht mit sich herum, die manchmal an ihr zerrt wie das Heimweh eines kleinen Kindes, welches das erste Mal ohne seine Eltern ist.

Dass sie Heimweh hat nach einem Ort, den sie nicht kennt, macht es ebenfalls nicht leichter. Niemals würde sie sich eingestehen, dass es dieses Gefühl ist, das einen gemeinsamen Nenner mit einer Spezies bildet, die ihr verhasst ist: den Lucille-Shalott-Verehrern. Was den Fans der Star, das ist Laura die Liebe. Würde sie sich dies eingestehen, dann müsste sie konsequenterweise feststellen, dass ihre Vorstellungen von der Liebe ebenso romantisiert und fehlerhaft sind wie die Vorstellungen, die die Bewunderer von Lucille haben.

*

Wenn Sie in diesem Bericht so weit gekommen sind, ohne ein Fünkchen Sympathie für Laura zu verspüren, dann wird sich dies im weiteren Verlauf kaum ändern.

*

Möglicherweise wird das Zusammentreffen mit Hector Slasher Lauras Leben beträchtlich verändern. Die drei gewichtigen Worte werden fallen. Doch das weiß Laura zu diesem Zeitpunkt noch nicht. Ebenso wenig weiß sie, dass Hector Slasher ihr nicht nur gewachsen, sondern durchweg ebenbürtig ist. Vielleicht steuert sie auf den gewaltigsten zwischenmenschlichen Zusammenprall ihres Lebens zu. Vielleicht aber hat Laura zum ersten Mal in ihrem Leben einen Mann getroffen, der zu ihr passt. Würden Sie es Ihr gönnen?

Ein unbefangener Betrachter hätte in der Szenerie fast so etwas wie Gemütlichkeit ausmachen können. In der Bibliothek prasselte ein Feuer (dezent platzierte Radiatoren, die nach frisch ausgepacktem, erhitztem Plastik rochen, trugen überdies ihren Teil zur Erwärmung bei), diverse Tiffany-Lampen verbreiteten ein warmes, weiches Licht, Holzbalken erwachten durch die aufsteigende Hitze aus ihrem Dornröschenschlaf und kommentierten die Störung mit Knirschen und Knacken. Lucille hatte sich aus dem Rollstuhl gewuchtet und saß, die Beine hochgelegt, auf einem Sofa, um die Schultern und über die Beine hatte sie sich Decken aus Kaninchenfell gelegt. Auf einem Beistelltisch dampfte es aus einer Teekanne. Sie hatte gerade so viel Morphium genommen, dass sie tief entspannt und dennoch ausreichend konzentriert war, ihre Aufzeichnungen zu überarbeiten. Vielleicht war ihr Equilibrium teilweise auf die Abwesenheit ihrer Schwester zurückzuführen.

Die Wirkung der Droge hatte Lucilles Gesichtszüge verändert. In diesem Licht wäre sie als Endzwanzigerin durchgegangen. Steerpike konnte nicht umhin, sie für eine gestohlene Sekunde bewundernd anzuschauen, bevor er die Tür zur Halle hinter sich zuzog und sich seiner Arbeitgeberin näherte. Sie schaute zu ihm auf, und er erinnerte sich an die erste Arbeit, die er von ihr in einem Hochglanzmagazin gesehen hatte. Johnny Depp, Brad Pitt und Robert Downey jr. als Matrosen in einer Hafenlandschaft, die – doch das konnte der damals zwölfjährige Steerpike noch nicht wissen – eine Hommage an die schwülstig-bunte Bilderwelt James Bidgoods war, den Lucille verehrte. Fasziniert hatte er ihre Karriere weiterverfolgt. Nicht nur Lucilles Fotos fanden eine getreue Anhängerschar, auch die eisige Blondine selbst.

»Steerpike, sagen Sie – besteht die Möglichkeit, dass die Anbringung des Treppenlifts beschleunigt wird?«

»Ich werde mein Möglichstes tun, Miss Shalott. Aber wie ich Ihrer Schwester schon sagte –«

»Sagen Sie mir nicht, was Sie meiner Schwester gesagt haben«, ihre Stimme war ruhig, der Ton fast freundlich, »Ihre Arbeitgeberin bin ich.«

»Sehr wohl. Ich habe bereits mit der beauftragten Firma gesprochen, und man wird mich morgen wissen lassen, wann mit der Installation begonnen werden kann.«

Motorengeräusche und das Prasseln von Kies in der Auffahrt lenkte die Aufmerksamkeit der beiden auf die Fenster, in denen sich jedoch nur der Raum spiegelte. Lucille seufzte.

»Sie können das in die Küche tragen und mir einen Gin Tonic bringen.«

Steerpike nahm das unangerührte Teetablett und zog sich zurück.

Lucille schob ihr Notizbuch unter die Decke und streckte sich. Ein kalter Windzug stahl sich durch die Türritzen, als die Eingangstür sich öffnete, und verlor sich, als sie sich wieder schloss. Das Geräusch von Stiefeln näherte sich der

Bibliothekstür. Laura fing schon an zu reden, bevor sie die Tür geöffnet hatte.

»Du sitzt hier wie ein Zoo-Affe im Käfig. Man kann dich meilenweit sehen.« Sie öffnete die Tür. »Ist das nicht etwas unvorsichtig?« Laura betrat die Bibliothek und schüttelte das Tuch aus, mit dem sie ihre Haare bedeckt hatte. Ein gigantischer Schatten folgte ihr, trottete bis zur Mitte des Raumes und verharrte, als er Lucilles ansichtig wurde.

»Was ist DAS?«, spie Lucille entsetzt aus.

Laura ging zu dem Hund, lächelte und tätschelte seine Flanke. »Wonach sieht es für dich aus?«

»Du kannst doch nicht einfach –«

»Lucille, bitte. Ich bin nicht gewillt, eine Diskussion mit dir anzufangen. Der Hund bleibt. Ein Wachhund kann in dieser Einöde überhaupt nicht schaden. Und das ist doch ein eindrucksvolles Exemplar. Nicht wahr, mein Junge?«, fügte sie hinzu und kraulte dem Tier, das wohlig mit dem Schwanz schlug, den Nacken.

Laura ließ sich in einen Sessel gegenüber des Kamins fallen und hielt ihre Hände zum Aufwärmen in Richtung des Feuers. Dann bedachte sie das Tier mit einem scharfen Seitenblick. »Mowgli – Platz!« Der Hund folgte ihrer Anweisung und streckte sich zu ihren Füßen aus.

»Mowgli …«, murmelte Lucille. »Was für ein blöder Name für den gottverdammten Hund von Baskerville.«

»Und du siehst aus wie die seltsame Gräfin.«

»Du bringst Edgar Wallace und Arthur Conan Doyle durcheinander. Und bist zu alt, schnippisch zu sein. Das passt nicht zu den Falten entlang deiner Nasolabialregion, die sich zunehmend vertiefen.«

»Und zur Strafe schickst du mir den Frosch mit der Maske aus dem Gasthaus an der Themse mit dem indischen Halstuch der Weißen Frau?« Laura schloss die Augen, genoss die Wärme des Feuers auf ihrem Gesicht, und ein Lächeln legte sich über ihre Züge. Eine angenehm stille halbe Minute verging.

»Wir sollten überall dieses Licht haben.«

Lucilles erste freundliche Bemerkung in zwei Monaten.

»Es wischt dir zehn Jahre vom Gesicht.«

»Wrinkle, wrinkle, little star …«, begann Laura leise zu singen, doch der Lärm, der jetzt losbrach, beendete ihren kleinen Operettenmoment. Im selben Augenblick, in dem Steerpike die Tür zur Bibliothek geöffnet hatte, war der Hund aufgesprungen und in drei gigantischen Sätzen auf den Angestellten zugesprungen. Mit angelegten Ohren, wild knurrend, mit zurückgezogenen Lefzen, die seine gefährlich großen schneeweißen Fangzähne entblößten, hockte er in Angriffsposition vor dem Mann, aus dessen Gesichtszügen alle Farbe gewichen war.

»Er tut nichts!«, rief Laura, sprang auf und eilte zu ihrem neuen Haustier. Erst als sie ihm freundlich die Flanke getätschelt und ihm das Kommando »Ab« erteilt hatte, war er zu seinem Schlafplatz nahe ihres Sessels zurückgetrottet und hatte sich anstandslos und ohne einen Blick zurück auf dem Boden ausgestreckt.

»Er will uns nur beschützen.«

Lucille, die den Anblick von Elend nur schwer ertragen konnte, hatte Steerpike angewiesen, dafür zu sorgen, dass Rose Marsh die Küche möglichst nicht verließ. So blieb selbst das Servieren des Abendessens Steerpike überlassen. Er schnitt das Fleisch eines saftigen Rollbratens auf und bediente die Schwestern Shalott.

»Wo bist du gewesen?«

»Im Dorf, in der Stadt. Keine Sauce für mich, bitte!«

Steerpike schaute erstaunt, legte dann aber die Kelle zurück neben die Saucière. Laura nahm ihre Low-Carb-Diät sehr ernst, zumindest wenn Hector Slasher nicht anwesend war.

»Und – wie gefällt dir das Land? Was hast du für einen Eindruck?«

»Kalt und vereinsamt. Ich habe kaum Menschen gesehen. Außer Harker, das ist der Assistent deines Anwalts.«

»Ich kenne den Namen des Assistenten meines Anwalts.«

»Na, manchmal bin ich mir nicht so sicher, was du in deinem Morphiumnebel noch so mitbekommst.«

Lucille schwieg und hielt ihr Weinglas empor, auf dass Steerpike nachschenkte.

»Willst du mich einfach so provozieren oder hast du einen Grund?«

»Seit wann brauchen wir einen Grund?«

Die erstaunliche Ehrlichkeit und Authentizität des Gesagten brachte beide für eine Weile zum Verstummen. Die Schwestern widmeten ihre Aufmerksamkeit dem Braten und den nicht minder schmackhaften Beilagen, Rosenkohl und Kartoffel-Birnen-Püree.

»Weshalb hast du dich eigentlich für Ashby House entschieden, Lucille?«

»Mir gefiel der Name. Und der Ortsname.« Eine knappe Pause verlieh dem Folgenden Prägnanz: »St. Just.«

Laura ging auf die Bemerkung nicht ein. »Was weißt du von den Ashbys?«

»Dass sie das Haus erbaut und hier gelebt haben. Warum willst du das wissen?«

»Wir schlafen in ihren Betten, sitzen auf ihren Sesseln, essen von ihren Tellern.«

»Und, Goldlöckchen?« Lucille spießte einen Rosenkohl

auf, roch genüsslich daran und schob ihn sich in den wie immer perfekt geschminkten Mund. Sie wusste, wie sehr ihre Schwester das Geräusch von Zähnen auf Metall verabscheute, und gab sich besondere Mühe, es zu erzeugen, als sie die Gabel aus dem Mund zog.

Laura zuckte zusammen und verzog ihr Gesicht wie vor Schmerz. »Das sind die Gabeln von Toten. Von alten Toten …«

»Lang Verstorbene.«

»Es kommt mir langsam vor, als seien wir mit ihnen begraben.« Nachdem sie sich diese Tatsache vergegenwärtigt hatte, schob Laura den Teller beiseite, nahm einen großen Schluck kalifornischen Zinfandel und fügte hinzu: »In einem Haus voller altem, modrigem Ramsch, wie eine Gabkammer mit Beigaben.«

»Das sind exquisite Antiquitäten. Allein schon diese Lampe dort drüben«, Lucille deutete mit dem Messer auf ein scheußliches Messingungetüm mit bröselndem bordeauxroten Brokatschirm, »ist ein Vermögen wert.«

»Aber wie bist du ausgerechnet auf dieses Haus gekommen? Wieso überhaupt Europa?« Laura hatte nie begriffen, was amerikanische Prominente wie Lemminge in die Alte Welt zog – außer vielleicht, um dort zu sterben, bereits, wenn der Zenith erreicht, ihr Haltbarkeitsdatum abgelaufen war. Das europäische Exil erschien ihr so sinnvoll wie eine Lachswanderung, die in einer Bärenpfote oder, wie im Falle Gwyneth Paltrows und Madonnas, mit Fortpflanzung endet.

»Intuition?«, lautete die nicht ganz ernst gemeinte Erklärung.

»Wovon haben die Ashbys überhaupt gelebt?«

»Keine Ahnung. Wahrscheinlich vom Geld ihrer Familie.«

»Darf ich Ihre Frage beantworten?« Steerpike hatte Lauras Glas unaufgefordert gefüllt.

»Warum nicht?« Lucille war ganz auf ihren Braten konzentriert.

»Tatsächlich war die Familie sehr wohlhabend, zumindest Deborah Ashbys Seite. Deborah und Sebastian waren Stiefgeschwister. Die Ashbys haben ihr Geld mit Zink- und Kupferminen gemacht, Sebastian Branwell war Forscher. Er verbrachte viel Zeit auf Studienreisen, auf denen ihn seine Stiefschwester zu begleiten pflegte.«

»Typisch Commonwealth. Sie reisen um die Welt und nennen es Forschung. Dabei lassen sie sich einfach gern von Negern bedienen«, höhnte Laura.

»Wer kann es ihnen verdenken?«

»Die Preiselbeeren, bitte.«

Steerpike streckte die Hand aus, doch Laura, in dem Bestreben, ihn einmal nicht spüren zu lassen, dass er der Bedienstete war, kam ihm zuvor. Er lächelte sie zögerlich an. Lucille beäugte den Blickwechsel mit Skepsis.

»Die beiden blieben unverheiratet, Mister Steerpike?«, erkundigte sich Laura.

»Ja, Miss Shalott.«

»Also auch kinderlos?«

»Gewiss, Miss Shalott.«

»Es gab im Haus also keine Kinder?«

»Darf ich nachschenken, Miss Shalott?« Steerpike flog mit der Flasche förmlich um den Tisch.

»Ich wollte gerade darum bitten, Steerpike, sehr aufmerksam.« Lucille leerte ihr halb volles Glas in einem Zug und hielt es Steerpike zum Nachschenken hin.

Laura musterte die beiden erstaunt. »Wieso habe ich das Gefühl, dass ihr mir nicht antworten *wollt*?«

Doch Lucille hob nur die linke Augenbraue, und Steerpike blickte betreten auf seine einwandfrei polierten Stiefelspitzen.

In dieser Nacht erwachte Laura nicht, sie befand sich in tiefen, schweren Träumen. Barfüßige Kinder tollten über die schneebedeckten Wiesen in Ashby Park. Sie trugen Blumenketten im Haar, lachten und warfen sich bunte Bälle zu. War ihnen gar nicht kalt? Sie fassten sich an den Händen und tanzten Ringelreihen. Der Wind riss ihnen die Worte von den Lippen und zerrte sie fort über den schiefergrauen Atlantik. Laura stand unter einer Trauerweide und wurde plötzlich sehr, sehr müde. Sie musste sich setzen. In den Schnee, er war gar nicht kalt …

Und dann träumte sie, dass sie träumte. In ihrem geträumten Traum tat sich wenige Meter vor ihr ein Erdloch auf, und Mowgli senkte seinen Kopf hinein. Er knurrte. Wie von einem unterirdischen Magneten angezogen, tanzten die Kinder zu diesem Erdloch, zuerst Lucy Gray, die ein reizendes und betörend duftendes Bouquet aus Maiglöckchen am Kragen ihres weißen Leinenkleides trug, dann Hindley, dann Edward. Die Namen der anderen Kinder – es waren etwa ein Dutzend – kannte sie nicht. Sie hielten sich an den Händen, tanzten um die Vertiefung und wurden schneller, schneller, immer schneller … Die physikalischen Gesetze waren auf den Kopf gestellt, die Fliehkraft drückte die Kinder nach innen, nicht nach außen, und wieder war Lucy die Erste. Etwas griff nach ihr, etwas zog sie in den Kreis, ihre blonden Haare flatterten, der Maiglöckchenstrauß wurde von ihrem Kleid gerissen, verschwand in der Tiefe, Lucys Gesicht zeigte Bestürzung und Angst, die Füße voran fuhr sie hinab, das Letzte, was von ihr zu sehen war: eine blonde Haarsträhne.

Die anderen Kinder tanzten weiter, angstvoll jetzt, doch unfähig, sich zu lösen, bis der Nächste in den Kreis stürzte und, von einer unsichtbaren Kraft angesogen, in die Tiefe sauste.

Der Hund kam wieder in Lauras Blickfeld, er legte die Ohren an und starrte auf den Wirbel. Es waren keine Menschen mehr zu erkennen, nur noch eine rasende Masse, die um einen Punkt zirkulierte. Als begriffe nun auch der Letzte, dass das Spiel vorüber war, erhob sich aus dem Wirbel ein Schrei, kläglich, sehnend, voller Schmerzen, riss ab, wurde von einem saugenden, schmatzenden Geräusch übertönt. Ein weiterer Schrei, das bunte Tosen des Wirbels und dann das Gebell des Hundes, das Laura weckte.

Sie befand sich in ihrem Schlafzimmer. Es war still. Etwas zog sie aus dem Bett, eine magnetische Kraft. Ohne ihre Schuhe anzuziehen, folgte sie diesem inneren Impuls. Sie brauchte das Licht nicht anzumachen, sie kannte den Weg. Dem Gang folgend, die Galerie entlang immer weiter bis zur Treppe, die in den zweiten Stock führte. Sie spürte nicht die Kälte an ihren Füßen, sondern schritt voran wie eine Schlafwandlerin. Setzte einen Fuß auf die erste Stufe und schaute nach oben. Dunkelheit.

Sie betrat die Treppe, und die erste Stufe knarrte unter ihrem Gewicht. Langsam einen Fuß vor den anderen setzend, erklomm sie die Stufen. Etwas stieß an ihren Kopf, sie unterdrückte einen Schrei und duckte sich. Grauen erfüllte ihren ganzen Körper, bis sie entdeckte, dass sie lediglich gegen die Holzplatte gestoßen war, mit der der zweite Stock unzugänglich gemacht worden war. Etwas schien zu ihr zu reden, sie fühlte sich aufgefordert, in die Tasche ihres Morgenmantels zu greifen, und kam der Aufforderung nach. Ihre Hand umschloss Metall. Ein Schlüssel. *Der* Schlüssel. Mit zitternder Hand tastete sie nach dem Schloss, setzte den

Schlüssel an, führte ihn ein. Er drehte sich mit einem Krächzen. Mit beiden Armen stemmte sie sich gegen die schwere Holzplatte und schob sie nach oben. Undurchdringliche Finsternis.

Dann geschahen zwei Dinge auf einmal. Über ihr setzte ein ohrenbetäubender Lärm ein: Etwas – ein Gegenstand, ein Wesen? – schien mit großer Wucht auf den Boden zu fallen und auf ihren Kopf zuzurollen. Gleichzeitig setzte der Hund am Fuß der Treppe zu einem rasenden Gebell an.

KAPITEL 7

Die zweite Traummauer war eingerissen worden. Nach Atem ringend fuhr Laura in ihrem Bett hoch. Was ihr der Traum als rasendes Gebell verkauft hatte, war nichts als ein dumpfes Knurren. Mowgli lag vor ihrem Bett, den Kopf nach oben gerichtet, und knurrte die Decke an. Sie folgte seinem Blick und nahm die Decke in Augenschein, als könne sie durch sie hindurch in den zweiten Stock schauen und erkennen, was den Hund alarmiert hatte. Für eine Weile verharrten Hund und Mensch in dieser Position. Dann, als habe er seine Warnmission zufriedenstellend absolviert, stellte Mowgli sein Knurren ein, legte den Kopf wieder auf den Boden und schloss die Augen.

Es war ein Uhr nachts. Der Traum, beide Träume waren so intensiv, so greifbar gewesen, dass Laura sich scheute, sich wieder hinzulegen. Der Gedanke, wieder einzuschlafen, ängstigte sie plötzlich. Sie war immer mit einem gesunden Schlaf gesegnet gewesen – Albträume waren ihr unbekannt. Selbst in der Zeit nach Lucilles Unfall hatte Laura sich auf die Wunderwirkung eines erholsamen Schlafes verlassen können. Umso schlimmer war es für sie, dass sie ihre Hochburg, den sanften Traum, der nicht nur die Gerechten ereilt, offenbar eingebüßt hatte. Zwei Nächte in Ashby House hatten vollbracht, was mehr als dreißig Jahre wilden, aufregenden Lebens zuvor nicht vermocht hatten. Der Schlaf war kein Hafen mehr.

Sie öffnete eine Flasche Evian, trank einen Schluck, legte sich eine Felldecke um die Schultern, ging zum Kamin und warf ein paar Holzscheite in die Glut. Was hatte den Hund aufgestört? Sie schob den Gedanken beiseite, vermutlich gab es Ratten im zweiten Stock. Vielleicht hatte der Wind ein Fenster oder eine Tür zugeschlagen. Doch jetzt war gewiss nicht der richtige Zeitpunkt, um über Geheimnisse zu spekulieren, für die es ganz bestimmt rationale Erklärungen gab. Geben musste.

Gern hätte sie ein Buch gelesen, aber sie wusste, dass sie die nötige Konzentration nicht würde aufbringen können.

Ihr Blick fiel auf den Stapel DVDs, die sie am Nachmittag in Penzance gekauft hatte. ›The Others‹ – kein Wunder, dass sie von gespenstischen Kindern geträumt hatte. Doch diese Erklärung brachte auch nicht die ersehnte Erleichterung. Noch immer verursachten ihr die Traumbilder Beklemmungen. Sie nahm sich vor, am Vormittag eine Expedition in den zweiten Stock zu unternehmen, um die Geister zu verscheuchen, die ihr den Schlaf raubten. Für kurze Zeit spielte sie mit dem Gedanken, sofort hinaufzugehen. Aber im Wachzustand brachte sie weniger Mut auf als im Traum. Sie hatte zu viele Gruselfilme gesehen, in denen die Heldin mit einer Kerze um Mitternacht in Spukhäusern umherirrt. Selten eine gute Idee. Praktisch nie.

Kaum hatte sie den Plan gefasst, den Geistern bei Tageslicht und mit Rationalität zu trotzen, ging es ihr besser. Eine kalifornische Sorglosigkeit (hätte sie einen Körper, ein Wesen, es wäre jenes der Belinda Carlise) keimte in ihr auf und brachte sie auf andere Gedanken. Wie von dünnen Fäden der

Lust, der Sehnsucht, der Neugier gezogen, machte sie sich langsam und leise auf den Weg ins Ankleidezimmer. Wie am Vorabend drang auch jetzt Licht durch die beiden Gucklöcher in der Wand. Steerpike lag auf dem Bett, bedeckt nur mit einem dünnen Laken, und rauchte eine Zigarette. Neben ihm schlief sein junger Freund. Irgendetwas an Steerpikes Haltung wies darauf hin, dass auch er in dieser Nacht nicht zur Ruhe kam: der Winkel, in dem sein Kopf auf der Nackenrolle ruhte, oder die Art und Weise, wie er mit der linken Hand den Ellbogen des rechten Armes umfasste.

Entspannt sieht anders aus, dachte Laura sich.

Da war es wieder! Der Hund reagierte sofort, und auch Steerpike zuckte erschrocken zusammen. Sein Blick wanderte nach oben. Ganz klar ein schleifendes Geräusch im zweiten Stock. Dann, o mein Gott, schaute er zu ihr, als könne er sie durch die Wand sehen. Unwillkürlich trat Laura einen Schritt zur Seite und riss dabei das Bild um, das früher einmal die Gucklöcher verdeckt hatte und nun laut umkippte. Hatte er sie gesehen? Doch das war jetzt egal, wieder wurde im zweiten Stock etwas über den Boden gezerrt.

Lauras Neugier überflügelte ihre Angst, und sie ging zurück in ihr Schlafzimmer und öffnete die Tür zum Korridor. Ein paar Meter weiter öffnete sich ebenfalls eine Tür, und Steerpike stand mit einem Kerzenleuchter in der Hand auf dem Gang.

»Was war das?«

»Ich habe keine Ahnung.«

Mowgli schob sich an ihr vorbei, und sein beachtliches Gewicht ließ sie beinahe straucheln. Sie musste sich am Türrahmen abstützen, um nicht zu stürzen. Der Hund ignorierte Steerpike, der automatisch einen Schritt zurückgewichen war und den Leuchter wie zur Abwehr vorstreckte. Mowgli nahm Witterung auf, und sein Nackenfell sträubte sich. Mit der Vorsicht eines Raubtieres schlich er geduckt den Gang hinab in die gleiche Richtung, die Laura in ihrem Traum eingeschlagen hatte.

Steerpike war an ihrer Seite, als Laura dem Hund zu folgen begann. Der Galerie entlang näherten sich die drei Gestalten der Treppe zum zweiten Stock. Die unterste Stufe knarrte, als sie ihre Füße daraufsetzten, und die Anbringung der Deckenplatte war genau so, wie Laura es im Traum gesehen hatte. Unwillkürlich griff sie in ihre Tasche. Ihr wurde eiskalt. Ihre Finger schlossen sich um einen Gegenstand aus Metall. Und noch bevor sie denken konnte, dass sie gleich das Bewusstsein verlieren würde, fiel sie in Ohnmacht.

Sie lag auf ihrem Bett. Ihre Hand hatte sich um etwas gekrampft, das sich bei näherer Betrachtung als ein Flaschenöffner entpuppte.

»Miss Shalott, sind Sie in Ordnung?«

Steerpike war so nah über ihr, dass sie ihn riechen konnte. Kalter Zigarettenrauch und ein Hauch Givenchy pour Homme überlagerten frischen Schweiß, dessen Geruch Lauras Hormonsystem zum Wirbeln brachte.

Als er sah, dass sie wieder zu sich kam, lehnte er sich zurück, blieb aber auf der Bettkante neben ihr sitzen.

»Danke – ich muss wohl …«

»Sie sind umgefallen wie ein Stein. Ich hatte Angst, dass Sie sich verletzt haben.«

Sie begann sich zu recken und zu strecken und stellte mit größter Erleichterung fest, dass sie sich nichts getan hatte.

»Es scheint soweit alles in Ordnung zu sein, danke sehr.«

»Kann ich etwas für Sie tun?«

»Nicht nötig.« Sie setzte sich auf und merkte, dass ihr

schwindelig war. Offenbar hatte sie sich den Kopf gestoßen. »Steerpike, was war das für ein Geräusch?«

»Ich kann es mir ebenso wenig erklären wie Sie.«

»Das kann kein Tier gewesen sein, dazu war es viel zu laut.«

»Sie würden sich wundern, was für einen Lärm ein Marder machen kann. Wer weiß, was wir alles aufgescheucht haben, als wir das Haus durchgeheizt haben …«

»Marder. Ich verstehe. Haben Sie vielleicht eine Zigarette für mich?«

Er zog eine Schachtel Springfields aus seinem Morgenmantel, reichte sie ihr und gab ihr Feuer.

Ein leichtes Vanillearoma stieg ihr in die Nase. Es war ihr erster Zug seit Langem, und er verursachte einen angenehmen Schwindel. Die Warnhinweise auf der Schachtel waren in einer fremden Sprache. Polnisch? Tschechisch? »Nehmen Sie sich ruhig auch eine.«

Er zündete sich eine Zigarette an, inhalierte tief und blies die Rauchwolke nach oben. Unter Kaliforniern hätte das gemeinsame Rauchen ein Gefühl von Solidarität ausgelöst. Doch Steerpikes würdevolle Zurückhaltung erstickte das ersehnte Pyjama-Party-Feeling im Keim.

»Was hat Ihnen so eine Angst gemacht? Darf ich das fragen?«

Sie schaute ihm nicht in die Augen, es war ihr peinlich. »Wohl so eine Art Déjà-vu.«

Er überlegte kurz. »Machen Sie sich keine Gedanken. Wissenschaftler haben herausgefunden, dass das Gefühl des Déjà-vu auf einer biochemischen Reaktion, einer zufälligen Ausschüttung von Botenstoffen, basiert und auf nichts verweist, das in der Realität passiert ist.«

Sie schaute ihn an. Er schien es ernst zu meinen. Sich keine

Gedanken zu machen war nie ein guter Vorschlag. Gedanken stellten sich grundsätzlich von selbst ein, man konnte sie nicht einfach abbestellen wie ein Zeitschriften-Abonnement. Mit biochemischen Reaktionen hatte sie Erfahrung, außerdem reagierte ihre Biochemie gerade heftig auf sein Pheromon-Layout und signalisierte Paarungsbereitschaft. Und ihr Déjà-vu-Erlebnis, ob wissenschaftlich erwiesen oder nicht, war tatsächlich eines gewesen. Sie hatte im Traum die Treppe und den Holzverschlag gesehen und in der Wirklichkeit beides wiedererkannt. Sogar das Vorhängeschloss war dasselbe. Und in diesem Augenblick hatte ihre Biochemie das einzig Richtige getan: sich nicht mit der Ausschüttung von Déjà-vu-Botenstoffen aufgehalten, sondern ihr per Ohnmacht eine Verschnaufpause gewährt.

Sie drückte ihre Zigarette auf einer Untertasse aus. »Ich möchte mir morgen den zweiten Stock ansehen.«

»Aber sollten wir nicht –«

»Mit Ihnen, Steerpike, oder ohne Sie.«

Das war eindeutig der Moment für Steerpike, vom Bett aufzustehen und die eigenen Gemächer aufzusuchen. Die Audienz war beendet.

Als sie sich wieder zu Bett legte, spürte sie einen fast physischen Druck: Ashby House hatte sich wie ein Sukkubus auf ihre Brust gesetzt.

»Du hassssst ja kaine Ahhhnung, wie schöin Du bist, Berlin …«

Laura war kein Fan von Lucilles Marlene-Dietrich-Imitation, aber sie war dennoch erleichtert, die Schwester gut gelaunt zu sehen. »Na, ein Kurzausflug in die ›Freudlose Gasse‹?«

»Du hassst ja kaine Ahhhhnung«, sang Lucille weiter.

»›Die freudlose Gasse‹ ist Pabst in den Zwanzigern, Garbo, nicht Marlene. Die Milch, bitte.« Lucilles Filmkenntnisse waren enzyklopädisch, was ihr in ihrer Arbeit sehr zugute gekommen war. Ihre Starmodelle fühlten sich selten mehr geschmeichelt, als wenn die Fotografin sie in die Goldene Zeit des Hollywood der Dreißiger und Vierziger zurückversetzte, als die Stars noch Götter waren.

Laura reichte ihrer Schwester das Milchkännchen und fragte sich, ob in Lucille eine Art *regressus ad uterum hollywoodiensem* einsetzte. »Gut geschlafen?«

»Wie ein Baby.«

Offenbar war der Lärm aus dem zweiten Stock nicht bis zu Lucilles Schlafzimmer vorgedrungen. Vielleicht war Lucille aber auch völlig zugedröhnt gewesen. »Und, was sind deine Pläne an diesem schönen Tag?« Es war in der Tat ein gleißender Sonnentag. Der Schnee leuchtete blauweiss, sodass man selbst hinter der Fensterscheibe die Augen zusammenkneifen musste. Der Tag war so knusprig wie ein Doris-Day-Album aus den Mittfünfzigern oder fabrikfrische Cornflakes. »Vielleicht ein Rolli-Rennen durch das Erdgeschoss?«

»Ärgere mich nicht, sonst zwinge ich dich, mich eigenhändig nach oben zu tragen.« Lucille lächelte Laura maliziös, aber nicht völlig lieblos an. »Spaß beiseite. Ich bin in der Bibliothek und mache mit meinen Aufzeichnungen weiter.«

»Deine mysteriösen Aufzeichnungen.«

»Daran ist nichts Mysteriöses.« Mit Pokerface schlug Lucille ihr Ei auf.

Das Vermeiden von Blickkontakt verriet Laura, dass ihre Schwester etwas vor ihr verbarg. Sie würde ein wenig hinter ihr her spionieren. Aber das war erst der zweite Tagesordnungspunkt. »Steerpike und ich werden heute nach oben gehen.«

Lucille hielt eine Sekunde zu lange inne.

»Weshalb das? Hat er nicht genug zu tun?«

»Ich bin nur neugierig. Will mich einfach umschauen.«

»Könnt ihr damit nicht warten?«

»Warum warten? Es ist ja nicht gerade so, dass es hier wahnsinnig viele Möglichkeiten gibt, den Tag herumzukriegen.« Die Tatsache, dass nicht nur Steerpike, sondern auch Lucille gegen die geplante Expedition waren, bestärkte Laura in ihrem Vorhaben.

»Wie du meinst. Dann nehmt aber wenigstens die Videokamera mit, damit ich mir nachher anschauen kann, was ich gekauft habe.«

Lucilles Wunsch nach einer Live-Übertragung der Bilder aus dem zweiten Stock hatte das Inspizieren der Räumlichkeiten nun tatsächlich in eine Expedition verwandelt. Steerpike hatte sich angeboten, die DV-Kamera zu schultern, Laura hatte in der Küche eine schwere Stabtaschenlampe gefunden (die man notfalls auch als Schlagwaffe einsetzen konnte, aber diesen Gedanken hatte sie nicht formuliert) und sich eine Werkzeugtasche umgeschnallt.

Lucille schickte die beiden auf den Weg, als die Technik eingerichtet war und die Live-Übertragung über den Plasmaschirm ihres Fernsehers lief. Jetzt, wo sie zumindest virtuell anwesend sein konnte, machte ihr das Vorhaben gute Laune.

Das Vorhängeschloss hatte Steerpike binnen Sekunden mit einem Dietrich geöffnet. Als er die Platte hochstemmte, schlug den Expeditionsteilnehmern kalte, schale Luft entgegen. In Lauras Earpiece knisterte es kurz, dann herrschte Lucille sie an: »Jetzt schalte doch endlich das Licht an!«

Sie tat wie geheißen, und ein kräftiger Lichtstrahl bohrte

sich durch die Dunkelheit. Sie befanden sich in einem Raum von der Größe eines Ballsaals, von dem zur Rechten drei Türen abgingen. Auf der linken Seite, die zur Hausvorderseite hinausging, befand sich, mittig platziert, nur eine einzelne Tür. Von der Decke herab drangen Lichter durch die Fetzen eines Vorhangs, der eine gläserne Dachkuppel verdeckte. Laura erinnerte sich an Berichte über das frühe Hollywood. Die Studios waren zu Stummfilmzeiten Glaskisten gewesen, die das kalifornische Tageslicht ausnutzten. Allein aus diesem Grund hatte sich die Filmwelt im hinterwäldlerischen Los Angeles angesiedelt.

An einem Tag wie diesem hätte man in Ashby House ohne Fremdlicht einen perfekt ausgeleuchteten Film drehen können. Vorausgesetzt, man hätte gewusst, wie man die Vorhänge bewegte.

»Es muss prachtvoll aussehen, wenn die Kuppel nicht zugehängt ist.«

Steerpike schaute nach oben und nickte beeindruckt.

An den Wänden hingen Reste einer silberdurchwirkten gelben Seidentapete, der Boden war mit Parkett ausgelegt – Mäander waren sorgfältig in helleres Holz eingelegt.

Laura schnippte gegen das Mikrofon ihres Headsets. »Lass es mich so sagen, Schwester: Manderley ist ein Scheiß im Vergleich zu dem hier. Und Donatella kann einpacken. Nicht schlecht, Lucille. Gar nicht schlecht!«

Lucille antwortete nicht, sie war zu gebannt von den Bildern, die die Kamera einfing. Vor ihrem inneren Auge entzündete sie die Kristalllüster und bevölkerte den Raum mit Gestalten in Frack und Abendrobe, karpatischen Abgesandten, deren Röcke mit Epauletten zugepflastert waren, exotischen Prinzessinnen in fließenden Gewändern, dubiosen Diplomaten, die ihr rabenschwarzes Haar mit glitzernder Pomade an den Schädel gelackt trugen, wankelmütigen, unberechenbaren Filmstars aus einer Ära, als die Stars noch rachsüchtige Gottheiten waren und ihre Behausungen Paläste oder Tempel der exquisitesten, verdorbensten Ausschweifungen.

»Wo fangen wir an?« Auch Steerpike war auf den Geschmack gekommen.

»Hier!« Laura wies auf eine Tür zu ihrer Rechten. »Haben Sie eine Ahnung, warum der zweite Stock verschlossen war?«

»Ich dachte, wegen Baufälligkeit. Aber der Boden ist genauso solide wie der unten.«

»Ich frage mich, wann das letzte Mal jemand hier oben war.«

»Das scheint schon eine Weile her zu sein, schauen Sie sich den Staub überall an.«

»Wissen Sie, was ich mich schon immer gefragt habe? Irgendwann kommt kein neuer Staub hinzu, dabei sollte man doch meinen, dass es immer mehr wird.«

Die Tür war unverschlossen. Steerpike ging voran und öffnete die Vorhänge.

»Das Meer!« Die Aussicht war atemberaubend. Hinter dem leuchtend weißen Park brach sich das Sonnenlicht auf der Wasseroberfläche, die funkelte wie Milliarden von Diamanten. »Wussten Sie eigentlich, dass alle Diamanten, die auf der Welt je zu Tage gefördert und geschliffen wurden, an einem Ort aufgeschüttet, nicht mehr als einen Doppeldeckerbus füllen würden?«

Steerpike schaute sie mit einem Gesichtsausdruck an, der klarmachte, dass diese Information für ihn in die Rubrik »unnützes Wissen« fiel.

»Ich meine nur so.« Sie schaute sich im Zimmer um. Der Raum war rundum mit Einbauschränken möbliert. Von der

Mitte des Zimmers erstreckte sich eine fast fünf Meter lange Anrichte bis zur Wand. Laura öffnete eine der Schranktüren und war beeindruckt. »Wahnsinn. Mehr Porzellan als im Weißen Haus! Und ich war da!« Sie nahm einen Teller heraus, drehte ihn um und schaute auf die Signatur. »Meissner!« Ins Headset sprach sie: »Wenn uns mal das Geld ausgehen sollte – von dem, was hier in den Schränken steht, können wir ein Jahr leben.«

»Ich nehme an, hier wurden Büfetts vorbereitet.« Steerpike insipzierte interessiert die Schränke.

»Dann ist das da draußen tatsächlich ein Ballsaal?«

»So scheint es. Wenn ich mich nicht täusche, dann werden wir dort an der Wand über der Anrichte einen Speisenaufzug finden. Wir sind über der Küche.«

Laura öffnete eine Doppeltür an der beschriebenen Stelle – und tatsächlich verbarg sich dahinter ein Lastenaufzug, in dem man bequem ein mehrgängiges Menü für zwölf Personen transportieren konnte.

»In den Räumen auf der nach vorne weisenden Hausseite sind vermutlich die Dienstbotenquartiere.«

»Dann gehen wir!«

Sie ließen die Tür hinter sich geöffnet, sodass das Sonnenlicht auch in den Ballsaal scheinen konnte.

»Ich komme mir vor wie auf dem Wrack der Titanic. Stellen Sie sich vor, Steerpike, wir sind seit fünfzig oder sechzig Jahren vielleicht die ersten Menschen, die hier oben sind.«

Er lächelte sie an, wirklich freundlich, wie sie fand. Er hatte eines dieser Gesichter, die mit ernstem Gesichtsausdruck noch schöner sind. Das Lächeln machte ihn zugänglich – das erste Mal, seit sie ihn kennengelernt hatte. Selbst beim Sex hatte er eine kalte, harte Schönheit ausgestrahlt und nicht wie andere Menschen an Enigma eingebüßt.

»Wissen Sie, was seltsam ist?« Sie wartete keine Antwort ab. »Es kommt mir vor, als sei dieses Geschoss größer als die beiden unteren. Aber das kann doch gar nicht sein.«

»Es wirkt vermutlich so, weil der Ballsaal so leer ist.«

»Für mich sieht es aus, als ob allein schon der Ballsaal so groß ist wie das gesamte Erdgeschoss.«

»Das wäre physikalisch kaum möglich, Miss Shalott.«

»Das ist physikalisch absolut *un*möglich.«

Sie setzten ihren Rundgang fort. Die Tür auf der gegenüberliegenden Seite führte in einen Korridor. Von diesem halbkreisförmigen Gang gingen weitere Türen ab. Sie durchschritten die Dienstbotenzimmer, karg möbliert, aber von einer stattlichen Größe, in der jeweils vier Betten Platz fanden, ein Wäschezimmer, in dem in Truhen und Schränken altes Leinen lagerte, das die Jahre völlig unbeschadet überstanden hatte, ein Badezimmer, das sehr viel bescheidener gehalten war als die im restlichen Haus. Mit jedem Vorhang, den sie zurückzogen, jeder Tür, die sie hinter sich geöffnet ließen, strahlte Licht in die Räume und schien die Gespenster der letzten Nacht zu verscheuchen.

Auf den Schrecken der letzten Nacht besann sich Laura erst wieder, als sie die letzte Tür des Korridors öffnete, hinter der sie ein weiteres Dienstbotenzimmer oder einen Lagerraum vermutete. Doch bereits der erste geöffnete Vorhang legte einen überraschenden Anblick frei. Regale mit Lehrbüchern bedeckten die gesamte Rückwand. Eine tief angebrachte Schiefertafel, auf der noch Spuren von Kreide zu erkennen waren, hing in der Mitte der linken Wand. Davor standen, streng symmetrisch angeordnet, zehn Tische und dahinter jeweils ein kleiner Stuhl. Laura konnte ein Zittern nicht unterdrücken. Sie befanden sich im Klassenzimmer von Ashby House.

KAPITEL 8

»Was ist das?«

»Ein Schulzimmer«, antwortete Steerpike kühl.

»Aber sagten Sie nicht selbst, dass die Ashbys keine Kinder hatten?«

Er machte sich an das obligatorische Öffnen der Vorhänge und schwieg für einen Moment. »Vielleicht für die Kinder der Dienerschaft.«

Laura zog skeptisch die Augenbrauen zusammen und nahm ein Buch aus dem Regal. Es war Darwins ›On the Origin of Species by Means of Natural Selection, or the Preservation of Favoured Races in the Struggle for Life‹. »Sie haben doch anhand der Schlafzimmer gesehen, wie viele Menschen hier beschäftigt waren. Möglicherweise haben auch die Dienstboten selbst hier Unterricht erhalten.«

»An Kindertischen?«

Er mied ihren Blick.

Sie dachte an die Aufzeichnungen. Die Kinder waren nur mit Vornamen gelistet gewesen, mit Ausnahme von Lucy Gray. Vielleicht hatte er recht. Dass es sich bei den Kindern nicht um den Nachwuchs des Stiefgeschwisterpaares gehandelt hatte, schien zumindest nahe liegend.

Ein Knistern, gefolgt von einem trockenen Husten, verkündete Lucilles virtuelle Anwesenheit. »Geht es bald weiter?«

»Hast du wieder geraucht? Wenn du da unten eine Zigarette brennen hast, dann mach sie sofort aus, Lucille, oder ich nehm sie dir ein für alle Mal weg. Du wirst noch das Haus abfackeln.« Nach dem Unfall hatte Lucille in einem fatalistischen Moment wieder mit dem Rauchen angefangen. Es gehörte zu Lauras allabendlichem Ritus, der Schwester die Zigaretten abzunehmen, da sie nicht ganz zu Unrecht befürchtete, dass Lucille im Morphinrausch mit brennender Glut einschlafen könnte. Mehr als eine Matratze im Haus in Bel Air wies entsprechende Spuren auf.

Steerpike und Laura gingen zurück in den Korridor. Am Ende des Ganges befand sich eine schmale Tür. Daran gewöhnt, dass alle Türen unverschlossen waren, war Laura überrascht, als sie die Klinke hinabdrückte und die Tür nicht nachgab. Sie kramte in ihrer Tasche nach einem geeigneten Werkzeug, doch Steerpike schob sich an ihr vorbei.

»Hiermit sollte es gehen.« Er zeigte ihr einen Bund mit Dietrichen und machte sich am Schloss zu schaffen. Sie sah, wie er den Dietrich drehte, hörte das Klicken des sich öffnenden Schlosses und dennoch – die Tür blieb zu.

»Was soll das? Sie haben doch aufgeschlossen!«

Er zögerte. »Die Tür ist von innen verriegelt.«

»Aber wie? Und wer?«

Von beiden Seiten drang durch die Fenser des Ballsaals Licht ein, nur die verhangene Kuppel warf einen Schatten in den Raum. Der Mangel an Kommentaren vonseiten Lucilles legte die Vermutung nahe, dass Laura das Rauchverbot gerade noch rechtzeitig ausgesprochen hatte und Lucille weggenickt war.

Gerade, als sie den Ballsaal verlassen wollten, erblickte

Laura ein Metallgestell, das sich bei näherem Betrachten als schmale Wendeltreppe entpuppte.

»Wollen Sie, oder soll ich?«

Steerpike beäugte die Konstruktion mit Skepsis. Sie wirkte recht filigran.

»Vielleicht gehe besser ich. Die Treppe sieht nicht sehr stabil aus. Hier, halten Sie die Lampe.«

Das Metall ächzte bedrohlich, als Laura sich langsam nach oben bewegte, achtsam einen Fuß vor den anderen setzend.

»Seien Sie vorsichtig!«, rief Steerpike ihr zu, und seine Stimme hallte durch den leeren Raum.

»Ich habe nicht vor, mir hier das Genick zu brechen. Halten Sie das Licht etwas höher. Danke.«

Von unten kaum erkennbar, spannte sich eine schmale Galerie um die Kuppel.

»Ich glaube, ich habe hier etwas gefunden.«

Der kräftige Lichtstrahl der Taschenlampe verlor sich in der Höhe des Raumes. Doch plötzlich veränderten sich die Lichtverhältnisse, und eine Wolke von Staub segelte auf Steerpike herab. Laura hatte eine der Kurbeln für die Vorrichtung entdeckt, die die Vorhänge zurückzog. Langsam, aber in seiner vollen Pracht erhob sich über Ashby House das gleißende Firmament.

In Lauras Gesicht stand eine Mischung aus Fassungslosigkeit, Bewunderung und Ekel geschrieben. »Das müssen Sie sehen.«

Vorsichtig erklomm Steerpike die wacklige Wendeltreppe. Laura starrte noch immer fasziniert auf den Boden des Ballsaals, und Steerpike folgte ihrem Blick. Vor ihnen breitete sich ein gigantisches Mosaik aus.

Abertausende von Glasscherben und Lackpartikeln, Keramik- und Emaillebruchstücken fügten sich zu einem Bild zusammen, das Deborah und Sebastian Branwell Ashby zeigte. Laura fühlte sich an die Gemälde John Singer Sargents erinnert, aber auch an die mythischen Szenerien der Präraphaeliten. Gleichzeitg strahlte das Kunstwerk etwas Naives aus, das unmöglich einer bestimmten Kunstrichtung zugeordnet werden konnte, die ihr bekannt war. Die Ashbys standen in Abendgarderobe vor einer tropisch anmutenden Szenerie, doch die Darstellung der beiden erinnerte stark an Adam und Eva. Dieser Eindruck wurde durch die Schlange, die sich gefährlich nahe Deborah Ashbys Schulter einen Ast herabräkelte, bekräftigt.

»Ziemlich merkwürdig, nicht wahr?«

Steerpike nickte sichtlich beeindruckt.

»Und könnte mir endlich mal jemand verraten, was es mit diesen Kindern auf sich hat?« Unter den elegant abgewinkelten, zarten Händen Deborahs und Sebastians saßen, standen und tummelten sich ein Dutzend Kinder, der Größe nach zu urteilen gleichen Alters. In goldenen Streifen war auf einer geschwungenen Banderole am Fuße der Darstellung ein Schriftzug eingelassen:

Du Pensée Sauvage

»Steerpike, was heißt das?«

»Vom wilden Gedanken.«

Durch den Sucher der Kamera betrachtete er den spektakulären Bodenfries, zoomte heran und folgte der exquisiten Linienführung mehrere Minuten. Auch Laura fiel es schwer, den Blick von dem Kunstwerk abzuwenden. Die wandernde Sonne über der Glaskuppel akzentuierte bald dieses, bald jenes Detail: Sebastians Blick schien feucht zu schimmern, der Halsschmuck seiner Stiefschwester zu funkeln und aufzuglimmen.

»Ich habe noch nie etwas Vergleichbares gesehen«, murmelte Steerpike. »Schon die Mischung der Werkstoffe ist unvergleichlich. Cornwall Stone neben Bambus und Quartz! Und die Textur. Sie erinnert mich an Reptilienhaut. Unglaublich!«

Laura ließ den Blick noch einmal über den Boden schweifen. Der Vergleich mit Reptilienhaut war nicht schlecht, aber bei genauerem Betrachten fühlte sie sich eher an die Schuppen eines Fisches erinnert. Sie konnte Fische nicht ausstehen.

»Wollen wir weiter? Dort sind noch ein paar Türen.«

Steerpike ließ Laura den Vortritt.

Neben dem Anrichtezimmer öffnete sich eine weitere Tür in die Dunkelheit. Steerpike leuchtete hinein, aber der Strahl der Taschenlampe verlor sich im Schwarz. Er knipste das Kameralicht an.

»Ich gehe und öffne die Vorhänge.«

Laura nickte und blieb im Türrahmen stehen, als Steerpike das Zimmer betrat. Schon nach wenigen Schritten hatte sie ihn aus den Augen verloren. Nachdem eine halbe Minute verstrichen war und sich weder die Vorhänge geöffnet hatten noch etwas zu hören gewesen war, meldete sich Laura: »Steerpike, ist alles in Ordnung?«

»Ja, ich bin noch nicht am Fenster. Der Raum ist unglaublich tief.«

Laura stutzte. Das angrenzende Zimmer hatte nicht mehr als zehn Meter Länge gemessen. Wie konnte dieser Raum nun plötzlich ungleich größer sein? Der Hall auf Steerpikes Stimme ließ sie frösteln. Sie wartete eine sehr lange Minute, bevor sie erneut die Stimme erhob: »Steerpike?«

Keine Antwort, kein Geräusch.

»Steerpike?!«

Sie tat einen Schritt in das dunkle Zimmer, hielt inne. Mit der rechten Hand tastete sie nach der Wand. Kalt. Glatt. In der Ferne glaubte sie ein leises Klingen zu hören, aber vielleicht spielte ihre Wahrnehmung ihr einen Streich. Der Gang durch die anderen Zimmer hatte sie warm gehalten, aber dieses Verharren ließ die unerbittliche Kälte wieder aufsteigen. »Steerpike, melden Sie sich, verdammt noch mal!« Ihr fiel etwas ein. Sie klopfte auf das Mikrofon ihres Headsets. »Lucille, hörst du mich?« Ein rasselndes Husten in ihrem Earpiece zeugte davon, dass ihre Schwester noch am anderen Ende der Leitung war. »Lucille, wach auf!«

»Was?« Lucille räusperte sich. »Was ist los? Ist die Kamera ausgefallen?«

»Was siehst du?«

»Nichts. Stimmt etwas mit dem Licht nicht?«

»Du meinst, der Bildschirm ist schwarz?«

»Pechschwarz.«

Hätte sie doch Steerpike mit dem Headset ausgestattet! Erneut setzte Laura einen Fuß in den Raum, brachte es aber nicht über sich, weiter vorzudringen. Eine feuchte Kälte schlug ihr entgegen und schien auf ihrer Haut zu gefrieren. Sie konnte in der Dunkelheit nichts erkennen, aber sie hätte schwören können, sich in einer Nebelbank zu befinden. »Steerpike!« Ein letztes Mal rief sie nach ihm, doch wieder blieb ihr Rufen unbeantwortet. Es klang, als verschlucke der Raum den Hall ihrer Stimme. Es kämpfte in ihr, sie wollte, sie konnte Steerpike nicht alleine lassen, doch dort, wo er jetzt war, konnte sie ihn offensichtlich nicht erreichen. Was sollte sie tun?

Sie riss sich Headset und Earpiece vom Kopf, warf einen letzten Blick ins Nichts, drehte sich um und rannte die Treppen hinab ins Erdgeschoss.

»Ich brauche ein Seil, ein langes Band, irgendetwas!«

Die Panik in ihrer Stimme sprang auf Rose Marsh über. Die Köchin öffnete mit zitternden Händen eine Schublade und zog ein Bündel Paketschnur hervor. Kleine Schweißperlen standen auf ihrer Stirn, als sie Laura die Schnur in die Hand drückte.

»Mehr!«

Die Köchin stolperte fast, als sie sich beeilte, der Aufforderung nachzukommen. Sie zog einen Haufen weiterer Schnurbündel aus der Schublade und reichte sie Laura. »Kann ich sonst etwas – «

Laura wartete die Frage nicht ab, sondern stürmte die Treppen empor. Auf dem Weg in den zweiten Stock verfing sich ihr Mantel an einem Geländerpfosten, sie wurde niedergerissen und schlug mit der Stirn gegen eine Treppenstufe. Sie spürte, wie die Haut riss und das Blut heiß in die Wunde schoss. Ein pochender Schmerz nahm ihr kurz die Sinne, doch dann rappelte sie sich wieder auf. Sie wischte sich das Blut von der Stirn.

An der Tür zum dunklen Zimmer stellte sie fest, dass sich nichts verändert hatte. Steerpike war immer noch nicht aufgetaucht. »Hallo? Können Sie mich hören? Ich gehe jetzt hinein!«

Laura knotete ein Ende der Schnur an den Türknauf und nahm den Rest in die Hand. Sie schaffte es nur wenige Meter weit. Nichts, was sie je erlebt hatte, hatte sie auf das Gefühl vorbereitet, das der Raum in ihr auslöste. Er griff nach ihr, berührte sie mit feuchten Fingern, er schien das Blut zu riechen, das ihr über die Stirn floss. Sie konnte keinen Schritt weiter, denn sie wusste, der Raum würde sie verspeisen. Gleichzeitig war sie sich der Irrationalität ihrer Gedanken bewusst. Als Laura sich umdrehte, um den Rückweg anzutreten, setzte ihr Herz für einen Schlag aus. Obwohl sie nur wenige Schritte gemacht hatte, war die Tür weit entfernt. Sie schloss die Augen, öffnete sie wieder, doch noch immer hatte sich an der Entfernung nichts geändert, im Gegenteil, sie schien noch größer geworden zu sein.

Die Schnur fest in der Hand lief sie hastig zurück ins Licht des Ballsaals. Für den Weg hinein ins dunkle Zimmer hatte sie Sekunden gebraucht, doch der Rückweg dauerte mehrere Minuten. Trotz der Kälte geriet Laura ins Schwitzen. Panikschweiß saugte sich in ihre Kleidung, und wieder war sie sich sicher, dass der Raum sie riechen konnte. Dass er hungrig nach ihr war.

Erschöpft und verzweifelt erreichte sie den Ballsaal. Aus dem Earpiece auf dem Fußboden drangen quäkende Laute. Sie hatte jetzt keine Zeit für Lucille, sie brauchte dringend eine Lösung. Doch dann stand die Antwort plötzlich vor ihr.

Mowglis undurchdringliche Augen sahen ihr ins Gesicht und begriffen. Er machte einen Schritt auf sie zu und setzte sich, um sich die Schnur umlegen zu lassen. Als der Hund sich unaufgefordert auf den Weg machte, entrang sich ihr ein Schluchzer.

Schnell hatte die Dunkelheit das Tier verschluckt. Laura legte die Hände trichterförmig an die Mundwinkel. »Steerpike, wenn Sie mich hören: Ich schicke den Hund!«

Sie hatte jedes Zeitgefühl verloren. Die dritte Schnur war abgerollt, und als sie gerade das Ende mit der nächsten Schnur verknoten wollte, spürte sie einen Ruck in der Leine. Hatte sie sich getäuscht? Nein, ein weiterer Ruck, gefolgt von noch einem. Steerpike signalisiert, dass der Hund ihn gefunden hat, war ihr erster Gedanke, doch gleich darauf durchzuckte sie ein anderer. Irgendjemand oder irgendetwas zieht am Ende der Schnur. Was, wenn es nicht Steerpike ist?

Das Warten war pures Martyrium. Immer wieder stellte Laura sich die bange Frage, was da auf dem Weg zu ihr war. Sie wollte flüchten, nach einer Waffe suchen, aber sie war auch an den dunklen Raum gefesselt. Buchstäblich. Sie hatte Angst, das Band könnte reißen, wenn sie ihre Warteposition verließ, und so harrte sie aus, die Gedanken an Dämonen niederringend, mal mehr, mal weniger erfolgreich.

Als sich endlich ein Lichtfleck im Dunkel behauptete, war die Sonne längst über die Glaskuppel gewandert, und die Dämmerung hatte über dem Meer eingesetzt. Rosagoldene Wolken zogen über Ashby House und tauchten den Ballsaal in ein surreales Licht. Instinktiv wich Laura einen Schritt zurück. Wer oder was auch immer sich auf sie zu bewegte, es war bei Weitem nicht so schlimm wie der dunkle Raum selbst. Oder doch? Und wenn es tatsächlich so schrecklich war wie das, was sich dort ihrer hatte bemächtigen wollen, dann würde sie rennen, rennen um ihr Leben.

KAPITEL 9

Langsam war Lucille es leid, auf den schwarzen Bildschirm zu starren. Allem Anschein nach war die Kamera defekt und mit einer Fortsetzung der Berichterstattung nicht zu rechnen. Also spulte sie zurück und betrachtete die Erforschung des zweiten Geschosses ein zweites Mal, diesmal im Schnelldurchlauf. Zwar frustrierte es sie, dass sie nicht hatte dabei sein können, doch dann überwog der Besitzerstolz. Sie trank die Kamerabilder wie Champagner, zoomte Details heran, drückte die Pausetaste, um in Ruhe ein Möbelstück oder einen Teppich zu bestaunen. Der Anblick des Bodenfrieses brachte ihre Augen zum Glänzen. Das zweite Stockwerk war in einem viel besseren Zustand, als Hawkins es ihr angedeutet hatte, und weit weniger renovierungsbedürftig als das Erdgeschoss. Dieses Haus übertraf alle ihre Erwartungen und Träume. Sie hatte ihr Manderley gefunden, ihr Finisterre, Finistère.

Als Lucille an der Stelle ankam, wo die Kamera ausfiel, spulte sie ein zweites Mal zurück. Zwei Details interessierten sie jetzt besonders. Der Lastenfahrstuhl im Anrichtezimmer war das eine. Wozu einen unansehnlichen Treppenlift installieren, wenn Ashby House bereits über einen Fahrstuhl verfügte? Dann spulte sie weiter und beobachtete, wie Laura in Höchstgeschwindigkeit, einer Zeichentrickfigur nicht unähnlich, durch den Ballsaal und die Dienstbotenquartiere mäanderte, bis sie vor einer Tür ankam, die offensichtlich von innen verschlossen worden war. Dieser geheime Raum erschien ihr geradezu ideal für die Umsetzung eines Plans, den sie schon seit Längerem schmiedete.

Ein Augenpaar blitzte bernsteinfarben auf. Laura durchfuhr es eiskalt, doch dann stieß sie einen Seufzer der Erleichterung aus. Mowgli.

Der Hund zitterte am ganzen Leib, aber trotzdem brachte er die Energie auf, beim Anblick von Laura freudig mit dem Schwanz zu wedeln.

Steerpike sah mehr als mitgenommen aus. Er, der die längste Zeit in dem dunklen Raum verbracht hatte, war noch stärker unterkühlt als der Hund. Raureif hatte sich über sein Haar gelegt und schmolz jetzt in den letzten rosagoldenen Lichtern des Ballsaals.

»Wohin um Gottes willen sind Sie verschwunden?«

Steerpike stellte die Kamera ab, setzte sich kraftlos auf den Boden und verbarg das Gesicht in den Händen. Ungläubig schüttelte er den Kopf.

»Kommen Sie, ich bringe Sie ins Warme.«

Laura ergriff den Ellbogen des jungen Mannes und half ihm beim Aufstehen. Etwas Seltsames durchflutete die Region um ihren Solarplexus, ein Gefühl, das sie lange nicht mehr verspürt hatte. Sie konnte es nicht benennen, aber sie genoss seine Anwesenheit. Zärtlichkeit. Eine selbstlose Freundlichkeit des Herzens. Etwas, das in seiner Aufrichtigkeit ihrer Verzweiflung ebenbürtig war. Vielleicht sogar größer.

Miss Marsh schaffte es, gleichzeitig Lauras Stirnwunde mit Jod abzutupfen, Tee für den ausgekühlten Steerpike aufzusetzen und ihren Feierabend einzuleiten, indem sie ihre Tasche packte. Die Geschwindigkeit ihrer Bewegungen stand ganz offensichtlich im Wettstreit mit dem allmählichen Versinken der Sonne im Meer. Sie musste es nicht aussprechen, der Grund für ihre Eile war klar: Sie wollte Ashby House vor Einbruch der Dunkelheit verlassen haben. Einerseits nachvollziehbar, dachte Laura, andererseits irrelevant, denn – Steerpike hatte es am eigenen Leib erfahren – die Aktivitäten des Hauses erstreckten sich nicht auf die Stunde nach Mitternacht.

»Jetzt erzählen Sie bitte in Ruhe, was geschehen ist, Steerpike. Was haben Sie erlebt?«

Er trank einen Schluck des von Laura viel zu stark gesüßten Tees und schaute sie aus schmerzenden Augen an. »Wie soll ich es beschreiben? Ich bin in das Zimmer gegangen und wollte einfach nur die Vorhänge öffnen, habe aber die Wand nicht gefunden. Irgendwann kam es mir seltsam vor, dass ich noch immer nicht auf der anderen Seite angekommen war, und als mich umdrehte ...«, es kostete ihn spürbar Anstrengung fortzufahren, »... als ich mich umdrehte, war hinter mir alles schwarz. Ich habe die Tür zum Ballsaal nicht mehr gesehen.«

»Und dann?«

»Ich weiß nicht, wie ich es sagen soll ... Plötzlich überkam mich ein Gefühl der Niedergeschlagenheit, so als sei alles vorbei, als habe ich nichts mehr zu erwarten. Ich ... ich habe eine ... eine Traurigkeit gespürt, die ich bisher nicht kannte. Mir wurde immer kälter. Und plötzlich wollte ich sterben.«

Laura erinnerte sich an die Beklemmung, die sie selbst verspürt hatte, als sie nur wenige Schritte in den dunklen Raum hineingegangen war, und nickte Steerpike verständnisvoll und ermutigend zu.

»Dann war auf einmal das Kameralicht aus, die Batterie der Taschenlampe war leer, und ich hatte komplett die Orientierung verloren. Alles um mich herum war schwarz, eiskalt und totenstill. Dann spürte ich den Hund, und er hat mich schließlich aus diesem alles verschlingenden Nichts herausgeführt.«

»Steerpike, haben Sie eigentlich eine Ahnung, wie lange Sie da drin waren?«

Er runzelte die Stirn. »Der Raum kann nicht mehr als sechzig Quadratmeter groß sein. Aber ich bin bestimmt zehn Minuten in Richtung Außenwand gelaufen.«

Laura atmete tief durch. »Schauen Sie aus dem Fenster.«

Steerpike folgte ihrem Blick.

»Die Sonne ist untergegangen. Sie waren drei Stunden verschwunden.«

Er schluckte. »Wie kann das möglich sein?«

»Sie waren mit einer Eisschicht bedeckt, als Sie herauskamen. Wie kann so etwas in zehn oder zwanzig Minuten geschehen? Wie kann sich in so kurzer Zeit eine frische Batterie entleeren, ein vollständig aufgeladener Akku streiken?«

Steerpike nippte verwirrt an seinem Tee.

»Es mag sich zwar ziemlich B-Movie-mäßig anhören, aber irgendetwas stimmt mit diesem Haus nicht. Und zwar ganz und gar nicht. Wir sollten schnellstmöglich herausfinden, was es ist, und dem Spuk ein Ende bereiten. Sind Sie dabei?« Sie streckte ihre Hand über den Tisch. »Einverstanden?«

Die Verwirrung wich aus seinem Gesicht und machte einer Entschlossenheit Platz, in der Laura sich wie in einem Spiegel sah. Er schlug ein. »Einverstanden.«

Auf beiden Gesichtern erschien ein Lächeln des Einvernehmens, in dem mitschwang, dass sie zwar gerade den gefährlichen Kampf gegen einen unbekannten Gegner aufnahmen, dass sie sich aber lange nicht mehr so lebendig gefühlt hatten und dass das Leben etwas sein konnte, das es wert war zu lieben.

»Du kannst meinen Schmuck doch nicht einfach einem Hund umhängen! Das ist ein Elsa-Peretti-Collier. Es hat 75 000 Dollar gekostet!«

»Und zu welcher Gelegenheit willst du es tragen? Rolli-Tanztee im Seniorenstift? So siehst du es wenigstens jeden Tag.«

»Jeden Tag, an dem ich erlaube, dass dieses ... Monstrum hierbleiben darf.«

»Du glaubst, ich brauche dafür deine Erlaubnis?« Laura lachte kurz auf. »Außerdem ist das kein Monstrum. Das ist ein Weimaraner.«

»Der Größe nach zu urteilen ein mutierter Weimaraner.«

»So was hat nicht jeder ...« Laura tätschelte Mowgli, den, wie sie fand, Lucilles Collier hervorragend kleidete. Als sie es dem Hund als Dank für Steerpikes Rettung umgelegt hatte, war sie das Gefühl nicht losgeworden, dass er, auch wenn Hunde generell keine Wertschätzung für Juwelen besaßen, sich der Feierlichkeit des Augenblicks durchaus bewusst gewesen war.

»Ein Elsa-Peretti-Collier!«

»Er hat Steerpike wahrscheinlich das Leben gerettet.«

»Dann soll Steerpike ihm gefälligst Schmuck schenken und nicht du. Und nicht meinen!«

In diesem Moment betrat Steerpike Lucilles Schlafzimmer, eine Wärmflasche und einen Kakao (mit einem Schuss

Rum, von dem Laura nichts wissen durfte) auf einem Tablett.

»Steerpike, setzen Sie sich.« Laura nahm eine Strickjacke vom Sessel vor dem Fernseher und bedeutete ihm, Platz zu nehmen.

Lucille irritierte diese Standesaufhebung außerordentlich, und sie griff nach ihrer Valiumschachtel – zu spät. Laura war schneller gewesen und hatte das Valium in ihrer Tasche verschwinden lassen.

»Es wird Zeit, dass du wieder zurechnungsfähig wirst. Dieses Haus ist gefährlich. Besser, du behältst einen klaren Kopf, glaub es mir.«

»Nicht in diesem Ton!«

Laura zuckte mit den Achseln und warf ihrer Schwester eine Schachtel Zigaretten zu. »Solange du nicht alleine bist.«

Lucille steckte sich eine Zigarette an, und Laura griff sich die Fernbedienung. »Ich würde mir gern anschauen, ob die Kamera etwas aufgenommen hat, als Steerpike in dem dunklen Raum war.«

Als Laura die Stelle erreicht hatte, sah man sie in der Tür zum Ballsaal stehen, dann schwenkte die Kamera und zeigte ins Dunkel.

»Ich glaube, Sie können vorspulen. Es wird nichts anderes zu sehen sein. Erst ließ das Kameralicht nach, dann die Taschenlampe.«

Laura reagierte nicht auf Steerpikes Vorschlag. Fünf Minuten lang tat sich nichts. Geräusche waren ebenfalls nicht zu hören – nicht einmal Steerpikes Fußschritte auf dem Boden.

»Schauen Sie – da!«

»Was soll da sein. Ich sehe immer nur Schwarz.« Lucille

zündete sich eine neue Zigarette an der Restglut der soeben gerauchten an.

»Nein, die Zeitangabe!«

»O mein Gott!« Laura begriff.

Der Zeitmesser auf dem Bild schien verrücktzuspielen. Um 14.50.12 Uhr blieb er stehen, lief dann in rasendem Tempo weiter bis 16.02.00 Uhr, um dort für mehr als eine Minute zu verharren und dann binnen eines Augenblicks auf 17.00.56 Uhr voranzupreschen. Dann geschah etwas Unvorstellbares: In regelmäßigem Sekundentakt lief die Zeit zurück, sprang um 16.02.00 in Stakkato-Abständen zurück auf 15.27.23 Uhr und lief dann wieder schnell vorwärts, bis eine Zahl erschien, die unerklärbar war: 38.67.25 Uhr. Diese sechs Ziffern blinkten mehrfach hintereinander auf, dann verwandelten sie sich schlagartig in eine weitere Zahlenkombination: 25.53.46 Uhr. Sie schimmerte in dunklem Rot, erhellte sich zu einem leuchtenden Orange – und verschwand. Zu diesem Zeitpunkt waren anscheinend die Akkus der Kamera ausgefallen.

Laura und Steerpike tauschten einen entgeisterten Blick, während Lucilles Gesichtsausdruck so undeutbar war wie der der Garbo in der letzten Einstellung von ›Königin Christine‹.

»Können Sie sich das erklären, Steerpike?«, fragte Laura atemlos.

Steerpike schüttelte bedächtig den Kopf. »Das scheint keinen Sinn zu machen.«

»Sie waren auf einer Zeitreise.« Lucilles Stimme klang überzeugt und majestätisch.

»So weit waren wir auch schon.« Jetzt war es ausgesprochen. Laura fühlte sich jedoch nicht befreit. Sie fröstelte. »Ich wollte gerade sagen, unmöglich, aber –«

»Irgendetwas ist tatsächlich in der Zeit geschehen – oder mit der Zeit geschehen«, mutmaßte Steerpike.

»Und jetzt? Rufen wir etwa beim Institut für Quantenphysik an und erklären das Haus zur Forschungszone?« Lucille machte sich eine Notiz auf der Fernsehzeitung. »Keinesfalls. Ich bin erschöpft und wäre dankbar für ein wenig Ruhe.«

»Aber wir können doch nicht –«

»Wir können jetzt wieder zum Tagesprogramm übergehen. Und der nächste Menüpunkt heißt: Lucille ruht.«

Steerpike stapelte Kaminholz in Lauras Schlafzimmer auf, während sie unruhig im Zimmer auf und ab ging.

»Es wird mir einfach ein bisschen zu viel. Erst schleppt sie mich um die halbe Welt, dann landen wir im tiefsten Winter – das alles wäre ja noch irgendwie erträglich, ich brauche nicht viel, ich kann aus allem etwas machen –, aber was in diesem Haus geschieht, macht mich fertig. Ich bin am Ende. Ich will hier raus. Am liebsten jetzt sofort. Was da oben geschehen ist … Steerpike, haben Sie sich einmal die Frage gestellt, was passiert wäre, wenn der Hund nicht bei uns gewesen wäre?« Sie blieb stehen und fasste sich an die Kehle.

Steerpike war aufgestanden und hatte sich ihr zugewandt.

»Macht Ihnen das etwa keine Angst? So gut kann Lucille Sie gar nicht bezahlen, dass Sie dafür Ihr Leben riskieren.«

Er atmete tief durch. »Wir können nicht wissen, was passiert wäre.«

»Sicherlich nichts Gutes, so viel steht fest.« Sie nahm ihren ruhelosen Gang wieder auf. »Seit drei Tagen ist mir die meiste Zeit kalt. Ich friere, ich habe Albträume. Sie können sagen, was Sie wollen. Irgendetwas geht hier nicht mit rechten Dingen zu. Ich kann nicht mehr.« Kraftlos sackte sie auf dem Sofa vor dem Kamin zusammen.

»Warum bleiben Sie dann?«

Es war die falsche Frage. Oder die richtige Frage. Es war, als habe er einen Auslöser betätigt. Die Erlebnisse der letzten Wochen prasselten auf Laura ein. Seit dem Unfall war alles immer schlimmer geworden. Jeder einzelne Tag hatte ihr enorme Kräfte abverlangt. Immer wieder hatte sie neue Energien mobilisieren müssen und war manches Mal überrascht gewesen, dass das Reservoir noch immer nicht erschöpft war. Immer wieder hatte sie einen Restfunken ihres Optimismus zum Glühen gebracht, doch jeder Vorrat ging irgendwann zu Ende. Ihre Tanks waren leer. Und jetzt war sie am Boden der Tatsachen angelangt, aufgrund einer simplen Frage: Warum bleiben Sie dann?

Lauras Stimme zitterte. »Weil ich nicht weiß, wohin sonst.«

Es war heraus. Mit dieser Äußerung und derAnerkennung ihrer Wahrheit ergriff ein Strudel von Trauer und Schmerz Besitz von ihr, die Schleusen öffneten sich, und sie begann zu weinen. So hart zu weinen, dass ihr Körper sich verkrampfte, dass es sie schüttelte, dass ihre Fingernägel sich in die Handinnenflächen eingruben und dort halbmondförmige Siegel setzten, dass ihre Haarsträhnen nass an ihren Wangen klebten, ihre Nase lief und das Schluchzen ihr fast den Atem nahm. Sie brachte nicht einmal mehr die Kraft auf, sich vor Steerpike zu schämen. Der Schmerz floss aus ihr heraus und badete sie, trug sie opheliengleich, schwemmte sie in die Ungewissheit, die keine Gnade kannte.

Das Weinen ebbte auch nicht ab, als Steerpike sie bei den Schultern nahm und sanft auf das Bett drückte. Als er sich hinter sie legte und sie fest in eine Umarmung schloss, die die Illusion einer Heimat bot, wurde es noch schlimmer. Denn jetzt erst spürte sie physisch, was sie nicht besaß. Sie konnte sich nicht länger vormachen, dass sie allein war. Sie war einsam. Ihr Weinen hörte erst lange, nachdem sie eingeschlafen war, auf.

Erst als der Morgen dämmerte und er sich sicher war, dass er sie nicht aufwecken würde, deckte Steerpike sie fürsorglich zu und ließ Laura Shalott allein.

KAPITEL 10

Über Nacht war das Wetter umgeschlagen. Die Temperaturen hatten sich in den frühen Morgenstunden dem Gefrierpunkt genähert, und das Klima war bedeutend milder als in den vergangenen Tagen. Als Laura leise die Haustür hinter sich zuzog, setzte ein Nieselregen ein. Sie verließ das Haus, sobald es draußen hell geworden war, ohne gefrühstückt oder nach ihrer Schwester geschaut zu haben. Der Gedanke, Steerpike über den Weg zu laufen, war ihr unangenehm.

Sie hatte versucht, die Erinnerungen an ihren Ausbruch in der vergangenen Nacht zur Seite zu schieben. Es war ihr nicht gelungen. Sie war niemand, der weinte, um getröstet zu werden. Alleine zu weinen war befreiend. In den Arm genommen zu werden war ein Eingeständnis von Scheitern, ein Armutszeugnis, und sie schämte sich dafür. Ja, sie *war* einsam. Dass ein Fremder sie deswegen bemitleidete, machte die Einsamkeit noch größer.

Um sich abzulenken, hatte sie eine Liste mit Aufgaben für den Tag gemacht. Die Telefonleitungen im Haus aktivieren zu lassen war ihre oberste Priorität. Ihr zweiter Punkt war ein Besuch im Rathaus von St. Just. Der Name Lucy Gray ging ihr nicht aus dem Kopf, und sie hatte sich vorgenommen herauszufinden, ob in St. Just ein Mädchen dieses Namens aktenkundig war. Und wenn sie schon einmal vor Ort war, würde sie versuchen, an einen Grundriss von Ashby House heranzukommen. Den Dunklen Raum musste sie schwarz auf weiß sehen.

Zunächst aber freute sie sich auf einen starken Kaffee im ›Star Inn‹. Sie parkte ihren Wagen – es fiel ihr nicht leicht, sich an den Fahrersitz auf der rechten Seite zu gewöhnen, und erst nach mehreren Versuchen gelang es ihr, den Wagen in die nicht gerade kleine Lücke zu manövrieren –, stieg aus und stellte mit Bedauern fest, dass das ›Star Inn‹ noch nicht geöffnet hatte. Sie schaute durch ein kleines Fenster ins Innere, konnte aber wegen der Dunkelheit nichts ausmachen. Also schlug sie ihren Mantelkragen hoch und stapfte missgestimmt durch den Schneematsch zu ihrem Auto zurück. Gerade als sie den Schlüssel ins Schloss steckte, hörte sie laute Motorengeräusche und ein Hupen. Sie warf sich gegen die Tür ihres Mini Coopers. Der vorbeirasende Wagen spritzte sie von oben bis unten mit Schneematsch voll, und sie spürte, wie das kalte Dreckwasser durch die Kleidung hindurch auf ihre Haut drang.

»Du blöder Wichser!«, rief sie und streckte dem Fahrer den Mittelfinger hinterher, doch das Auto war bereits um die nächste Ecke gebogen, nicht ohne dreimal hintereinander vergnügt gehupt zu haben.

Mit nackten Händen und fluchend wischte sie über ihren verdreckten Mantel.

»Laura?«

Sie schaute auf. Ausgerechnet in diesem Zustand musste Hector Slasher sie zu Gesicht bekommen.

»Ist Ihnen etwas passiert?«

»Irgendein Idiot hat meinen Mantel ruiniert. Und hat dann auch noch ganz lustig hinterhergehupt.«

»Kommen Sie herein und wärmen sie sich auf. Ich werde sehen, ob wir Ihren Mantel retten können.«

Langsam kehrten Lauras Lebensgeister zurück. Wenn es das Schicksal für nötig befand, sie in Dreck zu baden, dafür aber ein Zusammentreffen mit Hector Slasher vorsah, dann nahm sie die Schmutzdusche gerne in Kauf.

Slasher war offenbar gerade erst im Lokal angekommen. Er trug noch Mantel und Handschuhe, und unter den Arm hatte er eine Morgenzeitung geklemmt. Er half ihr aus dem schmutzigen Mantel und trug ihn zur Spüle in der Küche.

Laura folgte ihm und schaute sich diskret um. Der Raum war klein, aber effektiv genutzt und auf Hochglanz poliert.

Slasher breitete den Mantel auf einem Chromblock aus und nahm sich die Flecken mit Gallseife und einem sauberen Topfreiniger vor. »Am besten man macht es, solange die Flecken noch frisch sind«, erklärte er.

»Das ist lieb von Ihnen. Kann ich mich irgendwie nützlich machen?«

»Gerne. Da drüben steht die Espressomaschine, die Bohnen finden Sie im Schrank darüber. Ich könnte einen starken Kaffee gut gebrauchen. Wie sieht's mit Ihnen aus?«

»Genau deshalb bin ich hergekommen.«

»Ist Ihnen zu Hause der Kaffee ausgegangen?«

»Nein. Ich musste nur einfach mal raus.«

»Ein Fall von Country-Koller?«

»Gewissermaßen … Außerdem habe ich ein paar Dinge im Dorf zu erledigen. Wissen Sie zufällig, an wen ich mich wenden muss, um einen Grundriss von Ashby House zu bekommen?«

»Ashby House? Warum ausgerechnet Ashby House?«

»Ich wohne zurzeit dort.«

»Ach, Sie sind also die Amerikanerin, die den Klotz gekauft hat?«

»Hat sich das schon herumgesprochen?«

»Der Gemeinderat trifft sich montags hier auf ein Bier. Da bekommt man das eine oder andere mit.« Er schenkte ihr ein Lächeln. »Die Erleichterung war groß, dass sich endlich ein Käufer gefunden hat.«

»Weshalb war es so schwer, das Haus zu verkaufen?«

Er zögerte. »Der Preis. Die notwendigen Renovierungen. Für Häuser in dieser Preiskategorie gibt es nicht viele Interessenten. In den vergangenen Jahren hat man es einige Male als Filmlocation vermietet, damit es nicht nur Steuergelder verschlingt.«

»Ich verstehe.«

»Wegen des Grundrisses wenden Sie sich am besten an Ihren Makler. Schauen Sie …« Er hielt den Mantel hoch und präsentierte stolz seine ersten Reinigungserfolge.

»Sieht sehr gut aus. Sie sollten nebenan eine Reinigung aufmachen.«

Beim Lachen blitzte ein Raubtiergebiss auf. Hatten alle englischen Männer spitze Eckzähne?

»Dabei dachte ich immer, Gastronom sei die allerletzte Berufswahl, die einem offensteht. Gut zu wissen, dass ich noch eine Option habe, falls das ›Star Inn‹ nicht bald besser läuft.«

»Was haben Sie vorher gemacht?« Laura schraubte die Espressokanne zu und stellte sie auf den Gasherd.

»Vieles. Ich war Nichtsnutz, Rumtreiber, habe das Geld meines Vaters *und* meines Großvaters verjubelt, habe ein bisschen spioniert, etwas geschrieben …«

»Eine typisch britische Karriere also. Fehlt nur, dass Sie Rennen gefahren sind.«

»Das vergaß ich zu erwähnen.«

»Polo?«

»Irgendwo muss man die Grenze ziehen.«

Laura lachte.

»Und Sie?«

»Was meinen Sie?«

»Wie ist Ihre Laufbahn? Dem Akzent nach zu urteilen, sind Sie ein West-Coast-Girl. Deshalb hat es Sie also in Enlgands westlichstes Dorf verschlagen. Von Küste zu Küste. Jetzt lassen Sie mich raten, wie eine so junge Frau in den Besitz eines solchen Prachtbaus gelangt.«

Sie hätte ihn gerne gebremst, wusste aber nicht, wie.

»Sie haben in der Werbung gearbeitet – als Model für …«, er legte den Finger ans Kinn und mimte intensives Grübeln, »… Zahnpflegeprodukte. Nein! Seidiges Haar. Sie sind das Pantene-Pro-V-Mädchen und haben die Seiten gewechselt, weil Sie nicht nur attraktiv, sondern auch sehr intelligent sind. Jetzt besitzen Sie eine eigene Model-Agentur und sind in Cornwall, weil sie Ihre Freundin Claudia Schiffer besucht haben. Sie wollen Sie für eine Kampagne für die PETA gewinnen.«

»Ich muss Sie enttäuschen. Ich bin Pelzträgerin und habe eine besondere Vorliebe für Reptilienleder.«

»Oh, eine Kalifornierin, die einen Pelz zu schätzen weiß. Meine Begeisterung für Sie wächst minütlich.«

»Und ich dachte schon, ich hätte es mir mit Ihnen verscherzt. Nein, ernsthaft, ich habe den Silberfuchs an Ihrem Mantel gesehen. Da konnte ich mutig die Wahrheit sagen.«

»Wenn Sie es sich mit mir verscherzen möchten, meine Liebe, dann müssen Sie sich schon etwas mehr ins Zeug legen.«

Das Kaffeewasser brodelte, und Laura nahm die Kanne vom Herd, froh über eine Ablenkung. Sie verfügte durchaus über schärferes Geschütz. Die Wahrheit. Zwei Beine, die sie auf dem Gewissen hatte. Würde er noch mit ihr flirten, wenn er wüsste, was sie Lucille angetan hatte?

»Wie trinken Sie Ihren Kaffee, Hector?«

»Schwarz wie meine Seele, Laura.«

»Das ist ganz nach meinem Geschmack.«

Nach einem äußerst reichhaltigen und schmackhaften Frühstück in der Küche des ›Star Inn‹ hatte Slasher ihr erklärt, wie sie zum Rathaus fand. Dort hatte man sie an die Kirchengemeinde verwiesen, die die Geburtenverzeichnisse des Ortes aufbewahrte. Was in ihrer Vorstellung eine simple Suche per Knopfdruck gewesen war, entpuppte sich als zeitaufwendige Recherche. Erst die Jahrgänge ab 1965 waren mit dem Computer erfasst, alle weiter zurückliegenden Einträge existierten nur in den alten Kirchenbüchern. Zudem waren die Geburten nicht namentlich, sondern chronologisch sortiert.

Laura begann mit ihrer Suche nach Lucy Grays Geburtsdatum im Jahre 1860. Und da selbst in einem so kleinen Dorf wie St. Just das Geburtsaufkommen beträchtlich gewesen war, dauerte es zwei Stunden, bis sie im Jahr 1866 ankam. Resigniert legte Laura das Kirchenbuch beiseite. Wenn Lucy Gray im Jahr 1870 schon über einen Meter gemessen hatte, schien es ausgeschlossen, dass sie jünger als fünf Jahre war, als die Ashbys mit ihren Experimenten anfingen. In St. Just war Lucy also nicht geboren. Es wäre vielleicht auch zu auffällig gewesen, wenn die Kinder des Dorfes spurlos verschwanden.

In dem kleinen Büroraum der Kirche roch es unangenehm nach altem Linoleum, und das Licht, das durch das penibel geputzte Fenster mit dem schmiedeeisernen Gitter fiel, wurde immer karger. Laura stand auf, schaltete die Deckenbeleuchtung ein, und die Leuchtstoffröhre über ihr begann leise zu surren. Wenn es in den Geburtsverzeichnissen keine Lucy Gray gab, dann vielleicht – und bei dem Gedanken erschauerte sie – bei den Todesfällen. Hier beschränkte sie ihre Suche auf das Jahr 1877, in dem die Versuchsreihe der Ashbys endete. Doch auch hier war ihre Recherche ebenso wenig von Erfolg gekrönt.

»Und? War Ihre Suche erfolgreich?« Die Gemeindesekretärin warf mit der rechten Hand ihr fast übertrieben langes kastanienbraunes Haar über die Schulter, schaute über die Gläser ihrer Goldrandbrille und lächelte, woraufhin sich auf ihrer linken Wange ein tiefes Grübchen bildete. Ihre Stimme war freundlich und sanft, ohne dabei ins Anbiedernde abzugleiten. Wie Glockenklang aus angenehmer Entfernung, ging es Laura durch den Kopf. Ich würde sie gerne singen hören. »Leider nein. Aber vielleicht ist das auch besser so.«

»Entschuldigen Sie, dass ich mich noch nicht vorgestellt habe. Mein Name ist Kathy Claighbourne. Ich bin eine große Verehrerin der Arbeiten Ihrer Schwester. Ich kann Ihnen gar nicht sagen, wie ich mich gefreut habe, als ich hörte, dass ausgerechnet Lucille Shalott Ashby House kaufen will.«

Es war, als habe man ihr eine Ohrfeige verabreicht. Die vergangenen Tage hatte sie wirklich geglaubt, sich völlig anonym in der englischen Landschaft zu bewegen.

»Ja. Wir sind sehr glücklich über den Kauf.«

»Und wir erst! Die Gemeinde hätte es sich nie leisten können, das Haus zu erhalten. Und dass ausgerechnet eine Starfotografin nach St. Just zieht, hätten wir uns nie erträumt.«

Laura lächelte gequält. »Sagen Sie, Kathy, weiß eigentlich das ganze Dorf, wem Ashby House nun gehört?«

»Sie können sich sicher denken, dass die Neuigkeit die Runde gemacht hat. Aber wenn Sie sich jetzt Sorgen machen, dass jemand die Presse alarmiert hat, kann ich Sie beruhigen. Wir schätzen hier nichts mehr als den Winter, in dem wir etwas Ruhe haben. Und niemand würde auf die Idee kommen, diese Ruhe aufs Spiel zu setzen. Wir sind sehr diskret.«

»Wenn auch nicht gerade untereinander ...«

Kathy kicherte glucksend. »Da haben Sie allerdings recht. Aber keine Angst, nach außen schweigen wir wie ein Grab.«

»Sagen Sie, Kathy, gibt es irgendwelche Chroniken oder sonstiges Material, das mir Informationen über unser Haus liefern könnte?«

»Das Haus ist in einigen Büchern erwähnt. Die Ashbys hatten einen sehr eigenwilligen Kunstgeschmack gehabt und waren ihrer Zeit weit voraus. Sie haben mit ausländischen Künstlern an der Gestaltung des Hauses gearbeitet, und deshalb taucht Ashby House in verschiedenen Büchern über Architektur auf. Besonders hervorgehoben wird die Bricolage, der Materialmix. Es wurde viel mit regionalem Stein gearbeitet, naheliegend bei den Graphitvorkommen, aber die Ashbys haben sich auch auf ihren Reisen inspirieren lassen.«

Laura musste sofort an das monströse Bodenmosaik im Ballsaal denken, das in diesem Raum alles andere als britisch aussah.

»Und dann natürlich in den Bildbänden über Cornwall.«

»Und gibt es Literatur über die Ashbys?«

»Nicht dass ich wüsste. Es heißt, dass sie sehr zurückgezogen gelebt haben, wenn sie nicht auf Reisen waren. Unsere Dorfchronistin, meine ehemalige Englischlehrerin Miss Rutherford, hätte Ihnen helfen können. Sie hat jahrelang ehrenamtlich die kleine Bibliothek geleitet, ist aber leider im vergangenen Herbst gestorben. An Vogelgrippe. Warum muss eine Frau in dem Alter auch noch nach China reisen?«

Laura nickte verständnisvoll.

Das Telefon klingelte. Kathy hob ab und hielt die Hand über die Sprechmuschel. »Sagen Sie, meinen Sie, dass es möglich wäre …«

»Ein Autogramm? Selbstverständlich. Wenn ich das nächste Mal wieder hier bin.« Sie machte eine geistige Notiz, die Autogrammanfrage sofort wieder zu vergessen.

»Wahnsinn, Miss Shalott. Wahnsinn!« Ihre kindliche Freude war ehrlich.

»Noch eine letzte Frage, Kathy. Gibt es irgendwelche Geschichten um die Ashbys, in denen kleine Kinder eine Rolle spielen?«

Die Sekretärin machte ein erstauntes Gesicht. »Kinder? In Ashby House? Nicht, dass ich wüsste. Die Ashbys waren Geschwister, und meines Wissens starben sie unverheiratet.«

Es war nach fünfzehn Uhr, als Laura sich bei der Gemeindesekretärin bedankt und das Büro verlassen hatte. Sie hatte den halben Tag an ein Vorhaben verschenkt, das sie keinen Schritt weitergeführt hatte. Vom Auto aus rief sie Harker an, um sich nach dem Grundriss von Ashby House zu erkundigen.

»Der Grundriss sollte Ihrer Schwester vorliegen. Wir haben ihn ihr zugesandt, als sie sich das erste Mal nach Ashby House erkundigt hat.«

»Wissen Sie noch ungefähr, wann das war?«

»Lassen Sie mich überlegen. Das muss im Juni letzten Jahres gewesen sein. Ja, im Juni. Ich erinnere mich wieder.«

Im Juni. Das war zwei Monate *vor* dem Unfall. Lucille hatte das Haus also nicht erworben, um sich dorthin zurückzuziehen und der Presse den Anblick ihres verkrüppelten Körpers zu ersparen. Es musste andere Gründe gegeben haben. Doch die würde sie ihrer Schwester nicht freiwillig mitteilen. »Besitzen Sie keine Kopie, Mister Harker?«

»Ich müsste in meinen Unterlagen nachschauen, aber gewöhnlich bewahren wir solche Dokumente nach dem Verkauf nicht mehr auf.«

»Ich wäre Ihnen sehr dankbar, wenn Sie nachschauen könnten. Ich fürchte, der Grundriss liegt irgendwo in unserem Haus in Bel Air.«

»Darf ich fragen, wofür Sie den Grundriss benötigen? Sie wissen, dass bauliche Veränderungen einer Genehmigung durch das Denkmalamt bedürfen?«

»Keine Sorge, Mister Harker. Wir haben nicht vor, das Haus umzugestalten.«

Die angemessenste Umgestaltung für Ashby House schien ihr im Moment das Inbrandsetzen zu sein. Aber Ashby House war nicht Manderley und sie nicht Mrs. Danvers. Manderley war im Vergleich eine Karusselfahrt.

Zumindest in einem war sie erfolgreich gewesen: Ihr eindringlicher Anruf beim Telefonbetreiber hatte zur Folge gehabt, dass die Telefontechniker ihre Arbeit erledigt hatten, als sie nach Hause kam. Das willkommene Geräusch eines klingelnden Telefons begrüßte sie, als sie in die Halle trat, die Tür hinter sich schloss und Tasche und Mantel auf einen morschen Barockstuhl warf. Die Tatsache, dass funktionstüchtige Telefone Tag und Nacht zur Verfügung standen, nahm dem Haus etwas von dem Schrecken, den es am Vortag verbreitet hatte. Dennoch – als sie abwägte, ob sie mit

Steerpike ein weiteres Mal in den zweiten Stock gehen sollte, um die verschlossene Tür aufzubrechen, verwarf sie den Gedanken und verschob den Plan auf unbestimmte Zeit. Mit Grauen erinnerte sie sich an das unerträgliche Warten, an die Angst, die sie ausgestanden hatte, während Steerpike irgendwo verloren im Dunklen Raum umherirrte.

Sie folgte dem Klingeln in die Bibliothek. Als sie die Tür öffnete, verstummte es.

»Ich habe keine Ahnung, wo sie steckt.«

Als sie den Raum betrat, sah sie, wie Lucille den Hörer auflegte. »Wer war das?«

»Ein Mann.«

»War das Gespräch für mich?«

»Ja.«

»Und?«

»Ich bin nicht deine Sekretärin. Wenn du telefonieren willst, dann sei zu Hause, wenn das Telefon klingelt.«

»Hexe!«

Laura nahm das Telefon, drückte eine Tastenkombination und notierte die Ziffernfolge des letzten eingegangenen Anrufes.

»Seit wann ist die Leitung frei?«

»Seit zwei Stunden. Und seitdem hat es achtmal geklingelt.«

»Ich wusste gar nicht, dass so viele Leute diese Nummer haben.«

»Nur eine Handvoll. Die Moders. Winona. Und Lorna Eckels.«

Lorna war die umtriebige und berufsbedingt penetrante Agentin Lucilles, die einzige erlaubte Blondine in Lucilles nächstem Umfeld. Sie vertrat ausschließlich Hollywood Royalty und gehörte zu den Menschen, die es sich leisten konnten, Laura brüsk zu schneiden, wann immer sich die Gelegenheit bot. Lorna würde auch dann noch erfolgreich als Agentin tätig sein, wenn die Julias, Sandras und Renées sich ihren Alterskarrieren im Fernsehen oder in der Charity zuwandten und auch Annie Leibovitz ihre Kamera aus der Hand gelegt haben würde.

»Wenn Lorna die Nummer hat, dann können wir uns den Eintrag im Telefonbuch sparen.«

»Da hast du vielleicht nicht einmal unrecht. Sie hat sie Stephen Steed gegeben. Er will mich besuchen.«

»Stephen?« Laura erinnerte sich an einen äußerst intensiven Abend auf Ecstasy mit Amerikas zweitbegehrtestem männlichen Schauspieler. Während Lucille ihre Gäste am Pool mit Hollywood-Geschichten aus der Garbo-Ära gelangweilt hatte, war sie mit dem griechischen Gott ins Gästehaus verschwunden und hatte sich mit ihm einem mehrstündigen Austausch von Zärtlichkeiten hingegeben. »Und wann will er kommen?« Sie bemühte sich um einen möglichst freudlosen Ton.

»Ich kann den hier nicht brauchen. Ein Langweiler. Wahrscheinlich will er die Geschichte an ›People‹ verkaufen. Stephen Steed kümmert sich liebevoll um verkrüppelte Fotografin. Nein, danke.«

»Ein bisschen Abwechslung könnte nicht schaden.«

»Wenn du Abwechslung brauchst, besorg dir ein Jojo.«

»Als ob es nicht schon genügt, dass du im Alter immer hässlicher wirst, musst du auch noch gemeiner werden.«

Lucille lachte ein schmutziges Lachen. »Ich passe mich den Umständen und der Art an, wie man mit mir umgeht. Wo hast du die Zigaretten versteckt?«

»Ach, deshalb die Laune ...« Laura holte ein Päckchen aus ihrer Handtasche, warf es Lucille zu – und verfehlte zielgenau. Lucille musste sich weit vorbeugen und fluchte, als sie nach der Schachtel griff. »Ein bisschen Bewegung kann in deinem Alter nicht schaden. Sonst wirst du noch so morsch wie das Mobiliar.«

Lucille ächzte, als sie sich wieder aufrichtete.

»Warum macht es mir nur immer weniger Freude, dich zu ärgern?«, fragte Laura mit gespieltem Bedauern.

»Es ist wohl wie mit allen Dingen. Irgendwann verblasst der Glamour.«

»Hm. Eigentlich eine gute Vorlage, aber sei's drum. Was, denkst du, sollen wir wegen des Vorfalls unternehmen?«

»Von welchem Vorfall sprichst du?«

»Steerpikes Verschwinden im Dunklen Raum. Was dachtest du?«

»Besorg dir ein Telefonbuch und schlag unter G nach. Für Ghostbuster. Keine Ahnung, was wir tun sollen.«

»Ernsthaft, Lucille. Wir müssen etwas unternehmen. Irgendetwas geht hier nicht mit rechen Dingen zu.«

Lucille legte ihre Hände auf die Sessellehnen und trommelte mit ihren Fingerspitzen darauf. Sie legte den Kopf schräg. »Vielleicht habt ihr das Video gefälscht, und es ist alles nur ein Plan, um die verkrüppelte Schwester in den Wahnsinn zu treiben.«

»Deine Selbstüberschätzung ist wirklich gigantisch.«

Lucille steckte sich eine Zigarette an und inhalierte gierig. »Nur traue ich dir nicht so viel Fantasie zu. Und darstellerisch wäre es eine Glanzleistung gewesen, also außerhalb deiner Bandbreite …«

»Vielleicht ist es ja umgekehrt, und du hast ein paar Disney-Spezialisten auf mich angesetzt, um mich verrückt zu machen. Die Ausstattung hier ist fast zu britisch geworden, wenn du mich fragst. Ich meine, Ritterrüstungen, ausgestopfte Bären, das volle Programm. Inklusive special features.« Wenn Laura daran hätte glauben können, hätte sie sich besser gefühlt. Aber sie war sich ziemlich sicher, dass Ashby House kein Prototyp für einen Themenpark war und sie nicht die Testperson. Ihr Gefühlsleben war fundamental aufgerüttelt worden und nicht mechanisch.

»Wenn ich das in Auftrag gegeben hätte, dann würden hier die Wandspeier durch die Gänge fliegen und die Wände bluten, das kannst du mir glauben.«

In diesem Moment klingelte Lauras Mobiltelefon. »Hallo?«

»Ist es eigentlich eine Hollywood-Konvention, sich nie mit seinem Namen zu melden?« Es war Slasher.

»Nein, aber es ist eine Hollywood-Konvention, sich nach einem Gespräch nicht zu verabschieden. Wir Westküsten-Ladies sagen allerdings am Ende eines Telefonats gelegentlich ›bis bald‹.«

»Manchmal auch ›so long‹?«

Sie musste lachen. »Ja, aber nicht so häufig.«

»Ich habe zuerst die andere Nummer versucht, aber da antwortete eine etwas missgestimmte Dame.«

»Das wird meine Schwester gewesen sein. Das dürfen Sie nicht zu ernst nehmen.« Sie lächelte Lucille an. »Sie ist alt und gebrechlich. Was verschafft mir die Freude Ihres Anrufs?«

»Ich wollte Ihnen einen Höflichkeitsbesuch als neuer Nachbar abstatten. Salz und Brot, Sie wissen schon.«

»Ein entzückender Gedanke, Hector.«

»So sind wir Engländer. Wann passt es Ihnen?«

»Morgen zum Frühstück. Dann können wir unsere alte Frühstückstradition wiederaufleben lassen.«

»Wunderbar! Es hatte mir schon gefehlt!«

»Nun denn, so long!«

Am anderen Ende der Leitung war nur ein Knacken zu hören, und Laura musste lächeln.

Lucille schnipste ihre Zigarettenkippe ins offene Kaminfeuer. »Ich will hier keine Fremden.«

»Und ich will, dass er kein Fremder bleibt. Und da das hier kein Set für ein Fotoshoot ist, zählt nicht, was du willst oder nicht willst. Wenn du nicht gesehen werden willst, dann schließ dich in deinem Zimmer ein.« Mit diesen Worten verließ Laura den Raum, nicht ohne darüber zu grübeln, wie es sein konnte, dass eine Diskussion unter Shalott-Schwestern nie mit einer Problemannäherung, geschweige denn einer Lösung, sondern immer nur mit Wortspielereien endete.

Kopfschüttelnd, aber lächelnd schaute Lucille ihrer Schwester bei ihrem Abgang zu. Das Mädchen hat zu viele Soap-Operas gesehen, dachte sie und gestand sich zugleich ein, dass die augenblickliche Situation sehr in Richtung dieses Genres tendierte.

Sie hob ihre Arbeitsmappe vom Fußboden auf und nahm sie auf den Schoß, ohne sie zu öffnen. Sie legte die rechte Hand auf die Mappe und schloss die Augen. In dieser Arbeit steckte ihr Herzblut. Wenn sie endlich das letzte Kapitel dieser Geschichte in Erfahrung gebracht haben würde, dann konnte ihre Karriere in die nächste Phase gehen. Wenn nicht ihr Unfall diesen Traum begraben hatte. Doch sie war nun schon so weit gekommen, dass es unvorstellbar war, die Recherchen abzubrechen, jetzt, wo sie an der Quelle saß. Wenn das Schicksal gewollt hätte, dass ein lächerlicher Unfall ihre alte Karriere beendete und ihre neue vereitelte, dann hätte ebendieses Schicksal sie niemals in Ashby House ankommen lassen. Ihre Schwester hätte diese Entwicklung für einen zynischen Kommentar gehalten, aber Lucille war härter als Laura.

Während Hollywood sich auf Geschichtsepen und Mystery-Thriller eingeschossen hatte, bereitete Lucille eine Regiearbeit vor, die in den Augen von Produzenten, Anwälten, Konsortien, Spielefabrikanten und sämtlichen anderen Investoren, Lizenznehmern und Wirtschaftsanalysten keine Chance auf die große Kasse hatte. Vielleicht war der Zeitpunkt für einen solchen Film ungünstig gewählt, vielleicht auch einfach vorbei. (Oder nie da gewesen. Hollywood war nie gut darin gewesen, seinen Protagonisten ein adäquates Denkmal zu setzen.)

Lucille hätte keinen schlechteren Stoff wählen können. So schlampig und einfallslos, wie nur das Leben selbst zu inszenieren vermag, imitierte Lucilles Schicksal das ihrer Protagonistin. Sie hatte auf den Pfaden dieser »Chris« wandeln wollen – deshalb auch der Kauf von Ashby House –, aber dass sie gefährlich nahe auf den Abgrund zusteuerte, oder besser zurollte, in den ihre Filmheldin gestürzt war, das begann sie angesichts der Vorkommnisse im Haus erst langsam zu begreifen. Und da Begreifen und Trotzen bei Lucille Hand in Hand gingen, ignorierte sie die Gefahren und begab sich in den Kampf. Sie war der Wahrheit schon sehr nahe gekommen. Und um Chris' Geschichte erzählen zu können, musste sie ihr Ende kennen. Wer war sie, sich zu fürchten?

Lucille hatte die Rechnung ohne Ashby House gamacht. Ashby House war besser vorbereitet.

KAPITEL 11

Es begann mit einem leisen Pochen. Die Vibrationen übertrugen sich auf den gesamten Raum und erschütterten die Möbel. Die Glasscheiben in den Vitrinen und auf den kleinen Tischen begannen zu klirren, und nach wenigen Minuten schlossen sich die Fensterscheiben an. Das Ungeziefer, das es sich in den Wänden und Fußböden von Ashby House bequem gemacht hatte, zuletzt von der aufsteigenden Wärme aus dem Dornröschenschlaf geweckt, wurde aufgescheucht und setzte sich in Bewegung.

Laura hatte sich nur für einen Augenblick ausruhen wollen und war in einen unruhigen Schlaf gefallen, aus dem sie jetzt schlagartig gerissen wurde. Sie setzte sich im Bett auf und spürte, wie der Bettrücken klapperte.

Mowgli, der auf dem Bärenfell vor ihrem Bett gelegen hatte, war aufgesprungen und stand jetzt, den Kopf zur Decke gerichtet, neben ihr. Seine Nackenhaare waren gesträubt, und ein leises, aber bedrohliches Knurren drang aus seiner Kehle. Es war kurz vor neun Uhr abends.

Ein Klopfen an der Tür vermochte den Hund nicht aus seiner Konzentration auf den Lärm über ihm zu reißen, und selbst das Gespenst einer vor über hundert Jahren wegen Vernachlässigung eingegangenen Hauskatze, das über die

Teppiche flitzte, brachte ihn nicht aus seiner Hab-acht-Stellung.

»Ja, bitte?«

Steerpike betrat das Schlafzimmer, bewaffnet mit einem Schürhaken. Er hatte sich die langen Haare zum Zopf gebunden, und erst als sie seinen Wintermantel sah, registrierte sie, wie kalt es trotz des offenen Feuers geworden war.

»Ich weiß nicht, was hier vor sich geht, aber ich halte es für das Beste, Sie und Ihre Schwester auszuquartieren.« Er schaute sie nicht an, während er sprach, sondern blickte ebenfalls zur Decke.

»Ich bin mir sicher«, log sie, »dass es für alles eine plausible Erklärung gibt. Vielleicht will uns jemand aus dem Haus vertreiben.«

»Wer sollte das wollen? Die Gemeinde ist erleichtert, dass sich endlich ein Käufer gefunden hat.«

»Die anderen Interessenten haben das Haus vermutlich besichtigt, bevor sie sich entschieden haben. Lucille und ihre Alleingänge. Ich hasse es.« Sie stand auf und schlüpfte in ihre Schuhe. Die Vibrationen fuhren ihr durch den ganzen Körper. »Kommen Sie, Steerpike. Ich lasse mich nicht verängstigen.« Sie ging erhobenen Hauptes voran, der Hund lief zu ihr und blieb an ihrer Seite.

»Warten Sie, wo wollen Sie hin?«

»Nach oben natürlich. Ich will sehen, was da passiert. Und ich gehe mit Ihnen oder ohne Sie!« Energischer, als sie sich fühlte, schritt sie an ihm vorbei in den Korridor.

»Miss Shalott, wir sind beide aufgeklärte, erwachsene Menschen, aber glauben Sie mir, wenn ich sage, dass –«

»Dass es zwischen Himmel und Erde mehr gibt als unsere Schulweisheit, blablabla? Vergessen Sie's. Ich glaube nicht an Spuk. Und Shakepeare kotzt mich an.«

Über ihnen erklang ein Getöse, als rase ein Gegenstand mit enormer Geschwindigkeit durch den Raum. Darauf folgte ein Krachen und Scheppern wie von zerberstendem Holz.

Steerpike zuckte zusammen, als habe man ihn geschlagen. »Sie waren gestern dabei!«

»Das war kein Spuk, das war etwas anderes Unerklärliches.« Und etwas verdammt Beängstigendes. »Ich finde, es wird Zeit, dass wir hier ein paar Dinge aufklären. Ich brauche meinen Schlaf.«

»Sie wissen nicht, worauf Sie sich einlassen.«

»Und genau das ist mein Problem. Ich will es wissen. Sie etwa nicht?«

Sie waren am Fuß der Treppe in den zweiten Stock angelangt. Laura stellte erstaunt fest, dass sie nicht nur wütend war, sondern dass ihre Wut weitaus größer war als ihre Angst. Der Lärm und die Erschütterungen waren mittlerweile so laut, dass die beiden ihre Stimmen erheben und dagegen anschreien mussten. Es klang, als würde ein gigantischer Schmiedehammer in kurzen Abständen gegen eine Metalloberfläche geschmettert. Das Treppengeländer vibrierte unter den Schlägen.

Steerpike ging direkt hinter ihr. Bevor sie sich gegen die Deckenplatte stemmte, die das erste Geschoss vom zweiten trennte, machte er einen letzten Versuch: »Miss Shalott, bitte! Wir begeben uns in Gefahr.«

»Mister Steerpike, wenn ich es richtig sehe, sind wir bereits in Gefahr. Und wir können nicht einfach die Augen verschließen und so tun, als sei nichts. Vielleicht funktioniert Ihre Alte Welt so. Bei uns geht man anders damit um!«

Sie stemmte sich gegen die Deckenplatte und wuchtete sie mit einem Stöhnen nach oben. Eine Sturmböe traf sie eiskalt im Gesicht und riss ihr die Platte aus der Hand. Sie musste die Augen zu Schlitzen verengen, so beißend schlugen ihr Wind und Kälte entgegen. Ein Sturm tobte und heulte im zweiten Stock und brachte die Haare und Kleider der beiden zum Tanzen, während sie sich mit ausgestreckten Armen balancierend im Ballsaal bewegten, der Boden unter ihren Füßen zitterte. Das Knurren des Hundes, im Lärm des unerklärlichen Sturmes (alle Fenster waren geschlossen) kaum mehr hörbar, hielt an. Zielstrebig, aber enervierend langsam schlug der mutierte Weimaraner eine Richtung ein und führte die zweite Expedition in den zweiten Stockwerk an.

Steerpike und Laura wechselten einen erleichterten Blick, als sie feststellten, dass er sich nicht auf den Dunklen Raum zubewegte, sondern in die entgegengesetzte Richtung. Sie betraten den Korridor, von dem die Türen zu den Dienstbotenquartieren abgingen. Der Sturm schien jetzt noch intensiver zu werden. Er brandete ihnen entgegen und raubte ihnen fast den Atem. Sie zogen sich an der Wand entlang, um überhaupt vorwärtszukommen. Die Tür zum Schulzimmer war krachend aufgestoßen worden und hing ächzend in den Angeln. Laura wagte einen vorsichtigen Blick hinein: Papierseiten wirbelten durch die Luft und tanzten wie epileptische Gespenster, der Globus war vom Lehrerpult gerissen worden und an der acht Meter entfernten, gegenüberliegenden Wand zerschellt.

»Es kann nur hinter der verschlossenen Tür sein.« Steerpikes Haare hatten sich gelöst und flatterten wie Flammen um sein schmales Gesicht. Sein Gesichtsausdruck war leer, resigniert. »Das Turmzimmer.«

Laura war an Ashby House noch nie ein Turm aufgefallen. Aber angesichts der Tatsache, dass allein der Dunkle Raum um ein Mehrfaches größer zu sein schien als die gesamte

Wohnfläche der darunter befindlichen Stockwerke, würde es sie nicht überraschen, wenn es einen von außen nicht sichtbaren Turm beherbergte. »O mein Gott, Steerpike! Schauen Sie!«

Die schmale Kastentür, hinter der sich das mysteriöse Turmzimmer verbarg und die noch am Vortag von innen verschlossen gewesen war, stand offen. Doch wegen der Dunkelheit und der Wirbel von Staub war nicht zu erkennen, was sich im Zimmer verbarg.

»Vorsicht!« Steerpike riss Laura am Arm zur Seite und brachte sie gerade noch aus der Flugbahn eines Tintenfasses, das ihr bei dieser Geschwindigkeit den Schädel eingeschlagen hätte. Mit einem lauten Klirren zerbarst das Fass in tausend Splitter und sprenkelte dunkelbraune Tropfen an die Wand.

»Auf den Boden!« Selbst der Hund hörte auf sein Kommando. Sie robbten weiter, die Augen mit den Händen schützend, bis sie fast an der Schwelle angelangt waren.

Der Anblick, der sich ihnen bot, war atemberaubend. Der Fußboden im Turmzimmer, die Wände – alles schien unter einem enormen Druck zu vibrieren, als werfe sich eine übermenschliche Kraft immer wieder dagegen. Holz knirschte, und Steerpike warf sich über Laura, als sich aus den Dielen am Fußboden, wie von einem starken Magneten angezogen, eine Reihe kleiner Nägel löste, kurz in der Luft verharrte, dann wie ein Splittergeschoss auf sie zuraste und ein Stück Haut seiner Schläfe mitriss, bevor es am Boden des Korridors niederprasselte.

Ein Stöhnen ging durch Ashby House, und für Laura blieb die Zeit stehen. Ein grauer Schal, der wie im Zentrum eines Wirbelsturms in der Luft gestanden hatte, waberte, schien sich zu krümmen, mit einem Peitschenknall aufzubäumen und –

In diesem Augenblick trat eine grausame Stille ein, die Zeit gefror, und alle Partikel hielten in ihrem Tanz inne, bis mit einem letzten lärmenden Schlag die Tür vor Laura und Steerpike zuschlug, unter der Wucht die Farbe absplitterte und auf die drei kauernden Gestalten herabrieselte.

Als sie schon glaubten, das Phänomen sei vorüber, stieg weit in der Ferne ein Klagelaut auf, wurde zum gellenden Schrei und riss abrupt ab. Dann war es vorbei.

Laura war sicher, dass ihre Sinne sie nicht getrogen hatten, auch wenn ihr Verstand ihr sagte, dass es unmöglich war. Bevor die Tür zum Turmzimmer ins Schloss gefallen und polternd der massive Eichenholzriegel herabgesaust war, hatte Ashby House einen weiteren Beweis für seine okkulten Kräfte geliefert: Der Schal, Lucilles Vikunja-Schal, hatte sich vor ihren Augen in Luft aufgelöst.

Es dauerte eine Weile, bis Laura und Steerpike sich langsam und argwöhnisch aus ihrer kauernden Haltung aufrichteten. Der Wind hatte sich gelegt. Kein Geräusch drang durch die nächtliche Stille außer dem leisen Klirren von Scherben und Splittern, die sich aus ihrer Kleidung lösten und auf den Fußboden fielen, als sie sich erhoben.

Diesmal war es Steerpike, der die Initiative ergriff. Er legte seine Hand auf den Türknauf, drehte und drückte. Nichts. Die Tür zum Turmzimmer war wieder verschlossen, der schwere Balken, der die Tür von innen verriegelte, vorgeschoben.

Die Ruhe lag gewichtiger über ihnen als der Lärm des Sturms zuvor.

»Haben Sie das gesehen?«

Steerpike nickte stumm, dann drehte er sich um und ging mit immer eiliger werdenden Schritten den Korridor entlang

Richtung Ballsaal. Als Laura die Tür erreicht hatte, sah sie ihn die Treppe nach unten rennen. Sie hatte keine Eile. Sie ahnte, was er vorfinden beziehungsweise nicht vorfinden würde. Auch Mowgli war jetzt ruhig und begleitete sie geräuschlos durch den Saal. Oben auf der Treppe verharrte sie einen Augenblick, dann drehte sie sich nach links. Die Tür zum Dunklen Raum stand offen, doch war es nicht dieses Zimmer, zu dem es sie jetzt magisch hinzog. Sie ging auf die Tür daneben zu.

Durch die geöffneten Vorhänge drang das Mondlicht kalt und hart ins Anrichtezimmer. Laura wusste bereits, bevor sie nach rechts blickte und die offenen Türen sah, dass der Lastenaufzug betätigt worden war. Was vor ihr auf dem Boden lag, sprach eine ebenso deutliche Sprache. Sie spürte, wie etwas ihr die Luft abschnürte, wie ihr Herzschlag kurz aussetzte, um gleich darauf in ein wildes Stakkato auszubrechen. Zu ihren Füßen lagen, wie mit brachialer Wucht gegen die Wand des Zimmers geschleudert, die Trümmer von Lucilles Rollstuhl.

Die Bilder eines anderen Schreckenserlebnisses stiegen vor ihrem inneren Auge auf … Sie waren an Deck, die Sonne hatte grell auf das Wasser geschienen, aber auf einen anderen Ozean, und die Luft war heiß – war das der Anfang vom Ende eines recht erträglichen Lebens gewesen? Damals war sie lediglich als gebranntes Kind aus dem Erlebnis hervorgegangen. Ein zweites Mal würde es ihr niemand durchgehen lassen, wenn Lucille etwas zugestoßen war. Lucille Shalott schien einen Unglücksengel zu haben. Und dass dessen Name Laura war, daran würde die Presse keinen Zweifel lassen.

TEIL 2

VERSCHWINDEN UND ANDERE RENDEZVOUS

Don't you know – it could be so beautiful.

Carlisle

KAPITEL 12

Sie hatten die ganze Nacht lang nach ihr gesucht. Mit wenig Hoffnung und ohne Erfolg. Lucille Shalott blieb verschwunden.

Immer wieder führte der Hund sie vom Wintergarten zum Lastenaufzug in der Küche und im zweiten Stock vom Anrichtezimmer zum Turmzimmer. Es war klar, welchen Weg Lucille freiwillig oder unfreiwillig gegangen war. Aber wie sie abhandengekommen war, entzog sich einer Erklärung. Steerpike und Laura waren zwar Zeugen geworden, wie Lucilles Schal sich entmaterialisierte, aber diese Beobachtung brachte sie der Wahrheit keinen Schritt näher, sondern warf vielmehr neue Fragen auf. Was war im Anrichtezimmer geschehen? Welche Macht hatte Lucilles Rollstuhl zermalmt? Wie war sie ohne ihr Gefährt ins Turmzimmer gelangt? Wo war sie jetzt?

Die Morgendämmerung kroch über das Haus. Steerpike und Laura saßen bei einem heißen Kaffee in der Küche. In Kürze würde Rose Marsh eintreffen. Was würde man ihr erzählen? Musste man ihr überhaupt etwas erzählen?

»Es ist zumindest beruhigend, dass nirgends ein Tropfen Blut zu sehen ist«, begann Steerpike.

»Ich weiß nicht, warum mich das beruhigen soll. Haben Sie nie ›Dracula‹ gesehen?«

»Miss Shalott, ich glaube, wir können ausschließen, dass Ihre Schwester von einem Vampir verschleppt wurde.«

»Und wie können Sie da so sicher sein, Mister Van Helsing? Ich möchte seit gestern Nacht gar nichts mehr ausschließen. Ich habe in einer einzigen Stunde mehr unerklärliche Phänomene am eigenen Leib erfahren, als ich je für möglich gehalten hätte. Es sieht so aus, als müsste ich meinen Begriff von Realität erheblich weiter fassen.«

»Wie kam sie nur nach oben?«

»Das zumindest wissen wir. Mit dem Lastenaufzug.«

»Aber was wollte sie überhaupt im zweiten Stock? Noch dazu mitten in der Nacht?«

»Ich habe lange aufgehört, mich über die Motive meiner Schwester zu wundern, Steerpike. *Was* sie will, zählt, nicht, *warum* sie es will.«

Es entstand eine Gesprächspause, in der beide ihren eigenen Gedanken nachhingen.

Steerpike ergriff als Erster wieder das Wort. »Halten Sie es für möglich, dass ...«

»Sagen Sie's ruhig, Steerpike.«

»Lassen Sie es mich so formulieren: War Ihre Schwester in letzter Zeit niedergeschlagen, hatte sie möglicherweise Depressionen?«

»Sie meinen, ob sie sich das Leben nehmen wollte? Dazu hätte sie kein englisches Spukhaus gebraucht. Wir haben genug Morphium, um ganz St. Just auszurotten.«

»Ich dachte nur.«

»Wenn mir je ein Mensch mit einem unverwüstlichen Lebenswillen begegnet ist, dann Lucille. Sie hat sich immer lustig gemacht über Menschen mit Depressionen. Sie konnte überhaupt nicht nachvollziehen, dass jemand trauert und leidet, scheinbar grundlos.«

»Aber ihre Krankheit – wäre sie nicht Grund genug? Wie hat sie sich ihr weiteres Leben vorgestellt? Sie muss doch angenommen haben, dass ihre Karriere vorüber ist.«

»Traurig war sie jedenfalls nicht. Sie war wütend, aber das ist sie ja immer. Ich glaube, Wut erleichtert einem das Leben. Aber ehrlich, Steerpike, diese Fragen bringen uns nicht weiter. Das war kein Selbstmordversuch. Sie wusste nicht, worauf sie sich einlässt.«

Steerpike hüstelte und rutschte auf seinem Stuhl herum.

»Was ist los?«

»Ich glaube, sie wusste sehr genau, worauf sie sich einlässt.«

»Und wieso glauben Sie das?«

»Sie hat die Bilder von unserem Ausflug in den zweiten Stock gesehen.«

»Aber warum ist sie dann nicht in den Dunklen Raum gegangen, sondern in das Turmzimmer?«

»Haben Sie nicht mitbekommen, womit sie sich in den vergangenen Tagen befasst hat?«

»Morphium?«

»Sie wissen nicht, worum es in den Aufzeichnungen Ihrer Schwester geht?«

Laura war perplex. Nichts hatte sie weniger interessiert als die Notizen ihrer Schwester. Sie griff nach einer Marlboro-Schachtel, zog eine Zigarette heraus und wartete, bis Steerpike ihr Feuer gegeben hatte. »Sagen Sie es mir.«

In diesem Moment öffnete sich die Küchentür, und Rose Marsh trat ein. Sie bedachte beide mit einem skeptischen Blick, grüßte höflich und schaltete den mitgebrachten Mini-Fernseher an. Miss Marsh hatte ihre eigene Methode gefunden, mit den Geistern von Ashby House umzugehen: Frühstücksfernsehen.

Das Gespräch über Lucilles Recherchen wurde bis auf Weiteres verschoben – ein einvernehmlich und stillschweigend gefasster Entschluss, der Laura und Steerpike in diesem Augenblick zu Verschwörern machte. Vorerst sollte die Welt nichts vom Verschwinden einer ihrer berühmtesten Fotografinnen erfahren.

Während Rose Marsh sich in der Küche zu schaffen machte, besprachen Steerpike und Laura das weitere Vorgehen. Oder eher die Vermeidung jeglichen weiteren Vorgehens.

»Sollten wir die Polizei einschalten?« Steerpike schien selbst nicht von dem Gedanken begeistert zu sein.

»Und mit was für Informationen? ›Zuletzt sahen wir Lucille Shalotts Schal im Turmzimmer von Ashby House. Er war im Begriff, sich vor unseren Augen in Nichts aufzulösen. Dann schlug die Tür zu und wurde von einer unsichtbaren Macht verschlossen. Nein, danke, Officer, ich brauche keine Therapie, die habe ich schon hinter mir, ich komme aus Kalifornien.‹«

»Aber wir müssen doch irgendetwas tun!«

»Haben Sie eine Ahnung, was passiert, wenn nur irgendjemand außer uns beiden Wind davon bekommt, dass Lucille verschwunden ist? Es dauert eine halbe Stunde – ach, was sage ich –, zehn Minuten, dann weiß es die Presse. Und damit nicht genug, Steerpike.«

Sie fasste ihn an der Schulter und führte ihn durch die Halle, bis die beiden vor dem großen, hässlichen Spiegel anlangten. Ihre Spiegelbilder schauten sie aus übernächtigten Augen an. »Noch eine halbe Stunde später haben sich Vertreter der wichtigsten Nachrichtenagenturen vor der Tür eingefunden. Und nicht nur die. Auch die der unwichtigen. Paparazzi, Schaulustige. Jeder Schritt aus dem Haus, jeder Besucher, den wir empfangen – ein Spießrutenlauf ist eine Pyjama-Party im Vergleich dazu. Die Apfelbaum-Auffahrt da draußen wird mehr Interesse wecken als der verdammte rote Teppich bei der Oscar-Verleihung. Und wir werden hier festsitzen und nichts tun können, um das zu ändern. Die Situation wird gegen uns arbeiten, denn wir werden auch nichts unternehmen können, um Lucille zu finden, wenn das Haus belagert wird.«

»Sie haben vermutlich recht.«

»Ganz sicher sogar, Steerpike, vertrauen Sie mir.«

Laura ließ ihre größte Sorge, die nicht ihrer Schwester, sondern sich selbst galt, unausgesprochen.

»Also, was machen wir jetzt?«

Die Beantwortung dieser Frage wurde Laura durch ein lautes Klopfen abgenommen. Beide zuckten alarmiert zusammen und konnten im Spiegel den schockierten Gesichtsausdruck des anderen sehen.

»Ich werde wahnsinnig!« Laura schlug sich mit dem Handrücken an die Stirn. »Das waren keine Poltergeister, Steerpike. Wenn Sie bitte die Tür öffnen würden.«

»Komme ich ungelegen?« Es gelang ihm nicht ganz, seine Verwunderung ob ihres Anblickes zu vertuschen.

»Hector! Nein, wir waren schließlich verabredet. Sie müssen entschuldigen.« Laura strich sich die Haare hinter die Ohren und trat zur Seite, während Steerpike diskret verschwand. »Ich habe nicht sehr gut geschlafen.«

»Was ist passiert?«

Sie schaute sich in der Halle um und überlegte gleichzeitig, ob sie nicht nur übernächtigt aussah, sondern auch so roch. Mit Mitte dreißig konnte man eine schlaflose Nacht nicht mehr so leicht wegstecken. Noch dazu schienen ihre Fähigkeiten zum intelligenten Vertuschen und dem Erfinden eleganter Ausreden in Mitleidenschaft gezogen zu sein. »Der Hund war weg.«

»Der Hund?«

»Hatte ich Ihnen nicht erzählt, dass mir schon an meinem ersten Tag hier ein Hund zugelaufen ist? Und sagen Sie jetzt bitte nicht, dass Sie seinen Besitzer kennen. Das Tier ist mir irgendwie ans Herz gewachsen.«

»Nicht, dass ich wüsste. Und dieser Hund ist jetzt fort?«

Wieder blickte Laura sich um und hoffte, dass Mowgli nicht plötzlich auftauchte. »Ja, aber das ist natürlich nicht Ihr Problem. Das Personal hat sich schon auf die Suche gemacht.«

»Er wird schon wieder auftauchen, wahrscheinlich springt er gerade über die Felder und schnuppert etwas Freiheit. Spätestens, wenn er hungrig ist, wird er wieder zu Ihnen finden.«

»Vermutlich.« Ihr gelang ein knappes Lächeln. »Entschuldigen Sie Hector, ich bin unmöglich! Ihren Mantel, bitte.«

»Ein wirklich prächtiges Anwesen. Wie sind Sie darauf gestoßen?« Slasher hatte es sich in einem der Fauteuils bequem gemacht und vermittelte den Eindruck, als sei er für ein Herrenhaus wie dieses geradezu geschaffen.

»Ich habe es nicht ausgesucht. Es war die Idee meiner Schwester, hierher zu ziehen«

»Sie leben nicht allein?«

»Nein, wir sind zu zweit. Und die Dienstboten natürlich.« War es ein Spiel? Sollte er der einzige Bewohner von St. Just sein, der keine Ahnung hatte, wer sich in Ashby House einquartiert hatte?

»Natürlich.«

Er ließ ihr eine höfliche Pause, zu erläutern, wo sich besagte Schwester gerade aufhielt, aber Laura goss sich Tee nach und ignorierte die stumme Aufforderung.

»Und haben Sie und Ihre Schwester sich schon etwas eingelebt?«

»Sagen wir es so: Wir machen uns gerade mit der neuen Umgebung vertraut. Es ist alles noch etwas ungewohnt. Allein schon die Temperaturen!«

»Verständlich. Als Pantene-Pro-V-Prinzessin halten Sie sich in dieser Jahreszeit wohl eher an den Stränden der Karibik auf.«

Sie lachte. »Ja, das wäre schon eher nach meinem Geschmack. Ich kann Kälte nur sehr schwer ertragen.«

»Aber warum dann ausgerechnet England im Winter?«

»Eine gute Frage, Hector. Es war die Entscheidung meiner Schwester. Sie ist nicht ganz gesund und braucht Betreuung.«

»Ich verstehe.«

Einerseits war es angenehm, dass er nicht nachhakte, andererseits kam sie sich vor, als sei sie in einem Erklärungsnotstand.

»Sie hatte schon immer ein Faible für das Britische.«

»Und wie sieht es bei Ihnen aus? Sind Sie auch inselaffin?«

»Ich befasse mich immerhin schon mit der Lokalhistorie. Aber eine echte Britin werde ich wohl nie.«

»Das hat Gwyneth Paltrow auch gesagt.«

»Und jetzt trägt sie Twinsets.«

»Ich sollte mit Ihnen einen Ausflug machen und Ihnen die Gegend zeigen.«

»Das ist eine wunderbare Idee!«

»Sie rufen an, wenn Sie Zeit haben?«

»Das werde ich tun. Sehr gerne sogar.«

Slasher erhob sich und ließ ein letztes Mal den Blick durch die Bibliothek schweifen. »Ein schöner Raum. Und eine ganze Welt an den Wänden. Unbezahlbar.«

»Ja, die Wände von Ashby House haben es in sich, so viel ist sicher.« Laura führte ihn zur Tür, wo Steerpike bereits mit Slashers Mantel wartete.

»Es tut mir leid, wenn ich ungelegen kam.«

»Entschuldigen Sie, wenn ich unhöflich war, aber …«

»Keinesfalls, Laura. Sie melden sich?«

»Das werde ich.«

Er warf einen kurzen Blick auf Steerpike, bevor er sich zu ihr herabbeugte, seine Hand auf ihren Oberarm legte und ihr flüchtig die Wange küsste. »Ich warte darauf.«

»Vielleicht sollte ich die amerikanische Botschaft verständigen.« Die Erinnerung an den Kuss auf ihre ungeschminkte Wange war nicht abzuschütteln.

»Zu welchem Zweck?« Zwischen Steerpikes Augen zog sich eine schmale Sorgenfalte die Stirn empor.

»Sie ist immerhin eine herausragende amerikanische Bürgerin.«

»Ich bezweifle, dass es in der Botschaft Spezialisten für unser spezifisches Problem gibt.«

»Da mögen Sie recht haben. Aber dieses Nichtstun macht mich ganz irre. Was geschieht normalerweise in Geisterfilmen? Ich schaue mir selten welche an, Lucille ist bei uns die Filmspezialistin …« Ihre Unfähigkeit, sich zu konzentrieren, machte sie noch fahriger. Was hatte Slasher sich dabei gedacht?

»In einem Film würden die Helden versuchen, das Rätsel zu lösen.«

»Aber vielleicht verlangt dieses Rätsel gar nicht danach.

Vielleicht hat Hollywood uns angelogen. Vielleicht wollen Rätsel nicht gelöst werden. Vielleicht ist dies einfach ein Haus, in dem Menschen verschwinden, und damit basta. Kein Rätsel, kein Geheimnis. Meine Schwester ist im Turmzimmer verschwunden, und wir können es nicht ändern.«

»Wir können uns nicht hinsetzen und so tun, als sei Ihre Schwester nicht verschwunden. Ganz abgesehen davon, dass die Leute über kurz oder lang Fragen stellen werden. Macht es Sie nicht wahnsinnig, nicht zu wissen, wo sie ist und wie es ihr dort geht?«

»Steerpike, Sie haben mich vorhin gefragt, ob ich wüsste, mit welchem Thema Lucille sich in den letzten Tagen befasst hat. Was meinten Sie damit?«

Er zögerte, bevor er antwortete. »Vielleicht liege ich völlig falsch, aber Ihre Schwester hat sich mehrere Male den Film ›Königin Christine‹ angeschaut.«

»Sie hat die Garbo schon immer bewundert.«

»Finden Sie es nicht auch auffällig, dass sie das Verhalten der Garbo so genau kopiert? Dieser totale Rückzug in die Anonymität? Erinnern Sie sich an die letzte Szene im Film? Christine, die als Königin abdanken musste, steht allein an Deck ihres Schiffes und fährt in eine ungewisse Zukunft. Gewissermaßen nimmt das Ende des Films das Ende der Schauspielkarriere der Garbo vorweg. Wäre es nicht denkbar, dass Ihre Schwester freiwillig ins Turmzimmer gegangen ist?«

»Aber wie hätte sie wissen können, was im Turmzimmer mit ihr geschieht?«

»Ashby House ist in jedem Buch über englische Spukhäuser verzeichnet. Ich bin sicher, dass Ihre Schwester davon wusste.«

»Aber sie würde uns doch nicht absichtlich in Gefahr bringen.« Kaum hatte sie diesen Satz ausgesprochen, bezweifelte sie ihn auch schon. »Wie lange wissen Sie schon, dass das Haus gefährlich ist?«

»In dieser Gegend weiß das jeder. Es grenzt an ein Wunder, dass wir eine Köchin gefunden haben.«

»Sie meinen, Sie haben uns ins offene Messer laufen lassen?«

»Ich habe die ganze Zeit mein Bestes getan, Sie vor dem Schlimmsten zu bewahren.«

»Und was verleitet Sie zu derart großmütigen Taten, Mister Steerpike?«

Er schlug die Augen nieder und schwieg einen Augenblick. »Ich bin ein großer Verehrer Ihrer Schwester.«

Nicht genug damit, dass Lucille verschwunden und dieses Haus gefährlich war – Laura hatte es auf einmal mit der schlimmsten, verachtungswürdigsten und gefährlichsten Spezies zu tun: dem Fan. Und wenn Steerpike Lucille Shalott verehrte – dann konnte er nur ein Feind ihrer Schwester sein.

»Hell hath no fury like a woman scorned« hat Shakespeare geschrieben, ohne eine Ahnung von den Dingen zu haben, zu denen Verehrer jedweden Geschlechts sich verleiten lassen. Lucille Shalott führte nicht nur die Liste der bestbezahlten Fotografinnen und der bestgekleideten Celebritys an, sie lag auch auf Platz eins der meistgestalkten Prominenten – Schauspieler und Fußballer einmal ausgenommen. Ihr Haus in Bel Air war zuletzt besser geschützt gewesen als der Hochsicherheitstrakt einer Strafanstalt. Sie bewegte sich in Hollywood ausschließlich in Begleitung von Bodyguards. Von fünf Stalkern, die sie vor Gericht gezerrt hatte, saßen drei in Nervenheilanstalten, zwei waren aufgrund wiederholter und ernstzunehmender Bedrohung der Künstlerin zu Haftstrafen verurteilt worden. Eine achtundvierzigjährige

Grundschullehrerin aus Bodega Bay, Kalifornien, konnte ihren rechten Arm nicht mehr bewegen, weil Lucille zwei schlecht gezielte Schüsse auf die Frau abgefeuert hatte, die sich in ihrem Waschkeller eingenistet hatte.

Aufgrund der Effizienz ihrer Agentin Lorna Eckels war über diese Vorfälle nichts an die Öffentlichkeit gedrungen. Teilweise hatte die Verachtung gegenüber Anhängern auch auf Laura abgefärbt, insbesondere nachdem sie bereits zu Beginn der Karriere ihrer Schwester hatte feststellen müssen, dass viele Menschen sich nur für sie interessierten, weil sie »die Schwester von« war. Kein Wunder also, dass sie nicht erfreut war, dass ausgerechnet Steerpike, der Mann, der sie eine Nacht lang im Arm gehalten hatte, zu den Menschen zählte, die Lucille in einem Maße bewunderten, dass sie einiges dafür taten, ihr nah zu sein. Zum Beispiel deren kleine Schwester trösten, wenn die Aufgabe auch noch so unattraktiv war.

Dass Lucille in ihrem Abgang Greta Garbo imitieren oder übertreffen wollte, schien Laura wenig plausibel. »Ich kann mir beim besten Willen nicht vorstellen, dass Lucille sich freiwillig von einem Haus verschlucken lässt. Das erscheint mir zu weit hergeholt. Entschieden zu weit hergeholt.«

»Aber finden Sie nicht, dass sie in den letzten Tagen einen Hang zur Melodramatik hatte?«

»Einen Hang zur Dramatik hat sie, seit sie laufen kann. Melo sind nur unsere Lebensumstände.«

»Trotzdem –«

Bei all dem Begehren und der Zuneigung, die Laura für Steerpike verspürte – er ging zu weit. »Trotzdem, Steerpike, kennen Sie meine Schwester nur aus der Boulevardpresse. Und das heißt, Sie kennen sie gar nicht. Fotos von ihr und mit ihr – das ist alles, was Sie gesehen haben. Ich habe das zweifelhafte Vergnügen, seit …«, sie zögerte kaum merklich, »… knapp dreißig Jahren mit ihr zusammenzuleben. Erzählen Sie mir nicht, was in Lucille vorgeht, denn – mit Verlaub – Sie haben nicht die leiseste Ahnung.«

Sie hatte es einmal mehr geschafft. Er war pikiert. Brüskiert. War es ihr ein weiteres Mal gelungen, aus einem Verbündeten einen Feind zu machen? Die Vorgänger waren Legion. Und als seien es der Vorwürfe und Unterstellungen nicht genug, setzte sie noch eins drauf: »Sie haben Ihr Wissen aus irgendwelchen Klatschmedien, und Sie haben genau das Bild von Lucille, das Sie haben sollen, ein Bild, das entworfen wurde. Von Lucille selbst, von Presseleuten, von ihrer Agentin. Was Sie für Lucille halten, ist nichts als Oberfläche. Nicht einmal das. Es ist die Projektion einer Oberfläche.«

Sie musste tief durchatmen. »Meine Schwester ist kein Engel. Das war sie nie. Niemand, der es so weit bringt, ist das. Haben Sie eine Ahnung, über wie viele Leichen sie gestiegen ist? Wie viele Köpfe rollen mussten, damit sie bekam, was sie wollte? Und auf dem Gipfel weht ein kalter Wind, Steerpike, das kann ich Ihnen sagen. Wenn man es an die Spitze geschafft hat, dann heißt es: Stellung halten. Wenn Sie also Sehnsucht nach Heiligen haben, dann suchen Sie sie lieber in der Religion. Da sind die Helden tot und können nichts Übles mehr anrichten. Was Sie in dieser Welt verehren, Steerpike, gibt es gar nicht. Das ist nichts als ein Lichtbild.«

Sie musste schlucken. Etwas, das es gar nicht gab. Eine Projektionsfläche, die verschwunden war.

Steerpike schien sich zu sammeln. Mit einem gewissen Bangen erwartete Laura seine Antwort. Gleichzeitig setzte eine Art Erleichterung ein. Sie war einiges losgeworden, das ihr schon lange auf dem Herzen gelegen hatte, hatte Wahrheiten ausgesprochen, für die es nie einen Adressaten gegeben hatte. Und jetzt spannte ihr Nervenkostüm ziemlich heftig über ihrer Brust.

Steerpike hatte sich die Tirade ruhig angehört. An einigen Stellen war so etwas wie Schmerz in seinem Blick aufgeflackert, doch er hatte Laura nie aus den Augen gelassen. Nun standen die beiden sich gegenüber, Verbündete, auf eine harte Probe gestellt.

»Miss Shalott, es tut mir leid, wenn ich den Eindruck vermittelt habe, zu weit gegangen zu sein. Aber seien Sie versichert, dass ich alles in meiner Macht Stehende tun werde, um Sie bei Ihrer Suche zu unterstützen. Wir werden Ihre Schwester finden, koste es, was es wolle.«

Und mit diesen wenigen, aber von Herzen kommenden Worten hatte Steerpike das Ruder herumgerissen. Sie glaubte ihm. Sie wollte ihm glauben. Wenn er auch nur ein Fan war, besaß er immerhin das ausdrückliche Bedürfnis, das Geheimnis um Lucille zu lüften.

KAPITEL 13

Ein plötzlicher heftiger Regenschauer, charakteristischer für das südenglische Klima als der überraschende Wintereinbruch, hatte die Straßen Südcornwalls in gefährliche Rutschbahnen verwandelt. Wer das Haus nicht unbedingt verlassen musste, blieb daheim. Die anderen wogen ab, ob es lohnender war, einen Beinbruch zu riskieren oder eine Delle im Auto. Die Menschen zogen Strümpfe über ihre Schuhe und bewegten sich durch die Straßen und Gassen wie caligareske Windmühlenwesen. Die Landstraßen waren völlig verlassen. Das Eis hatte die Fenster von Ashby House verkrustet, so dass es im Licht der untergehenden Sonne aussah wie eine kitschig kandierte Hochzeitstorte. Von all dem bekam Laura nichts mit. Gemeinsam mit Steerpike hatte sie sich in die Bibliothek zurückgezogen und alle Schriftstücke, die Lucille mit nach England gebracht hatte, auf dem Boden ausgebreitet. Die beiden hockten auf schmalen Fußschemeln, um sich vor der Bodenkälte zu schützen, und studierten Notizen und Aufzeichnungen, die bis in die sechziger Jahre des 20. Jahrhunderts zurückreichten. Angesichts des schieren Volumens war Laura beinahe verzweifelt, doch nachdem sie Lucilles Kladden und Alben, ihre Notiz- und Adressbücher zunächst thematisch sortiert und dann in eine chronologische Abfolge gebracht hatten, war eine beruhigende Struktur entstanden, die zudem das Arbeiten erleichterte.

Steerpike hatte sich bereit erklärt, alle Aufzeichnungen zu überprüfen, die in Lucilles Schlafzimmer gelegen hatten. Es stellte sich heraus, dass das Hauptthema Greta Garbo war. Dies schien seine Theorie des konsequenten Rückzugs zu untermauern. Laura nahm sich des Reisetagebuches ihrer Schwester an und machte eine erstaunliche Entdeckung. Anstatt sich über Orte und Menschen auszulassen, hatte Lucille fast ausschließlich thematische und autobiografische Skizzen festgehalten. »Vermutlich, weil sie wusste, dass mich Reisebücher langweilen und dass ich nie freiwillig ein Reisenotizbuch in die Hand nehmen würde. So konnte sie ein Tagebuch führen, ohne Angst zu haben, dass ich es lese.« In Steerpikes Augen erkannte sie die unausgesprochene Frage: Hätten Sie? So, wie Laura jetzt ihre Lider senkte, hätte sie ebenso gut Ja sagen können.

Laura hatte keine Vorstellung davon gehabt, was für eine besessene Schreiberin Lucille war, mit welcher Akribie und mit welch feinem Gespür sie ihren Kosmos betrachtete und analysierte und dass sie lange Gespräche fast vollständig und originalgetreu niedergeschrieben hatte. Je länger sie in dem Buch blätterte, desto klarer zeichnete sich ab: Lucille bereitete ihre Autobiografie vor. Allein die Tatsache, dass sie sich dazu entschlossen hatte, ein Buch über ihr Leben zu schreiben, warf einige bedenkliche Fragen auf. Wie ehrlich würde sie sein? Welche Geheimnisse würde Lucille lüften? Dabei zählten Lauras Ladendiebstähle eher zu den kleineren Geheimnissen, deren Offenbarung nun zu befürchten war. Lappalien im Vergleich zu dem Unfall …

Eines stand für Laura fest: Jemand, der seine Lebensgeschichte niederschreibt, tut nicht den Sprung in die Obskurität. Was auch immer Lucille veranlasst hatte, das Turmzimmer zu betreten, es war keinesfalls der Wunsch, sich in Luft aufzulösen. Hier mussten andere Mächte im Spiel gewesen sein.

»Ich finde hier immer mehr Hinweise auf einen ›Chris‹. Haben Sie eine Ahnung, wer das sein könnte?«

Laura legte den Kopf in den Nacken und grübelte. »Der Name sagt mir etwas. Einen Augenblick, Steerpike.«

Sie erhob sich, rieb ihre schmerzenden Glieder und ging zum Schreibtisch, griff ins Regal und zog ein Arbeitsbuch hervor. »Hier steht ›Chris‹ drauf. Vielleicht gehört es dazu.« Sie reichte Steerpike das Buch, und er schlug es auf.

»Das sieht aus wie eine Auflistung von Filmtiteln: ›Die im Dunkeln sieht man doch‹, ›Die Frau im Schatten‹, ›Im Licht der Götter‹, ›Wind unter meinen Flügeln‹. Hat Ihre Schwester geplant, ins Filmgeschäft zu wechseln?«

»Es würde mich nicht überraschen. In der Fotografie hat sie schließlich alles erreicht. Ihr Hang zur Tyrannei würde sie für eine Regie prädestinieren.«

»Sagen Ihnen die Titel etwas?«

»Hört sich nach alten Stummfilmen an. Sehr melo …«

›Die Frau im Schatten‹, ›Im Licht der Götter‹ – sie kannte keine Filme mit diesen Titeln. Dank Lucilles Hollywood-Besessenheit, die sich in einer umfassenden Sammlung von Filmen manifestierte, kannte Laura eigentlich jeden Film seit D. W. Griffiths ›Intolerance‹.

»›Wind beneath my wings‹ … Meint sie das Lied von Bette Midler?«

»Das fand sie immer kitschig.« Aber langsam setzten sich für Laura die Puzzleteile zusammen und formten ein Bild. Ein Bild, das sie erstaunte. Denn was war sie, Laura, anderes als eine Frau im Schatten? »Did you ever know that you're my hero?«, sang sie leise.

»You're everything I wish I could be.«

»I can fly higher than an eagle.«

In Steerpikes Blick war ein neues Interesse an Laura aufgeflammt, als er ihr in die Augen schaute, aus denen eine Träne auf Lucilles Buch fiel, und die mit angenehm warmer Stimme leise sang: »But you are the wind beneath my wings.«

Es war ihre zweite Weinattacke in zwei Tagen, und sie schämte sich entsetzlich, während sie auf dem Schemel saß und die Tränen über ihr ungeschminktes Gesicht liefen, das – so kam es ihr vor – jedes ihrer sechsunddreißig Lebensjahre verriet.

»Hat sie Ihnen nie gesagt, dass sie einen Film über Sie drehen möchte?«

»Ach was. Wir führten seit Langem keine Gespräche mehr. Es war doch alles nur Hass und Streit. Ich verstehe es einfach nicht.«

»Aber es erscheint sehr naheliegend. Die Frau im Schatten – wer könnte das sein, wenn nicht Sie?«

Mit einem kühlen Luftzug öffnete sich die Tür zur Bibliothek, und zügigen und gleichzeitig unsicheren Schrittes trat Rose Marsh ein. »Miss Shalott – im Fernsehen …«

»Sie müssen schon etwas deutlicher –«

Doch als Laura Miss Marshs alarmierten Gesichtsausdruck sah, wischte sie sich die Tränen vom Gesicht, stand hastig auf und folgte der Köchin in die Küche. Auf dem kleinen Schwarzweißfernseher sah sie ein Archivbild ihrer Schwester, dann wurde eine typische Morning-Show-Kulisse eingeblendet. Eine proper gekleidete, energisch wirkende Enddreißigerin mit Kurzhaarföhnfrisur saß auf einer enormen Couch einem schmalen Glatzkopf in Nadelstreifenanzug gegenüber. Ihr Gesäß berührte das Sofa kaum, sie saß weit vorgebeugt, die stämmigen Beinchen aneinandergepresst, die Füße ineinander verhakt, als gelte es, ein Taschenbuch des Kinsey-Reports, Ausgabe ›Das sexuelle Erleben der Frau‹, zwischen ihren Schenkeln zu verstecken. »Cedric, Sie als Society-Experte – wie beurteilen Sie die aktuellen Gerüchte, dass die tragisch verunglückte Starfotografin Lucille Shalott Hollywood endgültig den Rücken gekehrt hat und nach Europa übergesiedelt ist.«

»Nun, Francine, wir wissen, dass der Alte Kontinent eine Faszination auf amerikanische Prominente ausübt. Es sieht so aus, als fühlten sie sich der europäischen Gesellschaft mittlerweile stärker verbunden als der amerikanischen. Und«, fügte er süffisant hinzu, »wer kann es ihnen verdenken?«

»Und Lucille Shalott ist Ihrer Ansicht nach dieser Faszination ebenfalls erlegen?«

»Wie soll ich es sagen, Francine, ohne zu viel zu verraten?« Er imitierte ihre Sitzhaltung, erfolgreich eine Verschwörung vorspiegelnd, und beugte sich weit vor. »Eine verlässliche Quelle hat mir versichert, dass Lucille Shalott bereits in Großbritannien lebt.«

»Nein!«

»Doch, Francine. Wir wissen allerdings noch nichts Genaues. In den nächsten Tagen aber werden die Informationen nur so hereinpurzeln.«

»Und Cedric – wie viel Wahrheitsgehalt messen Sie den Gerüchten bei, dass die Erkrankung der Fotografin irreversibel und ihre Karriere dadurch praktisch beendet ist?« Francine blickte in die Kamera und sprach den Zuschauer direkt an. »Sie werden sich erinnern, dass Lucille Shalott seit einem tragischen Unfall unter einer Gehbehinderung leidet. Ihre Sprecherin hat nie bestätigt, ob es sich um eine Querschnittslähmung handelt oder mit einer Heilung gerechnet werden kann.«

Cedric hatte Zeit gehabt nachzudenken und antwortete Francine. »Ich bezweifle, dass eine Krankheit ein Hinderungsgrund ist, ihrer Arbeit nachzugehen. Nicht für eine Künstlerin dieses Formats.«

»Sie denken sicherlich auch gerade an den Schauspieler Christopher Reeve, der sich von seinem Handicap nicht hat stoppen lassen.«

»Er kann nur noch die Augen und den Rollstuhl rollen. Mit dem Mund! Wenn das spielen ist …«

Bei dieser Aussage bedachte Rose Marsh Laura mit einem entsetzten Blick.

»Ja, er hat das Spielen nach seinem Unfall wiederaufgenommen und ist bis zu seinem Tod vor wenigen Jahren als Schauspieler tätig gewesen«, fuhr der Celebrity-Experte fort.

»Sorry – ich wusste nicht, dass er tot ist. Ich habe ihn als Superman geliebt.«

Es war Laura wirklich peinlich.

»Und so hoffen wir, dass auch Lucille Shalott bald zu ihrer alten Form zurückfindet und wir ihre großartigen Glamour-Fotos und neue sogenannte ›Nacktporträts‹ zu Gesicht bekommen werden.«

»Ihr Wort in Gottes Ohr, Cedric. Und falls Sie uns vielleicht gerade zuschauen«, Francine zwinkerte keck in die Kamera, »willkommen in Großbritannien, Lucille Shalott! Danke, Cedric Stratham, bitte bleiben Sie noch bei mir, wenn wir gleich Dannii Minogue und die Duchess of York begrüßen und der Traditions-Schokoladenfabrik Cadbury's einen Besuch abstatten.«

Laura sank auf einen Küchenstuhl. »Wie konnte das herauskommen? Wir haben wirklich alles getan, um unsere Spuren zu verwischen!«

»Überlegen Sie nur, wie vielen Menschen Sie auf der Reise begegnet sind. Allein auf der ›Queen Elizabeth‹.«

»Ach, das wissen Sie auch schon.« Gedanken an die Torturen im Speisesaal liefen vor Lauras innerem Auge ab wie ein Super8-Urlaubsfilm. »Tut mir leid, Steerpike. Sie haben vermutlich recht. Aber dass wir eine Reise nach Europa machen, heißt doch nicht automatisch, dass Lucille nach England zieht.«

»Das liegt vermutlich an der Vorliebe amerikanischer Künstler für England. Aber – « Er zögerte.

»Aber?«

»Dieser Stratham sprach von einem Informanten. Und dass es in den nächsten Tagen neue Informationen geben würde.«

»Gott, ich kann nur hoffen, dass die Presse das alles für eine Ente hält. Es wäre schon schlimm genug gewesen, die Medien hierzuhaben, als Lucille noch da war. Aber was sollen wir sagen, wenn jemand wissen will, wo sie ist?«

Zur allgemeinen Überraschung ergriff Rose Marsh das Wort. »Kein Kommentar. Das sagt man doch immer in solchen Fällen.« Und damit traf sie den Nagel auf den Kopf.

»Was ist das? Was soll das? Warum tust du das, du undankbares kleines Miststück!«

Laura ließ sich in ein abgewetztes Fauteuil plumpsen, wissend, dass das Gespräch länger dauern würde. »Dir auch einen guten Tag, Lorna.« Sie seufzte und wappnete sich für den nächsten Schwall gelispelter Beschimpfungen.

»Wie kannst du mit der Presse sprechen, ohne vorher mit mir Rücksprache gehalten zu haben? Ich stehe da wie ein

Idiot! Halte dicht, bezahle ein gutes Dutzend Leute, damit sie ihren Mund halten, und du verkackte Nachtigall singst es wie die Pfaffen von den Dächern.«

»Pfeifst es wie die Spatzen …«

»Unterbrich mich nicht, du kleines Parasitenmädchen. Ich bin noch nicht fertig mit dir!«

Laura hielt den Telefonhörer auf Abstand und wartete, bis der Redeschwall verebbte und nur noch ein dumpfes »hallo, hallo« am anderen Ende der Leitung ertönte. »Jetzt fertig?«

Lorna wollte erneut ansetzen, doch Laura war schneller. »Ich habe dichtgehalten und im Gegensatz zu dir unsere Telefonnummer nicht preisgegeben.«

»Das ist doch –«

»Still! Ich sage nur: Julia. Und Stephen Steed.«

»Du glaubst doch nicht etwa, dass die beiden etwas verraten haben.«

»Irgendjemand muss es ja gewesen sein.« Bei Julia konnte sie es sich selbst nicht vorstellen, aber Stephen war ein ganz anderes Kaliber. Seine scheinbare Naivität war nichts anderes als ein strategisches Ignorieren aller Werte, Normen und jeder Moral, wenn es darum ging, sich selbst ins rechte Licht zu setzen.

»Ich werde mit Anrufen bombardiert. Als Nächstes will wahrscheinlich die bescheuerte Queen höchstselbst mit Lucille einen Tee im Buckingham Palace trinken.«

»Dann erkundige dich nach Rollstuhlrampen.«

»Ich wusste schon immer, dass du der mieseste Charakter bist, der je geschlüpft ist. Eine Zecke. Ein Parasit, der sich vom Blut anderer ernährt und nicht einmal den Anstand besitzt, Dankbarkeit zu zeigen. Eine Schmeißfliege auf dem eiternden Arsch –«

Laura hielt den Hörer ein weiteres Mal auf Abstand, bis die Anschuldigungen leiser wurden. »Was kann ich für dich tun, Lorna?«

»Gib mir Lucille.«

»Das geht nicht.«

»Warum nicht?«

»Sie will nicht gestört werden.«

»Ich bin ihre Agentin, du kleines Stück Scheiße, also gib endlich den Hörer weiter!«

»Sie schreibt.«

»Oh.«

Laura sah die Dollarzeichen in Lornas Augen förmlich vor sich.

»Wie weit ist sie?«

Also stimmte es. Lucille war in die Abgeschiedenheit Cornwalls gezogen, um ihren Lebensbericht niederzuschreiben. Vielleicht ihre Lebensbeichte. »Sie kommt gut voran, aber nur, solange sie ungestört ist.«

»Gar kein Problem, Schätzchen. Sag ihr, Random House hat das Angebot verdoppelt. Damit ist Knopf aus dem Rennen, es sei denn, sie lassen sich etwas einfallen. Time Warner hat eine Simultanveröffentlichung in zwölf Ländern angeboten, aber wer will das schon? Da kommt man ja mit den Presseterminen nicht mehr hinterher.«

»Lorna, etwas anderes: Gibt es wegen des Filmstoffes Neuigkeiten?«

»Filmstoff? Welcher Filmstoff?«

»Ich weiß nicht, ich dachte nur.«

»Bestelle ihr meine allerherzlichsten Grüße. Ich muss los. Ich hab auch noch andere Klienten.«

»Wer hat denn hier wen angerufen?«

Doch da hatte Lorna bereits ohne ein Wort des Abschieds

aufgelegt. Laura blieb neben dem Telefon stehen, denn sie wusste, dass es gleich wieder klingeln würde.

»Dementieren. Das ist ja wohl klar.«

»Danke, Lorna.« Und aus einer britischen Laune heraus wünschte sie: »Und dir die Dementoren.«

Aber da hatte Lorna bereits ein weiteres Mal grußlos das Gespräch beendet.

KAPITEL 14

»Es führt kein Weg daran vorbei.«

»Müssen wir wirklich?«

»Wie würden Sie sich fühlen, wenn wir nicht alles versuchten?«

Laura gab sich geschlagen und griff sich die Kamera.

»Na gut, dann los.«

Durch den Sucher sah sie Steerpike mit einem Werkzeugkoffer die Treppe in den zweiten Stock emporgehen. Sie folgte ihm. Anders als bei den vergangenen Exkursionen empfing sie keine Kälte, als sie die Deckenplatte aufstießen. Die Glaskuppel, durch die den ganzen Tag lang das Sonnenlicht hereingeströmt war, hatte den Ballsaal auf eine angenehme Temperatur erwärmt. Auch war es an diesem Spätnachmittag im zweiten Stock völlig windstill.

Auf dem mittlerweile vertrauten Weg und ohne gegen Böen ankämpfen zu müssen, hatten sie die Tür zum Turmzimmer zügig erreicht. Steerpike stellte die Werkzeugkiste ab und suchte ein Stemmeisen heraus.

»Wollen Sie die Tür wirklich aufstemmen? Was, wenn sie dabei kaputtgeht und wir sie nicht mehr schließen können?«

Er reagierte nicht, band sich die Haare zum Zopf und

machte sich ans Werk. Er setzte den Hebel am Schloss an und lehnte sich mit aller Macht dagegen.

Laura zoomte seine Arme heran, machte dann eine Großaufnahme von seinem Oberkörper, der sich gegen den Metallbügel stemmte, und fokussierte schließlich seine Stirnpartie mit den deutlich pochenden Adern in den Schläfen. Nachdem sie die extreme Anstrengung dokumentiert hatte, fuhr sie auf die Tür, die sich nicht einen Millimeter bewegt hatte. Unbeeindruckt von seinem Misserfolg, arbeitete Steerpike mit aller Kraft und Entschlossenheit weiter. Doch seine Bemühungen blieben unbelohnt.

Nach ein paar Minuten und nachdem Laura ihn eindringlich gebeten hatte, gab er auf.

»Es hat keinen Zweck. Irgendetwas will nicht, dass wir hereinkommen. Vermutlich dasselbe Etwas, das Lucille hereingeholt hat.«

»Sie haben recht. Nach allen physikalischen Gesetzen hätte die Tür längst aufgehen müssen. Es tut mir leid.«

»Ist ja nicht Ihre Schuld, Steerpike. Lassen Sie uns von hier verschwinden.«

Auf dem Rückweg warf Laura einen Seitenblick ins Anrichtezimmer und sah, dass Steerpike irgendwann die Trümmer des Rollstuhls zu einem sauberen Haufen zusammengefegt hatte.

Obwohl sie nicht davon ausging, dass sie würde einschlafen können, war Laura Steerpikes Vorschlag gefolgt und hatte sich in Lucilles Schlafzimmer zurückgezogen. Während sie sich ausruhte, wollte er seinen liegengebliebenen Aufgaben nachkommen. Allein das Heizen von Ashby House nahm mehrere Stunden in Anspruch.

Kaum, dass sie sich auf dem Bett ausgestreckt hatte und

der Fernseher in einem angenehmen Flüsterton als Geräuschkulisse im Hintergrund lief, fielen ihr die Augen zu. Sie zog sich die weiche Daunendecke bis über die Schultern und atmete tief ein. Von dem Kopfkissen, in das sie sich schmiegte, stieg ihr der Duft von Lucilles Tuberosenparfüm in die Nase, und in diesem fast hypnotischen Moment zwischen Schlafen und Wachen, in der Orientierungslosigkeit zwischen Wirklichkeit und Traum, verströmte dieser Geruch etwas Verbindliches, Tröstliches. Er stellte eine Nähe her, wie sie zwischen den Schwestern seit Jahren nicht mehr existiert hatte. Ein Quietschen der Bettfedern, als sich etwas Schweres auf die Matratze warf, riss sie wieder aus ihrem Schlaf-Wach-Zustand. Sie schreckte hoch und sah Mowgli, der es sich am Fußende bequem machte. Sein Gewicht auf ihren Füßen gab ihr ein Gefühl der Beruhigung, und erst jetzt gestattete sie sich, sich ihrer Erschöpfung hinzugeben und den Schlaf zuzulassen.

Während sie schlief, machte sich Steerpike im Haus zu schaffen. Er überlegte, seinen Geliebten um Hilfe zu bitten, verwarf jedoch den Gedanken. Je weniger Fremde in diesem Moment in Ashby House waren (und, ja, der junge Mann aus dem ›Three Suns‹ war gewissermaßen ein Fremder), desto besser. Er beschloss, dass Rose Marsh ihm helfen könnte, die Kamine zu heizen, und machte sich auf die Suche nach der Köchin.

In dem kleinen Schwarzweißfernseher in der Küche lief ein Bildungsprogramm über Minenarbeit in Cornwall. Doch die Küche war leer, und der alte Aga-Herd war ausgegangen.

»Miss Marsh?«

Keine Antwort.

»Rose Marsh?«

Er meinte, ein Geräusch von draußen zu hören, aber bestimmt irrte er sich. Nachdem er die Vorratskammer und die anderen Räume abgesucht hatte, fand er sich in der Empfangshalle vor dem ovalen Spiegel wieder, der wie immer eine eigenartige Sogkraft ausübte. Steerpike betrachtete sich, wischte einen Staubfleck von seiner Schulter. Und da war es wieder. Ein kraftloses Rufen, es kam von draußen. Er drehte sich um, schritt auf die Eingangstür zu und riss sie auf.

Als Nächstes geschahen zwei Dinge nahezu zeitgleich. Zunächst winkte die füllige Frau, die am Boden der Treppe lag, ihm zu – und fiel anschließend in Ohnmacht. Neben ihr lag ein geöffneter Koffer, aus dem Kleidungsstücke herausgefallen waren, in denen nun ein leichter Wind spielte. Der Spur nach zu urteilen, die ihre Kleider machten – war das ein Mieder, das dort im Apfelbaum an der Auffahrt hing, eine Stützstrumpfhose im Rosenbusch? –, hatte sie schon eine Weile am Fuß des Haussteins gelegen. Ihr Knöchel, der in einer dicken Altfrauenstrumpfhose steckte, schwoll unter seinen Augen zu bemerkenswerter Größe an, und aus ihrem Gesicht war jede Farbe gewichen. Steerpike brach der kalte Schweiß aus.

Währenddessen wurde von der Römischen Straße her ein Motorengeräusch laut. Wer würde sich bei diesem Wetter auf den Weg nach Ashby House machen? Nur ein Wahnsinniger stieg bei Blitzeis in einen Wagen. Und dieser Wahnsinnige würde für seinen Wagemut bestraft werden. Gerade als Steerpike die Stufen zu der ohnmächtigen Frau hinuntergelaufen war und sich über sie beugte, sah er, wie ein übergroßer schwarzer Mercedes von der Römischen Straße viel zu rasant in die Auffahrt einbog. Auf der Landstraße stand eine fingerdicke Eisschicht, und der Fahrer war es offensichtlich nicht gewohnt, mit solchen Gegebenheiten umzugehen. Obwohl er bereits in der Kurve ins Schlingern geraten war, trat er aufs Gaspedal, brachte den Wagen endgültig ins Schleudern und setzte ihn mit einem lauten Scheppern gegen das eiserne Tor der Auffahrt, das knirschend einen Eistropfenregen auf die lädierte Limousine niederprasseln ließ.

Bei allem, was man über Ashby House sagen konnte – für jeden verloren gegangenen Menschen nahte umgehend Ersatz heran. Der Appetit des Hauses schien geweckt.

Sie wusste, dass sie wach war, und trotzdem glaubte sie, sie träume. In Lucilles Lieblingssessel am Kamin kauerte eine unbekannte alte Frau und stöhnte vor Schmerzen. Neben ihr setzte Steerpike gerade ein Tablett mit Tee und Sandwiches ab. Erst auf den zweiten Blick sah sie die von Kopf bis Fuß in schwarzes, weiches Leder gekleidete Männergestalt. Sie verschmolz fast mit den Schatten, und tatsächlich war es schließlich die Stimme, die ihre Aufmerksamkeit auf den Besucher lenkte.

»Es ist mir egal, was Weinstein sagt. Ich werde hier gebraucht. Jeder, der etwas auf sich hält, würde das Gleiche tun. Sag ihm, er soll einmal durchrechnen, wie viele Grundstücke er mir verdankt.«

Nach einer Pause, in der sein Gesprächsteilnehmer sprach, fügte er hinzu: »Das ist mir gleichgültig, Lorna. Ich verschaffe mir ein Bild, wie es ihr geht, und wenn ich so weit bin, komme ich zurück. Wir drehen in Berlin, da bin ich von hier in zwei Stunden, meine Güte.«

Stephen Steed hatte seine Drohung wahrgemacht. St. Just war endgültig von Hollywood-Royalty besetzt worden. Und Laura wusste nicht, ob sie sich freuen oder verzweifeln sollte.

Es gibt ein paar Dinge, die man über Stephen Steed gemeinhin nicht weiß und die Laura besser nicht erfahren sollte, da sie mit derlei Informationen gern erpresserisch umgeht:

- Auch wenn er in Interviews geäußert hat, dass es ihm entsetzlich peinlich gewesen sei, zweimal in Folge zum Sexiest Man Alive gewählt zu werden: Die Tage, an denen er die Abstimmungsergebnisse bekommen hat, zählen zu den glücklichsten seines Lebens.
- Seine Zähne sind falsch: Durch einen Geburtsfehler ist Stephen ohne Eckzähne auf die Welt gekommen. Seine gesamte Schulzeit hindurch ist er wegen dieses Defekts gehänselt worden. Das Lächeln, für das er berühmt geworden ist und das mit einem langsam breiter werdenden Grinsen beginnt, mit einem zarten Öffnen und sofortigen Wiederverschließen der Lippen über den Schneidezähnen fortfährt und in einem breiten Strahlen gipfelt, ist ein Relikt aus den Tagen, in denen er sich nicht traute, mit offenem Mund zu lachen.
- Die Kosten seiner Zahnkorrektur übernahm ein früher Gönner, der Produzent Rock Hard, bürgerlich Stanley Shrck (kein Schreibfehler), der auf einem Highschool-Treffen des Hünen in seiner damaligen Funktion als Punschkellner gewahr wurde und ihn für eine erfolgreiche Videoproduktion gewinnen konnte. In dem von den Weinstein-Brüdern vollständig eingekauften (und größtenteils vernichteten) Frühwerk Stephens, in dem er unter dem Pseudonym Stephen Stud agiert, ist nur allzu offensichtlich, dass der Darsteller es vermeidet, mit offenem Mund zu lachen, was jedoch bei dieser Art von Produktion nicht nennenswert ins Gewicht fällt.
- Bei der drei Jahre andauernden Verlobung mit der Country-Sängerin Shereelynn Lee handelte es sich um ein vom

Sony-Konzern beschlossenes Arrangement. Selbst die Flucht der Braut zwei Tage vor der Hochzeit war eine langfristig vereinbarte Sache und koinzidierte nicht von ungefähr mit dem Release des Filmes ›Die Braut, die sich nicht traut 2‹, zu dem Shereelynn einen Soundtrack-Song beigesteuert hatte. Entgegen der Gerüchte um ihr Zerwürfnis nach der geplatzten Hochzeit stehen Shereelynn, die heute mit ihrer Managerin Sky Liu einen gemeinsamen Haushalt in Las Vegas führt, und Stephen noch heute in engem E-Mail-Kontakt und verstehen sich als beste Freunde.

- Lucille Shalott gehört zu den handverlesenen Besitzern einiger Kassetten aus Stephens schauspielerischer Frühzeit. Aufmerksam geworden durch die besagten Tapes, die sie zu ihrem »fünfunddreißigsten« Geburtstag von Sir Elton John geschenkt bekommen hat, hat Lucille Stephens Karriere gefördert, wo sie nur konnte.
- Stephen Steed ist möglicherweise der Prototyp des Metrosexuellen. Er berauscht sich am Begehren der anderen, und es spielt für ihn keine nennenswerte Rolle, welchen Geschlechts seine Bewunderer sind. Seit er schöne Zähne hat, ist sein Sexleben ausgeprägt, um es harmlos zu formulieren. Dass Laura bei ihm zum Zuge kam, hat zum einen damit zu tun, dass er nicht wählerisch ist, zum anderen mit seiner Vorliebe für Ecstasy-Pillen, die wohl die meisten Menschen zu emphathischen, physisch empfindenden Wesen macht.
- Stephen Steed (aber über diese Information verfügt Laura) gehörte für cirka ein Jahr einem der exklusivsten Privatclubs Hollywoods an. Erst mit der Verhaftung Winona Ryders wurde »Shoplifters United« kurzerhand und kommentarlos eingestellt und wurden sämtliche Mit-

gliedsunterlagen verbrannt. Die Asche schütteten drei vermummte Gestalten vom Santa-Monica-Pier aus in den Pazifik. (Winona Ryder gehörte nicht zu dieser feierlichen Abordnung.)

»Laura-Engel, was soll das? Ihr könnt doch nicht einfach so verschwinden? Was habt ihr euch dabei gedacht?«

Laura zwang sich, bei dem Wort »verschwinden« keinen vielsagenden Blick mit Steerpike zu wechseln. Stattdessen schenkte sie Stephen Steed ein warmes Lächeln, das durchaus ernst gemeint war. Stephen zählte zu den wenigen Freunden Lucilles, die sich nach dem Unfall nicht von Laura abgewandt hatten. Das lag teilweise an der starken Sympathie, die er für Laura empfand, teilweise aber auch an seiner emotionalen Schlichtheit. Er verschenkte seine Sympathien großzügig und seit geraumer Zeit sogar ohne allzu großes Kalkül. Selbst dieses gewisse Kalkül konnte man ihm nicht übel nehmen, da es von einem gesunden Selbsterhaltungstrieb reguliert wurde. Er wollte immer nur das Beste für sich, und es gelang ihm meistens, das Beste zu bekommen, ohne jemand anderem Schaden zuzufügen. In dieser Hinsicht war er viel talentierter als Laura, brachte ihr aber für ihre wiederholten Bemühungen großes Verständnis entgegen.

»Stephen, du musst uns verzeihen, das war Lucilles Wunsch. Aber sag, was treibt dich hierher? Warum hast du nicht angerufen?«

»Die Moders haben mich gebeten, mich sofort auf den Weg zu machen, weil ich ja sowieso in Europa bin. Es war der reine Stress. Ich musste mich selbst nach einem Flug erkundigen, weil ich Lorna nicht erreicht habe, dann habe ich ihn gebucht, bin mit achtzig Meilen durch die Stadt, um ihn zu erwischen, hab die Limousine gemietet, und hier bin ich.«

Ein Wimmern wies sie darauf hin, dass sich noch immer eine Fremde mit ihnen im Raum aufhielt.

»Stephen, entschuldige mich bitte kurz!« Sie ging zu Steerpike, den Blick auf die Verletzte vermeidend, sie hatte in den letzten Wochen genug Elend gesehen, und flüsterte ihm ins Ohr: »Wer ist diese Person? Mussten Sie sie unbedingt ins Haus lassen?«

Besagte Person wand sich vor Schmerzen.

»Hätte ich sie draußen liegen lassen sollen? Für was für einen Menschen halten Sie mich?«

»Schon gut, Steerpike. Aber wer ist das und was will sie hier?«

»Das ist die echte Rose Marsh, Miss Shalott.«

Laura bedachte ihn mit einem ungläubigen Blick. »Und was ist mit der anderen?«

»Verschwunden.«

»Na toll.« Sie musste sich an einem Beistelltisch abstützen, der ein gefährlich morsches Knirschen von sich gab, sodass sie ihr Gleichgewicht ohne Hilfe von Mobiliar wiederherstellte. »Und haben wir eine Ahnung, wohin sie verschwunden ist?«

»Nach unseren bisherigen Erfahrungen hier gibt es wohl zwei Möglichkeiten. Entweder *Sie wissen schon*«, er schaute nach oben in Richtung des Turmzimmers, »oder – aber daran haben Sie sicher selbst schon gedacht – sie ist die besagte Presse-Informantin.«

Laura ließ die vergangenen Tage Revue passieren und überlegte, was die falsche Rose alles zu sehen bekommen hatte. Dank ihrer Unansehnlichkeit war sie Lucille nie nahe gekommen.

»Komme ich gerade ungelegen?« Stephen war zu der kleinen Gruppe getreten und hatte Lauras Ellbogen genommen.

»Ungelegen? Was soll ich sagen? Lucille geht es nicht besonders gut, du kennst ja ihre Anwandlungen. Sie ist übellaunig. Schrecklich jähzornig. Sie will niemanden sehen, und ich glaube, wir sollten ihr einfach etwas Zeit geben. Die Reise, das kalte Haus – das alles hat sie maßlos angestrengt. Ich glaube, sie möchte einfach nicht, dass sie jemand in diesem Zustand sieht. Eitelkeit. Aber auch Erfahrungswerte. Wenn sich herumspricht, wie schlecht es ihr immer noch geht – du weißt, die Branche kennt da keine Gnade. Was soll ich sagen?« Laura war klar, dass sie brabbelte, aber die Masse von Eindrücken und sich neu ergebenden Problemen war zu viel, um einen klaren Kopf zu behalten.

»Wäre es dir lieber, wenn ich mir ein Hotelzimmer suche?«

»Das dürfte schwierig werden. Es gibt hier keine Fünf-Sterne-Anlagen. Penzance ist ungefähr fünfzehn Meilen weit weg, vielleicht finden wir dort etwas Passendes für dich.«

»Miss Shalott?« Steerpike saß noch immer am Boden und hielt die Hand der jammernden Köchin. »Es ist lebensgefährlich bei dieser Wetterlage. Ich denke, wir sollten Mister Steed ein Zimmer herrichten, bis die Straßen gestreut sind.«

Eine Liste aller möglichen Komplikationen, die sich durch den Aufenthalt eines Nicht-Eingeweihten in Ashby House ergeben konnten, materialisierte sich vor Lauras innerem Auge, aber sie focht sie zurück. Was nicht zu ändern war, musste hingenommen werden. »Wenn ihr mich bitte kurz entschuldigt.«

Auf dem Weg zum Telefon stolperte sie über den Arm der echten Rose Marsh, die einen erschrockenen Schrei ausstieß. Laura nahm das Telefon auf und wählte. Enttäuschung legte sich über ihre Züge, als sie nur eine Mailboxstimme am anderen Ende der Leitung bekam. »Hector, ich fürchte, ich brauche Ihre Hilfe. Ich benötige einen Arzt, einen Automechaniker und eine Köchin. Und wenn das so weitergeht, eine starke Schulter zum Anlehnen. Könnten Sie mich zurückrufen? Laura Shalott, Ashby House. So long.«

KAPITEL 15

Unter anderen Umständen hätte sich Laura in dieser Situation wie eine Prinzessin gefühlt: ein idyllisch gelegenes, monströs verwegenes Haus, sie die einzige Frau in gewissem Alter und um sie herum zwei der attraktivsten Männer auf der Höhe ihrer Potenz. Doch in dem Haus spukte es, und die Männer hatten regelmäßig oder unregelmäßig homosexuelle Anwandlungen. Und die Frau, der sie all das verdankte und über deren Verbleib bald ein öffentliches Interesse entstehen würde, war in ihrer Obhut abhandengekommen.

Nach einer verkürzten Führung durch Ashby House hatte Stephen sich für den Javanischen Salon als Schlafzimmer entschieden. Seit einer Ayurveda-Kur in Südostasien im Vorjahr hatte er ein Faible für Land und Leute entwickelt (und im selben Zug die Spuren von zehn Jahren Kokain und Ecstasy und einer frisch hinzugekommenen Vorliebe für Crystal Meth aus seinem Körper getilgt). Steerpike hatte der echten Rose Marsh auf der Chaiselongue in der Bibliothek ein nicht unluxuriöses Krankenlager bereitet und ihr eine kleine Dosis von Lucilles Morphium verabreicht.

Gerade als Stephen sich zurückgezogen hatte, um sich frisch zu machen, klingelte Lauras Handy, und sie freute sich darauf, Hector Slashers Stimme zu hören. Doch überraschenderweise war eine Frauenstimme am anderen Ende der Leitung.

»Miss Shalott, Kathy Claighbourne hier.«

Der Name sagte ihr nichts, und da ihr Zögern durchaus spürbar war, fügte die Gesprächsteilnehmerin hinzu: »Die Gemeindesekretärin.«

Sofort sah sie die kompakte englische Rose mit dem langen Haar vor sich. »Miss Claighbourne! Was kann ich für Sie tun?«

»Wenn Sie an mein Autogramm denken könnten, wäre das wunderbar, aber darum rufe ich nicht an.«

»Sondern?«

»Sie haben sich doch nach Kindern erkundigt, die in St. Just gestorben sind, und das hat mir keine Ruhe gelassen. Meine Großmutter mütterlicherseits hat uns früher Geschichten erzählt, aber ich wusste nie, ob das Märchen waren, um uns Kinder zu erschrecken, oder ob etwas Wahres an den Geschichten dran war.«

»Und?«

»Ich bin selbst die Sterberegister noch einmal durchgegangen und habe etwas gefunden. Im Jahr 1846 sind an ein und demselben Tag achtundvierzig Kinder und fünfzehn Erwachsene gestorben. Es muss ein schrecklicher Unfall gewesen sein.«

Als sie die Jahreszahl hörte, war Laura klar, dass dieser Unfall nichts mit den Kindern um Lucy Gray zu tun haben konnte.

»Was für ein Unfall soll das gewesen sein?«

»Ein Minenunfall.«

»Aber was machen denn achtundvierzig Kinder in einer Mine? Einen Schulausflug?«

Über derlei Lücken im historischen Wissen war Kathy Claighbourne schockiert, und ihre Bemühungen, diese Bestürzung zu überspielen, scheiterten kläglich. »Kinderarbeit, Miss Shalott. Nur, dass die seit 1842 verboten war.«

»Oh.« Jetzt war nicht wirklich Zeit für eine Nachhilfestunde in englischer Geschichte, oder?

»Da fiel mir wieder ein, dass meine Großmutter uns vorm Einschlafen von den kleinen, murmelnden Menschen aus den Minen erzählte, die sich nachts ruhelos herumtrieben und die man nicht anschauen durfte, weil man sonst in Graphit verwandelt würde. Das waren wohl die Geister der verschütteten Kinder, die keine Ruhe fanden ... Morgen Vormittag hat die Bibliothek geöffnet. Ich werde einmal schauen, ob ich etwas finden kann. Wenn Sie mögen, besuchen Sie mich auf einen Tee.«

»Dieses Unglück, Miss Claighbourne – wissen Sie zufällig, in welcher Mine es stattgefunden hat?«

»Deshalb rufe ich ja an – Sie waren doch an den Ashbys und ihrer Biografie interessiert. Es war eine von Alexander Ashbys Minen, Deborah Ashbys Vater.«

»Laura, entschuldigen Sie, dass ich mich jetzt erst melde, ich war auf der Autobahn, ich komme gerade aus London, und bei dem Wetter wollte ich kein Risiko eingehen und hatte das Handy ausgeschaltet. Was ist denn um Gottes willen geschehen?«

»Hallo, Hector. Wir hatten hier einen Unfall, zwei, um genau zu sein.«

»Ist Ihnen etwas zugestoßen?«

»Nein, ich bin okay.«

»Ihrer Schwester?«

Sie musste an ihr erstes Gespräch mit Kathy Claighbourne denken. Jeder im Dorf wusste, wer Ashby House gekauft hatte.

»Sie wussten die ganze Zeit, dass Lucille meine Schwester ist, nicht wahr?«

Er machte eine kurze Pause. »Ich wollte Ihnen die Gelegenheit geben, es als Erste anzusprechen. Ich wollte nicht wie ein Autogrammjäger wirken. Ist das schlimm?«

Sie dachte nach, dachte an ihn, dachte, was soll's?

»Nein. Nicht schlimm. Was die Unfälle angeht: Ein Bekannter von mir ist angereist und hat seinen Wagen gegen das Tor in der Auffahrt gesetzt. Und unsere Köchin ist auf der Treppe ausgerutscht, aber das haben wir mittlerweile im Griff. Die Gemeindesekretärin hat den Arzt vorbeigeschickt. Er hat selbst fast einen Unfall gebaut, aber er hat die Köchin untersucht und mitgenommen. Um den Wagen kümmern wir uns morgen. Wir bekommen Ersatz bei der Autovermietung in Penzance.«

»Sie sind also ohne Köchin?«

»Das stimmt.«

»Hätten Sie heute Abend etwas gegen einen männlichen Koch einzuwenden?«

»Lucille isst nicht mit uns?« Stephen war die Enttäuschung deutlich anzumerken.

»Sie schläft schon, und sie hat momentan solche Schwierigkeiten mit dem Einschlafen, dass ich sie wirklich nicht wecken möchte. Glaub nicht, dass man keinen Jetlag hat, wenn man mit dem Schiff anreist. Es ist teuflisch. Ich weiß gar nicht, wie *ich* das gerade alles schaffe. Jetlag. Teuflisch. Wirklich. Jetlag. *Ship*leg!« Sie zog einen der verführerischsten Kicherer aus ihrem Repertoire und schenkte ihn den beiden Männern, die mit ihr am Tisch saßen.

Steerpike reichte die Dr. Atkins vergessen lassende Shepherd's Pie, die Slasher zubereitet hatte, und schenkte Wein nach.

Slasher bewegte sich in Anwesenheit des Hollywood-Stars, der ihm gegenübersaß, äußerst souverän. »Was treibt sie nach England, Mister Steed?«

»Lucille natürlich. Sie war so etwas wie eine Mentorin für mich, und natürlich möchte ich bei ihr sein, wenn es ihr schlechtgeht.«

»Nun ja, sie gewöhnt sich langsam an ihren ... Zustand«, beeilte sich Laura hinzuzufügen.

»Es ist wirklich ein Skandal, wie man dich in Hollywood behandelt hat. Ich möchte, dass du das weißt, Kleine. Lucille hat ganz sicher an dich gedacht, als sie beschloss, aus den Staaten zu verschwinden.«

Allen außer Steerpike entging Slashers Reptilienblick. Stephen war damit beschäftigt, Lauras Hand zu tätscheln, und sie, die aufsteigenden Tränen der Rührung zurückzukämpfen. Nach all den Jahren der Entfremdung war Lucille nicht nur im Begriff gewesen, einen Filmstoff über Laura zu entwickeln, sondern auch darauf bedacht, ihre Schwester aus dem Auge des Hurrikans zu entfernen, wenn man Stephens Theorie Glauben schenken wollte. Und nichts tat sie in diesem Augenblick lieber. Es war zu Oprah, um wahr zu sein.

»Diese Gerüchte, es war eine Unverschämtheit!« Stephen fand es nötig, Slasher aufzuklären.

»Der Mensch braucht immer einen Sündenbock. Das fing mit der Schlange an und setzte sich mit Kain und Abel fort.«

Hatte Slasher absichtlich ein mörderisches Geschwisterpaar ins Metaphernspiel gebracht? »Nun«, bemühte sich Laura, das unangenehme Thema zu wechseln, »sie ist auf dem Weg der Besserung, und das ist alles, was zählt.«

»Wie lange planen Sie, in Cornwall zu bleiben?«

»So lange Laura und Lucille mich brauchen.« Er schenkte Laura das warme Lächeln, das Millionen von Kinogängerinnen und zehn Prozent der männlichen in die Knie zu zwingen pflegte.

»Und Ihre Produktionsfirma spielt da mit?«

Hatte Stephen Slasher gegenüber erwähnt, dass er gerade drehte?

»Ich produziere selbst. Und von Berlin bis hierher ist es ein Katzensprung. Selbst wenn ich nicht vor Ort bin, kann ich in ein paar Stunden hier sein.«

»Das wird Sie sicher beruhigen, Laura.«

»Natürlich. Stephen ist ein alter Freund. Und es ist immer gut, Freunde um sich zu haben.«

»Haben Sie und Ihre Schwester schon Gelegenheit gehabt, sich in Cornwall etwas umzuschauen?«

»Kaum. Lucille braucht zunächst einmal Ruhe und Erholung.«

»Dafür haben Sie den besten Ort der Welt gefunden!«

Laura sah dies angesichts der Vorgänge im Haus und der beunruhigenden Informationen betreffs verschollener Kinder freilich etwas anders.

»Ich nehme Sie gern mit auf eine Tour in die Umgebung, sobald das Wetter es erlaubt.«

»Sicherlich, Hector. Sehr, sehr gerne.«

»Mister Steed, betrachten Sie sich ebenfalls als eingeladen!«

Laura schaute zu Stephen hinüber, eine zustimmende Bemerkung erwartend, doch Stephen schwieg. Etwas anderes forderte seine Aufmerksamkeit. Es war Steerpike, der sein Glas nachfüllte, während die beiden sich tief in die Augen schauten. »Sagen Sie, Hector – wussten Sie, dass sich in dieser Region in der Mitte des 19. Jahrhunderts ein schreckliches Grubenunglück ereignet hat?«

»Ich habe davon gehört. Über die Jahre sind immer wieder Menschen in den Minen zu Tode gekommen. Aber jetzt, da Sie es sagen, fällt mir ein, dass es ein besonders dramatisches Unglück gegeben hat. Wenn ich mich recht erinnere, sind dabei Kinder ums Leben gekommen.«

»Und das in einer Zeit, in der Kinderarbeit längst verboten war!«

Hector lachte. »Ja, die entsprechenden Gesetze wurden nicht besonders ernst genommen. Und es war weniger der Respekt gegenüber dem Gesetz als das Ende der großen Minen, das für den Rückgang der Kinderarbeit sorgte.«

»Sie kennen sich gut aus auf dem Gebiet.« Stephen war aufrichtig beeindruckt. Seine Schulausbildung hatte größtenteils aus Multiple-Choice-Tests bestanden.

»In meiner rebellischen Phase habe ich Marx und Engels gelesen. Es liegt schon eine Weile zurück, aber ›Die Lage der arbeitenden Klasse in England‹ vergisst man nicht so leicht. Allerdings sollen die Zustände in Cornwall bei Weitem nicht so schlimm gewesen sein wie im Rest Englands.«

»Wegen der gesunden Seeluft?«

»Nein«, Slasher ignorierte Lauras ironischen Einwurf, »wegen der Arbeitsbedingungen. Die waren in den Kohleminen und den Textilfabriken am schlimmsten. In Cornwall gab es hauptsächlich Mineralvorkommen. Trotzdem: kein sehr rühmliches Kapitel der englischen Geschichte.«

»Es ist kein sehr schönes Gefühl, zu wissen, dass die Erbauer dieses Hauses ihr Geld durch Kinderarbeit verdient haben.«

»Und sind Ihnen die kleinen Gespenster, die es in Ashby House angeblich gibt, schon begegnet?«

»Sie wussten, dass es hier spukt?«

Slasher lachte. »Aber Laura, Sie werden doch nicht einem Ammenmärchen aufsitzen, das am Leben gehalten wird, um der Region einen besonderen Charme zu verleihen? Spukhäuser sind eine britische Tradition. Eine Exzentrik, die der Engländer sich gönnt. Wer etwas auf sich hält, hat ein Gespenst auf dem Dachboden. Natürlich spukt es in Ashby House nicht. Ebenso wenig wie in Windsor Castle.«

Steerpike und Laura wechselten einen Blick, der weder Stephen Steed noch Hector Slasher entging.

Steed schluckte, dann begannen seine Augen zu funkeln. »Du meinst doch nicht etwa …?«

Slasher blickte Laura erwartungsvoll an. Er sah nicht, wie Steerpike, der hinter ihm stand, ein Kopfschütteln andeutete.

»Da habe ich euch aber Angst gemacht, was?« Ihr Lachen perlte (auch wenn es sich innerlich eher anfühlte wie das hysterische Herumspringen der Perlen auf einem Marmorboden, nachdem die Kette gerissen ist), und sie hoffte inbrünstig, dass ihre laienhaften Schauspielkünste bei Smalltalk nach schwerem Wein nicht auffliegen würden.

Während sie Steerpike ihren Teller zum Nachfüllen reichte, obwohl sie eigentlich satt war, musste sie sich zwingen, Slasher nicht anzuschauen. Je länger sie ihn erlebte, je mehr sie seiner Nähe ausgesetzt war, desto klarer wurde ihr, dass sie dieses Mal nicht aus der tiefen Sehnsucht heraus, nicht mehr allein sein zu wollen, haltlos in die Tiefe stürzte, sondern dass ihre sechsunddreißigjährige Seele sich wie die eines pickligen Teenagers wohlig und ein bisschen nervös öffnete, um einen Mann willkommen zu heißen, der in vielen Dingen dem entsprach, was sie sich von einem Mann erträumt hatte. In der Tat war Laura leichte Beute für gute Umgangsformen. Dass diese selbst von Massenmördern, Diktatoren und Sensationsjournalisten erlernt werden konnten, hielt sie nicht im Geringsten davon ab, Hector Slashers höflich-charmanter Art zu erliegen. Ihr nicht mehr ganz junges, nicht besonders reines und von vielen kalt geglaubtes Herz lag wie ein Welpe auf dem Rücken und wartete darauf, gekrault zu werden.

Laura und Stephen lagen ausgestreckt auf dem mit dicken Kissen bestückten Bett im Javanischen Salon und hatten bereits mehrere mit einem ordentlichen Schuss Cognac versehene Tassen Kakao getrunken. Slasher hatte sich nach dem Abendessen verabschiedet, nicht ohne unter Steerpikes Protest ein üppiges Frühstück für den nächsten Vormittag vorbereitet zu haben.

»Mister Steerpike, in diesem Haus haben früher bis zu dreißig Dienstboten gearbeitet. Sie können nicht alles allein machen. Jetzt gehen Sie zu Bett, und lassen Sie mich schalten und walten. Kein Protest! Die Küche gehört heute Nacht mir allein!«

Nach einem bestätigenden Nicken Lauras hatte sich Steerpike zurückgezogen. Erst da war ihr aufgefallen, wie deutlich ihm die Anspannung der vergangenen Tage ins Gesicht geschrieben stand, und nervös hatte sie die eigene Wange berührt, als ob sie so ihr eigenes Aussehen überprüfen könnte.

»Zugegeben, es ist ein imposantes Haus. Aber glaubst du wirklich, dass es das Richtige für euch ist?«

»Wem sagst du das! Ich weiß nicht, was ich in diesem England überhaupt soll. Aber du kennst Lucille. Wenn sie sich etwas in den Kopf setzt …« Sie zog sich Haarsträhnen vors Auge und überprüfte sie auf Spliss. »Sag mal, Stephen, hast du mit Lucille über ihr aktuelles Projekt gesprochen?«

»Was für ein Projekt meinst du?«

Sie drehte sich auf den Bauch, damit er ihr nicht ins Gesicht schauen konnte. »Sie hat Material gesammelt, es ging um eine Frau im Schatten. So was.«

»Die Garbo-Geschichte?«

»Wieso kommt eigentlich jeder auf einmal mit Greta Garbo an? Wen interessiert heute noch eine tote Lesbe mit großen Füßen, deren Filme nur noch im Nachtprogramm laufen?«

»Das war ein Gerücht. Sie hatte ganz normale Füße. Hat sie dir nie von dieser Chris erzählt? Der Nachname fällt mir gerade nicht ein. Sie war das Lichtdouble der Garbo. Aber wenn ich mich recht erinnere, weiß man heute gar nichts mehr von ihr. Weder wer sie war, bevor sie in Hollywood anfing, noch was aus ihr geworden ist.«

Über Lauras Gemüt sammelte sich einmal mehr eine düstere Wolke. Der Gedanke, dass sie selbst die Frau im Schatten war, hatte ihr bei all der Gefahr, dass Einzelheiten über sie ans Licht der Öffentlichkeit gezerrt worden wären, behagt, hatte eine Nähe zu Lucille hergestellt, wie es sie seit Kindertagen nicht mehr gegeben hatte.

»Ja, aber wenn man nichts von ihr weiß, wie soll man dann ihre Geschichte erzählen?«

Stephen schloss die Augen und zog die Felldecke über sich. Seiner Stimme waren der Cognac und die Anstrengung des Tages anzuhören. »Sie hat doch recherchiert. Vielleicht hat sie mittlerweile etwas herausgefunden. Aber warum fragst du sie das nicht selbst, Süße? Hm?«

Das Einschlafen fiel ihr schwer. Ihre Gedanken ließen ihr keine Ruhe. Trostsuchend machte sie sich auf den Weg zum Guckloch, um zu schauen, was Steerpike gerade anstellte, aber zu ihrer Enttäuschung hatte er bereits das Licht gelöscht.

Der Hund, der am Fußende ihres Bettes lag, machte im Schlaf seltsame Geräusche und zappelte mit den Beinen. Wie so oft, wenn der Schlaf sich nicht einstellen will und man auf schöne Erinnerungsbilder hofft, stiegen stattdessen Bilder aus der Vergangenheit empor.

Ein Urlaub, eigentlich nur ein Wochenendtrip im Jahre 1994. Lucille hatte in Mexiko ein Shooting mit den Darstellern von »Melrose Place«, und Laura besuchte sie übers Wochenende mit ihren beiden besten Freundinnen Trixy und Kristy. Die beiden waren mehr Klone als Geschwister – mit den identischen blonden Locken, die sich in kontrolliert wilden Kaskaden über den Rücken bis über die Schulterblätter ergossen, mit ihren zartrosa geglossten Lippen, die sich über ebenmäßig schlohweiße Gebisse spannten, den zu Grapefruitgröße aufgepumpten Brüsten, die in bauchnabelfreie pastellfarbene Haltertops gepresst waren, und ihren langen, seidig glatten Beinen in den kurzen Kaki-Shorts, die der Sommer 1994 Damen in ihrem Alter als Casual Wear auferlegte. Trixys Hintern fiel etwas voluminöser aus als der von Kristy, aber dies schien der einzige erkennbare Unterschied zwischen ihnen zu sein.

Laura genoss es, mit den beiden Sexbomben unterwegs zu sein, weil deren braun gebrannte Blondheit ihre eigene rothaarige Blässe besonders zur Geltung brachte. Obwohl die beiden aussahen, als seien sie einem Pornofilm entstiegen, arbeitete Trixy als Animateurin bei Disney und Kristy als Arzthelferin eines Dermatologen.

Da Lucille sich nicht aus der Konzentration bringen lassen wollte, verbrachten Laura, Trixy und Kristy die meiste Zeit allein – tagsüber am Hotelpool und abends an der Bar, in der Hoffnung, dass ein Dr. Mancini oder sogar Jake Hanson zu ihnen stoßen würde. Tatsächlich aber saß sie nur einen

Abend lang Laura Leighton, der Darstellerin der gerissenen Sydney Andrews, gegenüber – ein irritierendes Erlebnis. Mit zunehmendem Alkoholkonsum verstärkte sich das Gefühl, sie schaue in einen Spiegel.

Am letzten Abend ihres Aufenthalts und nach einem etwas albernen Streit darüber, wer der bessere Designer war – Tom Ford oder Gianni Versace –, hatten sich zwei Puertoricaner (ein Autohändler und ein Schönheitschirurg) zu den Damen an die Bar gesetzt. Es war schnell klar, wem ihr Interesse galt (Trixy und Kristy) und wem nicht (Laura). Eigentlich gefielen ihr die Männer nicht einmal. Bei ihren Uhren handelte es sich um Fälschungen, und ihre Muskeln ließen auf den Missbrauch von Steroiden schließen, ihre Haut war zu braun, die Zähne zu groß und zu weiß. Die Tatsache, dass die Männer keinerlei Interesse an ihr zeigten, verleitete Laura dazu, sich eine Pina Colada nach der anderen zu bestellen.

Unter dem Einfluss harter Alkoholika pflegte sich die Mrs. Hyde in Laura zu regen, die ohnehin nicht weit unter der Oberfläche auf ihre berüchtigten Gastauftritte wartete. Als Laura anfing, mit einem Swarovski-Feuerzeug Moskitos in Brand zu setzen und angesichts der sterbenden Feuerbällchen aufgesetzt lachte, war Kristy diejenige, die die Initiative ergriff. »Ich geh mit Ken nach oben. Klar?«

Sie griff den breitbrüstigen Mann am Oberarm, er lachte kurz und schmutzig auf, und nur ein Blickaustausch zwischen Trixy und ihrem Verehrer genügte, um den weiteren Verlauf des Abends zu bestimmen. Die beiden schlossen sich Kristy und Ken an.

»Wie wär's mit –«, wagte Laura noch vorzuschlagen, doch ein Augenrollen von Ken und ein knappes Kopfschütteln von Trixy waren eindeutige Antworten auf den unformulierten Vorschlag.

Laura blieb an der Bar. Die nächsten zwei Stunden und vier Pina Coladas lang.

»Steht ihr eigentlich alle auf Silikon, ihr Wichser?« Nach diesem Ausruf an die übrig gebliebenen Urlauber und nachdem die Bar auch von der letzten Mücke befreit war, wurde Laura diskret, aber bestimmt gebeten, ihre Suite aufzusuchen.

Sie nahm den Fahrstuhl, dessen angenehmes Licht auf Augenhöhe angebracht war. Doch selbst unter diesen günstigen Voraussetzungen gefiel ihr nicht, was die rundum verspiegelte Kabine ihr aus verschiedensten Blickwinkeln vor Augen führte. Eine Vorschau auf sie selbst in zehn Jahren: Ringe unter den Augen, der Blick entglitten, die helle Haut aschfahl, unordentliche Haarsträhnen, viel zu dünn und viel zu glatt. Ein Spaghettiträger ihres Tops war herabgerutscht. Weiß hob sich eine feine Linie auf ihrer Schulter vom sonnenverbrannten Rosa ab. Sie schloss die Augen, bis sie das Pling hörte und die Türen sich öffneten.

Das Erste, was sie sah, waren die beiden Puertoricaner, die obersten Knöpfe ihrer Polo-Shirts geöffnet, die Haare unordentlich. Vital. Ken machte ein V aus Mittel- und Zeigefinger, schob seine Zunge hindurch und ließ sie schnell vor- und zurückgleiten. Sein Freund lachte und schlug ihm auf die Schulter. Laura quetschte sich an den Männern vorbei und ging den Gang entlang, knickte mit dem Fuß um und strauchelte. Die Fahrstuhltür schob sich vor das synchrone Lachen der Männer.

Sie öffnete die Tür zur Suite und ging in das Schlafzimmer, in dem Trixy und Kristy schliefen. Sie spürte erst jetzt die volle Wirkung des Alkohols, taumelte, fing sich. Der Geruch von Sex, männlichem Schweiß und weiblichen Sekreten hing in der Luft, der pilzartige Duft vom Sperma. In Trixys blonder Locke hatte sich ein Fetzen der Flüssigkeit eingenistet und war zu weißer Kruste erstarrt. Kristy lag aufgedeckt. Um die gewachste Bikinizone sprossen kleine rosa Pickel.

Im Wohnzimmer lagen die Handtaschen ihrer Freundinnen auf dem Sofa. Laura ging hin, öffnete sie und entnahm die Portemonnaies der beiden. Sie zog die Kreditkarten heraus, steckte sie in eine leere Marlboro-Lights-Schachtel und warf sie in den Papierkorb unter dem Schreibtisch. Die Reisepässe zerschnitt sie mit einer Schere, ging zum Balkon und ließ die Schnipsel als heiteres Konfetti in die heiße Nachtluft rieseln. Dann leerte sie das Bargeld (etwas über sechshundert Dollar in Scheinen, das Kleingeld zählte sie nicht) in ihre Jackentasche. Nicht dass sie es gebraucht hätte, aber schaden konnte es auch nicht.

Die Freundschaft mit Trixy und Kristy dauerte noch zwei Jahre an. Sie endete nicht mit einem großen Streit, sondern klang aus, wie bedeutungslose Freundschaften (und derlei hatte Laura im Lauf des Jahrzehnts einige) es zu tun pflegen. Man rief sich seltener an, irgendwann gar nicht mehr.

Kristy heiratete einen Polizisten, der regelmäßig zu Fruchtsäurebehandlungen in die Praxis ihres Arbeitgebers kam, lebt derzeit in Scheidung. Trixy sitzt im Aufsichtsrat von Pixar. Bis heute berichten die beiden Frauen ihren (neuen) Freundinnen von ihrer Erfahrung mit Beischlafdieben in Mexico-City.

Vom Geld der beiden erwarb Laura am Tag der Abreise in einer Flughafenboutique eine grüne, krokodillederne Versace-Handtasche mit Reißverschluss und einem kleinen Schlüssel, dessen Kopf das charakteristische Medusenhaupt ziert. Die Tasche hat sich zu so etwas wie einem Klassiker entwickelt, einem der wenigen Designerstücke, mit dem sich prominente Frauen (Heather Locklear, Liz Hurley, Sarah

Jessica Parker) über die Jahre immer wieder sehen und fotografieren lassen, anstatt sie in der nächsten Saison durch ein aktuelleres Modell zu ersetzen.

Laura schlief schlecht in dieser Nacht. Und in manchen Augenblicken, meist, wenn sie kurz davor war einzuschlafen, glaubte sie aus dem Stockwerk über ihr Geräusche zu hören. Ein Schlagen, gefolgt von einem ungeduldigen Wispern.

KAPITEL 16

»Wo ist Lucille Shalott? Diese Frage stellt sich die Presse nun schon seit Wochen, doch langsam dringt Licht in das Dunkel um das plötzliche Verschwinden der berühmtesten Fotografin neben Annie Leibovitz. Handelte man es gestern noch als reines Gerücht, dass sie möglicherweise nach England emigriert ist, um sich von den Folgen des Unfalls zu erholen, bei dem sie unbestätigten Angaben zufolge schwer verletzt wurde, so scheint heute kein Zweifel mehr darüber zu herrschen, dass die Künstlerin sich in Großbritannien aufhält. Kein Geringerer als Hollywood-Herzensbrecher Stephen Steed weist den Weg. Der beliebte Schauspieler, der zurzeit in Berlin für das Spionagedrama ›Dusk sets in‹ vor der Kamera steht, hat laut Augenzeugenberichten gestern ein Flugzeug nach London bestiegen. Er verließ die Dreharbeiten allerdings nicht, ohne seine Kollegen zu informieren, dass er sich auf den Weg zu Lucille Shalott macht. Auch wenn Charlize Theron dies nicht bestätigt hat, ließ der deutsche Action-Star Kurt Hans, der im Film Steeds Widersacher spielt, keinen Zweifel an der Auskunft: ›Ja, er sagte, er reist nach England, um dort Lucille Shalott zu treffen.‹

Bestätigt wird diese Information auch von Chef-Steward Ricky Liebermann, der Lucille Shalott und ihre Schwester

Laura eigenen Auskünften zufolge bei ihrer Atlantiküberquerung auf der ›Queen Elizabeth II.‹ betreute. Die beiden seien unter Decknamen gereist, hätten sich an Bord jedoch keinesfalls zurückgezogen, sondern ihr Essen, wie die meisten Gäste, in den Salons eingenommen.

Wo genau sich Lucille Shalott nach ihrer Ankunft in Europa niedergelassen hat – darüber gibt es unterschiedliche Vermutungen. So scheint es naheliegend, dass sie ihren häufig kolportierten Streit mit Madonna bereinigt hat und die Gastfreundschaft der Ritchies in London genießt. Hollywood-Kenner und Celebrity-Experte George Rottweiler vom ›People‹-Magazin hält dies jedoch für unwahrscheinlich. ›Wenn es um die Kabbala geht, kennt Lucille Shalott keine Gnade.‹

Derweil häufen sich Aussagen, dass sich Lucilles Schwester Laura Shalott in Cornwall aufhält. Ob die Schwestern sich jedoch gemeinsam dort befinden, ist fraglich.«

Sie las nicht weiter. So viel zur Diskretion der Einwohner von St. Just. Der Artikel war in über sechzig englischsprachigen Net-Zeitungen veröffentlicht. Binnen kurzer Zeit würde eine verkürzte AP-Meldung über die Ticker gehen, und auch die Korrespondenten von Reuters saßen an ihren Telefonen und überprüften die Informationen.

Wie lange würde sie Lucilles Verschwinden geheim halten können, wenn erst die Presse vor der Tür stand? Und wie lange würden die Vertreter der Presse auf sich warten lassen, nun, da sie wussten, dass sie einen doppelten Fang machen konnten: Lucille Shalott *und*, noch weitaus spektakulärer als eine Society-Fotografin, der sexiest man alive, Stephen Steed.

Der naheliegendste Ausweg – Flucht – stand nicht zur Debatte. Das Haus zu verlassen, ohne Lucille gefunden zu haben, schied aus. Doch ebenso unmöglich war es, Lucilles

Verschwinden der Presse oder sonst jemandem beizubringen, der nicht selbst gesehen hatte, wozu der Dunkle Raum und das Turmzimmer fähig waren. Wie sollte man einer aufgeklärten Welt einen Spuk plausibel machen?

Steerpike schenkte eine Tasse Tee ein und stellte sie auf ihren Schreibtisch. »Es war bereits in den Nachrichten. Radio und Fernsehen.«

Laura schaltete den Computer auf Ruhezustand und schaute zu, wie Steerpike sechs Stück Zucker in ihre Tasse fallen ließ. »Es war eine Frage der Zeit. Das Netz ist voll davon. Wie konnte das bloß geschehen?«

»Die falsche Rose ...«

»Aber wenn sie die Informantin war, weshalb hat sie uns dann auf die Fernsehsendung hingewiesen. Ich verstehe es einfach nicht.«

»In einem so kleinen Ort kann man kein Geheimnis bewahren. Wenn alle Bescheid wussten, dann war es in der Tat nur eine Frage der Zeit.«

»Aber Stephens Ankunft? Wer sollte davon etwas mitbekommen haben? Es war doch kein Mensch auf der Straße, als er ankam. Und er wird bei den Dreharbeiten kaum erzählt haben, dass er in ein kleines Küstenkaff namens St. Just reist.«

»Schauen Sie mich nicht so an. Ich habe niemandem etwas gesagt.«

Laura wurde sich ihres intensiven Blickes bewusst und dimmte ihn wie eine Schlafzimmerglühbirne.

»Entschuldigung, das wollte ich auch nicht unterstellen.« Sie nahm einen Schluck Tee, und die Süße kam wie ein angenehmer Schock. »Haben Sie letzte Nacht schlafen können, Steerpike?«

»Leidlich, Miss Shalott.«

»Die Geräusche?«

»Immer kurz vor dem Einschlafen.«

»Ich hatte früher keine Vorstellung davon, wie sehr Geräusche, die man nicht zuordnen kann, einen verrückt machen können. Es hörte sich an, als wollte jemand heraus. Ich habe mir die Decke über den Kopf gezogen.«

»Miss Shalott, wir müssen noch ein paar praktische Dinge erledigen. Falls es wirklich zu einer Art Belagerung kommt, wäre es besser, die Vorratskammern zu füllen.«

Sie schaute aus dem Fenster auf die Auffahrt und beobachtete, wie ein Abschleppwagen den zerquetschten Mietwagen auf seine Transportfläche lud. »Ich schnappe mir Stephen, und wir fahren in die Stadt. So kann ich ihn auch davon abhalten, Lucille zu suchen.«

»Wenn Sie in der Stadt sind, dann sollten Sie auch einen Eisenwarenladen aufsuchen und Werkzeug besorgen.«

»Werkzeug? Was für Werkzeug brauchen wir denn?«

»Das aggressivste, das Sie finden können. Wir sollten ein letztes Mal versuchen, die Tür zum Turmzimmer zu öffnen.«

Laura zuckte zurück, als habe man sie geschlagen. »Die Vorstellung macht mir Angst, Steerpike. Selbst wenn wir die Tür aufbekommen – was wird uns dort erwarten?«

»Das werden wir sehen, wenn es so weit ist, fürchte ich.«

»Es tut mir so leid, dass du Lucille nicht mehr gesehen hast, aber ihr Wagen kam in aller Frühe, damit sie um neun Uhr in London in der Klinik sein kann.«

»Du hättest mit ihr fahren sollen, Laura.«

»Sie sagte, ich solle mich besser um dich kümmern.«

»Immer denkt sie zuerst an die anderen. Solche Menschen sind heute doch fast ausgestorben. In Los Angeles jedenfalls.«

Laura verzichtete auf einen Kommentar. In Ermangelung

eigenen Nachwuchses war Stephen zu einer Art erwachsenem Ziehkind für Lucille geworden. Und da sie seine Anwesenheit schon immer genossen hatte, war Laura nicht einmal eifersüchtig auf die mütterlichen Zuwendungen, die ihm zuteilwurden. Familiarität zwischen Laura und Lucille erstreckte sich nun schon seit Jahren lediglich auf das Gefühl, im selben Boot zu sitzen. »Dieser verdammte Linksverkehr macht mich noch wahnsinnig.«

»Dabei könnte man meinen, du hättest nie einen anderen Wagen gefahren. Außer vielleicht einen Jaguar oder einen Aston Martin.«

In der Tat schien Laura einer Fernsehserie der sechziger Jahre entstiegen zu sein. In dem hautengen Bodystocking aus zartestem schwarzen Leder, der knappen Rennfahrerjacke aus dem gleichen Material und dem i-Tüpfelchen des Outfits – schwarze Autohandschuhe mit einem blauen Streifen, der von der Spitze des Mittelfingers bis zum Handgelenk verlief – wirkte sie wie eine fürs dritte Millennium überarbeitete Ausgabe von Emma Peel. Ihre roten Haare wippten in einer perfekten Außenwelle, während sie die Landstraße nach St. Just hinabschoss. Falls die Presse schon in Cornwall eingetroffen sein sollte, dann wollte Laura zumindest spektakulär aussehen.

Stephen hatte sich aus Steerpikes Kleiderschrank bedienen dürfen. Erst als er in dessen schwarzem Rollkragenpullover, in verwaschenen Jeans, mit Schiebermütze und Sonnenbrille vor ihr stand, wurde ihr die Ähnlichkeit der beiden bewusst. Sie hätten Brüder sein können.

Das typische Cornwall-Klima hatte sich endlich durchgesetzt. Nach dem schrecklichen Eisregen hatte es über Nacht getaut. Die Felder flogen braun und brach am Straßenrand vorbei, und die Wiesen schimmerten in einem leuchtenden

Frühlingsgrün, als seien sie durch den ebenso unerwarteten wie untypischen Wintereinbruch schockgefrostet worden und nun zu neuem Leben erwacht.

Stephen schien etwas Ähnliches gedacht zu haben, denn recht unvermittelt bemerkte er: »Wusstest du, dass Walt Disney sich hat einfrieren lassen, in der Hoffnung, dann wieder zum Leben erweckt zu werden, wenn die Krankheit, an der er gestorben ist, heilbar ist?«

»Oh, mein Gott! Wer würde so etwas wollen?«

»Hm.« Er schämte sich ein wenig, so am Leben zu hängen.

»Stell dir vor, er kommt zurück, und statt Mickey Mouse lieben die Kinder Shrek.«

»Es ist schon komisch. Früher war alles irgendwie eindeutiger. Die Bösen waren böse und hässlich, und die Guten waren gut und schön. Also in Hollywood eben.« Stephen sah hinreißend aus, wenn er Gedanken formulierte, die er nicht zu Ende bringen konnte.

»Hat Lucille dir nie erzählt, dass die Stiefmutter in Disneys ›Schneewittchen‹ Greta Garbo als Vorbild hatte?«

»Ich wusste nur, dass Marilyn Monroe Vorbild für Tinker Bell in Disneys ›Peter Pan‹ war.«

»So viel zum Thema ›die Bösen sind immer hässlich‹ …«

»War Tinker Bell böse? Ich habe einmal gehört, dass bei der Theaterpremiere von ›Peter Pan‹ das Publikum völlig außer sich geriet, als Tinker Bell starb. Das ganze Theater hat geschrien: ›Ich glaube an Elfen, ich glaube, ich glaube!‹, um sie wieder zum Leben zu erwecken. Biedere Geschäftsmänner und aufgerüschte Society-Ladies weinten und wollten Tinker Bell retten.« Stephen musste angesichts der Vorstellung lächeln.

»Tinker Bell wollte Wendy von den Verlorenen Jungs umbringen lassen! Aber im Buch stand, dass das daran lag, dass

Elfen immer nur Zeit und Energie für ein einziges Gefühl haben und man es ihnen nicht übelnehmen soll. Ich habe Tinker Bell immer geliebt. Seit ich denken kann.«

Den Gedanken ließ Steed eine Weile auf sich wirken, während Laura an ihre kleine Plastikfigur der Elfe dachte, die sie seit über dreißig Jahren besaß und die sie bis zum heutigen Tag überallhin begleitete. In einem apokalyptischen Traum hatte sie sich einmal entscheiden müssen, welche Gegenstände aus ihrem Besitz sie mit auf die Flucht in eine unbestimmte Zukunft nahm. Die Wahl war auf ihre grüne Lieblingshandtasche aus Krokodilleder, eine Chinchilla-Felldecke und ihre Tinker-Bell-Plastikfigur gefallen, während Lucille sich für ihre Trophäen entschieden hatte.

»Dieser Steerpike – ein attraktiver Mann!«

»Sag nicht, dass du …«

»Nein. Ich hatte seit meinem Entzug keine schwulen Affären mehr, obwohl ich bei ihm wirklich ins Grübeln komme.«

Laura dachte daran, wie ähnlich sich Stephen und Steerpike sahen, und musste lächeln. Wenn es ein Mann war, den Stephen begehrte, dann einer, der aussah wie er selbst. Sie begann die Melodie von Cyndi Laupers ›Time after Time‹ zu summen und überlegte kurz, Stephen von Steerpikes Liebesnacht mit dem jungen Mann zu erzählen, verwarf den Gedanken aber wieder, weil sie dann hätte zugeben müssen, als Voyeurin unterwegs gewesen zu sein.

»Ich glaube, es hatte was mit den Drogen zu tun.«

»Bitte?«

»Seit ich Antidepressiva nehme, ist mein Sextrieb nicht mehr so stark ausgeprägt. Als ich noch auf Drogen war, war es mir eigentlich egal, ob Mann oder Frau. Weißt du, dass es Lucille war, die mich in die Klinik einliefern ließ?«

»Du meinst deinen Ayurveda-Urlaub auf Sri Lanka?«

Er kicherte.

»Nicht einmal Lorna wusste Bescheid ...«

»Ja. Wenn Lucille etwas kann, dann ein Geheimnis bewahren.«

Die Bemerkung brachte ihr einen irritierten Seitenblick ein.

»Okay, und sie fotografiert ganz gut.« Sie seufzte und verlangsamte das Tempo, als sie das Ortsschild von St. Just passierten. Ihr Blick blieb am ›Star Inn‹ hängen, als sie daran vorbeifuhren.

»Was hältst du von Hector?«

»Alle Männer in Cornwall, die ich bisher erlebt habe, sehen aus wie Filmstars.«

»Dafür hätten wir nun wirklich nicht hierher ziehen müssen, die haben wir zu Hause auch.«

Stephen wechselte das Thema. »Weißt du schon, wann Lucille aus der Klinik zurückkommt?«

»Das erfahre ich später. Ich frage mich, ob es nicht vielleicht besser ist, dass sie in London bleibt, bis das Wetter sich endlich für Frühling oder Winter entschieden hat.«

»Ich könnte sie dort besuchen, bevor ich den Flieger nach Berlin nehme.«

Kaum hatte sie geglaubt, sich eine Verschnaufpause in der Fragerunde »Wann sehe ich Lucille?« verschafft zu haben, hatte er ihr Kartenhaus auch schon zum Einsturz gebracht. »Ach, Stephen, ich weiß nicht, ob das eine so gute Idee ist. Wenn die Presse dir folgt ...«

»Hm.« Er schmollte.

»Wenn du doch vorher angerufen hättest ...«

»Es war vielleicht wirklich ein wenig überstürzt.«

»Da sind wir!« Zu ihrer eigenen Überraschung setzte sie den Mini Cooper recht versiert in eine Parklücke.

»Wo sind wir?«

»Hier ist der Eisenwarenladen. Würde es dir etwas ausmachen, eine Axt und eine Kettensäge zu besorgen?«

Stephen war kein Mann, der leicht zu überraschen war, aber unweigerlich schnellte nun eine Augenbraue in die Höhe.

»Brennholz. Wir kommen kaum noch hinterher.«

»Miss Shalott? Hallo, Miss Shalott!«

Ihr natürlicher Impuls wäre gewesen, die schweren Einkaufstüten fallen zu lassen und loszusprinten, doch dann vergegenwärtigte sie sich, dass dies nicht Los Angeles war, sondern St. Just, und sie tat, was die meisten Menschen tun würden: Sie drehte sich um und suchte nach der Herkunft des Rufes. »Miss Claighbourne!«

»Ich hab sie vom Fenster aus gesehen.« Sie deutete auf das Rathaus. »Haben Sie denn niemanden, der Ihnen bei den schweren Einkäufen hilft? Kommen Sie, ich nehme Ihnen etwas ab.«

»Das ist nett, vielen Dank. Mein Wagen steht vor dem Eisenwarenladen.«

»Haben Sie heute Morgen ferngesehen? Es scheint, die Presse ist Ihnen auf der Spur.«

»Deshalb die Einkäufe – wir bereiten uns auf eine Belagerung vor.«

»Wie furchtbar, mein Mitgefühl. Wie geht es Ihrer Schwester?«

»Den Umständen entsprechend. Aber ich kann Ihnen versichern, sie ist nicht da, wo die meisten Leute sie vermuten.«

»Gut gemacht! Ich kann einfach nicht verstehen, warum die Presse sich so verhält. Als wäre das mit der Prinzessin von Wales nie geschehen.«

Kathy Claighbourne konnte nicht wissen, dass sie hier einen extrem wunden Punkt berührte. Die alkoholisierte Nacht in Paris, der geliehene weiße Fiat Uno … Aber diese Erinnerung wollte Laura jetzt nicht weiterverfolgen. »Sind Sie schon in der Bibliothek gewesen? Sie wollten doch wegen der Ashby-Minen nachschauen.«

»Deshalb bin ich losgelaufen, als ich Sie vom Fenster aus gesehen habe. Es gibt nicht ein einziges Buch mehr zu dem Thema bei uns – als ob jemand sie systematisch hat mitgehen lassen.«

Laura schüttelte ungläubig den Kopf. »Und diese Geschichten von den Kindern, die hier in der Gegend spuken?«

»Ich habe mit meiner Tante gesprochen – arme Tante Wilma, Arteriosklerose, ihr Kopf sitzt so schief auf dem Rücken, dass sie praktisch nur noch nach unten schauen kann. Tante Wilma also erinnert sich auch noch an die Geschichten. Es hieß, dass nach dem schrecklichen Grubenunglück die Seelen der Kinder umgingen. Hauptsächlich in der Gegend der alten Mine, aber man munkelte, dass auch Ashby House heimgesucht wurde.«

Laura dachte an das Bodenmosaik und fragte sich, weshalb Deborah und Sebastian Ashby sich ein so stolzes Denkmal als Ausbeuter von Kindern gesetzt haben sollten. Oder hatten sie in dem Bodenfries den schrecklichen Fluch dokumentiert, war er ein Bild ihrer Heimsuchung? Das ergab alles keinen Sinn. »Gibt es die Mine eigentlich noch?«

»Ja und nein. Sie ist aufgeschüttet worden. In den letzten Jahren, in denen sie betrieben wurde, waren die Erträge immer spärlicher ausgefallen. Und als die Ashbys verschwanden und keine Nachfahren hinterließen, hat die Gemeinde sie schließen lassen.«

Sie waren am Wagen angekommen.

»Sie fahren auf dem Rückweg daran vorbei. Hinter dem Ortsschild geht ein Feldweg ab. Nach zwei Meilen sehen Sie schon die Überreste. Von uns geht kaum einer dorthin. Wahrscheinlich wegen der Schauergeschichten, die wir als Kinder erzählt bekommen haben. Andererseits – wären Sie lieber mit SpongeBob aufgewachsen?«

Laura musste lachen. »Ganz sicher nicht. Und noch einmal danke, Miss Claighbourne.« Sie nahm der Gemeindesekretärin die Tüte ab.

»Nennen Sie mich Kathy.«

»Kathy. Laura.«

Die Frauen reichten sich die Hände.

»Sie haben nicht zufällig daran gedacht?«

»Natürlich, Ihr Autogramm! Einen Moment bitte.«

Laura beugte sich in den Wagen, zog eine Autogrammkarte Lucilles aus ihrer Handtasche (und wieder war die Garbo im Spiel, da es sich bei dem Motiv um eine Nachstellung des berühmten Steichen-Porträts handelte, das Mario Testino für seine Kollegin nachinszeniert hatte) und hoffte, dass Kathy nicht sah, wie sie sie (wie so oft) selbst unterschrieb.

»Bitte schön!« Sie reichte Kathy die Karte.

»Für Kathy, herzlichst Lucille. Wunderbar! Ich weiß gar nicht, wie ich Ihnen danken kann.«

Angesichts der aufrichtigen Freude und des klaren Entzückens in den Zügen der Gemeindesekretärin kam sich Laura ein wenig schäbig vor.

Er hatte die Kettensäge als Geschenk verpacken lassen.

»Stell dir vor, es sieht mich jemand mit dem Ding unterm Arm durch die Straßen laufen!«

Sie quetschten die Einkäufe in den Wagen und machten sich auf den Weg zurück nach Ashby House.

»Würde es dich stören, wenn wir einen kleinen Abstecher machen?«

»Wo möchtest du hin?«, wollte er wissen.

»Ich würde mir gern die Überreste der Mine anschauen.«

»Warum nicht?«

Kurz hinter dem Ortsschild, genau wie Kathy Claighbourne es beschrieben hatte, ging ein leicht zu übersehender Feldweg ab. Er schien nicht regelmäßig befahren zu werden, denn auf den beiden Spuren, die sich durch die Wiese zogen, wuchs bereits dünnes Gras.

Laura setzte den Blinker und bog ab. Schweigsam holperten sie den Weg entlang einen kleinen Hügel empor. Dahinter erstreckten sich Wiesen.

»Wo soll die Mine sein? Ich sehe nichts.«

»Schau mal dort, der Steinberg. Man hat mir gesagt, die Mine sei aufgeschüttet worden.« Laura fuhr weiter, bis sie an dem Berg aus gigantischen Steinen angelangt waren.

»Dolmen«, bemerkte Stephen.

»Bitte?«

»Dolmen. Das sieht aus wie ein Hünengrab.«

»Ein Hünengrab?«

»Als ich ›Rohan, der Bruder des Barbaren‹ gedreht habe, gab es eine Beerdigungszeremonie. Christian Slater wird feierlich aufgebahrt, und ein Dutzend Krieger schleppt diese riesigen Steine. Nicht gesehen?«

Laura schüttelte den Kopf.

»Das sah genauso aus wie hier.«

»Ich weiß nicht, Hünengräber … Ich denke, dass es einen pragmatischeren Grund gibt. Sie wollten den Zugang zur Mine sicher verschließen.«

»Aber sagtest du nicht, die Mine sei aufgeschüttet worden?«

»Vielleicht hab ich da was falsch verstanden.«

»Aber Laura, weshalb sollte man auf einer Länge von vielleicht fünfzehn Metern so schwere Steine verlegen? Wie groß kann der Eingang denn gewesen sein?«

»Ja, und wer, glaubst du, hat im letzten Jahrhundert noch Hünen begraben? Jetzt sag mir mal, wessen Theorie plausibler klingt.«

»Hm. Möchtest du aussteigen?«

Sie bemerkte, dass sie zitterte. Direkt unter ihnen waren vor hundertfünfzig Jahren fast sechzig Menschen verschüttet worden.

»Nein. Nicht nötig.«

Sie wendete und fuhr zurück.

Als sie auf die Landstraße Richtung Ashby House einbogen, räusperte sich Steed. »Hast du gemerkt, wie kalt es da war? Ich hatte eine Gänsehaut. Am ganzen Körper.«

Laura erinnerte sich ihres eigenen unguten Gefühls, das sich nun verstärkte, als sie einen Blick in den Rückspiegel warf. »Es geht los.«

»Bitte?«

»Schau nach links.«

Stephen drehte sich um und sah den ersten Übertragungswagen im Schritttempo St. Just verlassen.

KAPITEL 17

Sie hatte unauffällig das Tempo beschleunigt, um nicht die Aufmerksamkeit auf sich zu lenken, und es war den beiden gelungen, die Tore von Ashby House hinter sich zu schließen, als der Übertragungswagen an ihnen vorbeifuhr.

»Noch einmal entkommen!«, seufzte Laura.

Steerpike nahm Stephen die Axt und die Kettensäge ab und verschwand damit in der Küche. In der Bibliothek hatte er Lucilles Aufzeichnungen sortiert und ein kaltes Büfett angerichtet. An diesem Tag war die Außentemperatur hoch genug, dass der Kamin allein für eine angenehme Wärme in dem großen Raum sorgte.

»Wusstest du von Lucilles Autobiografie?«, wollte Laura von Stephen wissen.

»Hat sie sich endlich dazu entschieden? Wunderbar. Ich freu mich darauf. Ich liebe Künstlermemoiren.« Er nahm sich ein Kresse-Sandwich und betrachtete die Bände in den Regalen. »Schau mal!« Er hatte einen schmalen Band aus dem Regal genommen, den Laura schon am ersten Tag in Ashby House in der Hand gehalten hatte.

»›Die Lage der arbeitenden Klasse in England im Jahr 1844‹ von Friedrich Engels. Das ist doch genau die Zeit, in der die Ashbys ihre Mine bewirtschaftet haben, oder?«

»Ja, das müsste hinkommen. Schau mal, ob du etwas über Kinderarbeit findest.«

Er ließ sich in ein Sofa fallen und begann zu lesen.

Laura nahm sich Lucilles Aufzeichnungen zum Thema »Chris« hervor, zündete sich eine Zigarette an und machte es sich ebenfalls bequem.

»In den Baumwollspinnereien hat man vorzugsweise Kinder zwischen neun und elf Jahren eingesetzt, um die Maschinen zu bedienen. Kannst du dir das vorstellen?«

Sie aschte ins offene Kaminfeuer. »Krank. Wegen ihrer kleinen Hände.« Ob Lucy Gray und die anderen Kinder als Minenarbeiter aus anderen Orten hergebracht worden waren?

»Dabei gab es die ersten Gesetze gegen Kinderarbeit schon 1833. Nein, warte. Ab 1842 durften keine Frauen und keine Kinder unter zehn Jahren mehr in den Minen arbeiten.«

»Das heißt, mit elf durfte man unter Tage?«

»So sieht es aus. Nur schreibt er hier, dass sich offenbar niemand an den Mines Act hielt.«

»Ich verstehe ja noch, dass die Kinder besonders für die Maschinen in den Spinnereien geeignet waren, aber was machten sie in den Minen?«

Er fuhr mit dem Finger einige Absätze ab. »Sie haben die Türen bewacht. Saßen bis zu zwölf Stunden am Tag allein im Dunkeln.«

»O mein Gott.«

»Es kam vor, dass sie vor Erschöpfung auf dem Heimweg einschliefen. Ihre Mütter zogen los und lasen sie von der Straße auf. Hier steht, dass sich unter diesen Umständen in vielen Fällen die Pubertät bis zum achtzehnten Lebensjahr verzögerte. Die Lebenserwartung sank dramatisch. Und fast alle Minenarbeiter waren durchschnittlich kleiner als der Rest der Bevölkerung.«

»Evolutionstheorie am Beispiel!«

»Lamarck gegen Darwin.«

»Das heißt, während wir die Sklaven befreiten, schickten die Engländer ihren eigenen Nachwuchs in die Hölle.«

»Und behaupteten sich so als führende Industrienation. Meine Güte! Er schreibt, dass unter den vorherrschenden Bedingungen – der Hitze, der Dunkelheit und der Tatsache, dass Frauen und Männer miteinander auf engstem Raum und teilweise splitternackt arbeiteten – bei den Minenarbeitern besonders viele uneheliche Geburten zu verzeichnen waren. Sie haben sich, in seinen Worten, aufgeführt wie Halbwilde.«

»Mir wird langsam die morbide Faszination der Briten für Kleinwüchsige klar. Denk doch mal an die Hobbits. Oder die Morlocks in der ›Zeitmaschine‹.«

»Oder die Verlorenen Jungs bei Peter Pan.«

Laura musste schlucken. Die verlorenen Kinder … Sie schauderte und erhob sich. »Dieses Haus ist auf Kinderleichen erbaut.«

Stephen starrte sie entgeistert an und setzte zu einer Frage an, wurde aber abrupt abgeschnitten, als vor den Toren von Ashby House die erste Autohupe ertönte.

Die Presse glaubte also, Lucille Shalotts Versteck aufgespürt zu haben. Laura hätte sich glücklich geschätzt, wenn sie dasselbe von sich hätte behaupten können.

»So sieht es also von außen aus.«

Steerpike, Steed und Laura standen vor dem Plasma-Screen von Lucilles Breitbandfernseher und betrachteten die Übertragungsbilder des Sendewagens. Das erste Blitzlichtgewitter hatte nachgelassen. Die Fotos des Spukhauses würden sich in Kombination mit Archivbildern der Schwestern und des

Hollywood-Helden als durchaus abdruckwürdig erweisen und ihren Fotografen beachtliche Summen einbringen.

»... konnten wir bislang keinen Blick auf Lucille Shalott oder Stephen Steed erhaschen. Nach Auskunft von Ortsansässigen bewohnen nicht nur die Shalott-Schwestern das Haus vor St. Just, sondern seit gestern weilt auch Hollywood-Star Stephen Steed in der kleinen Gemeinde in Cornwall. Heute Vormittag ist er mit Laura Shalott in St. Just gesehen worden. Leider blieben Interviewanfragen gänzlich unbeantwortet. Lucille Shalotts Agentin Lorna Eckels hat alle Angaben über den Aufenthalt ihrer wichtigsten Klientin dementiert.«

»Ist das nicht absurd? Während sie uns beglotzen, beglotzen wir sie und das Haus, in dem wir uns gerade aufhalten ...«

»Wir können nur hoffen, dass sie bleiben, wo sie sind.« Steerpike war in echter Sorge.

»Sie werden schon nicht einbrechen. Wofür gibt es denn Gesetze?«

Nicht genug damit, dass der Verbleib der Schwestern jetzt öffentlich bekannt war, erwies sich Lauras Geheimnummer als wenig geheim. Kaum waren die ersten Fernsehbilder über die Bildschirme gegangen, hatte das Telefon nicht mehr aufgehört zu klingeln.

Laura deaktivierte die Mailboxfunktion und schaltete das Telefon ab. »Wie konnten die nur herausfinden ...«

»Vielleicht war es keine gute Idee, mit einem weltbekannten Hollywood-Star Kettensägen kaufen zu gehen.«

»Es war doch nur eine Frage der Zeit«, bemühte sich Stephen zu schlichten. »Betrachte es außerdem mal von einer anderen Seite. Lucille war zwei Wochen raus aus der Presse. Wann ist das schon jemals gut? Solange ihr in der Zeitung steht, steigt die Nachfrage nach ihren Bildern. Wenn sie wieder arbeitet, kann sie astronomische Summen fordern. Das ist Hollywood. Richtig schlimm wäre, wenn die Presse keine Notiz nähme.«

Laura, die sich mit den wirtschaftlichen Strukturen auskannte, war dieser Gedanke kein Trost. Wenn sich nicht bald etwas tat, gab es vermutlich bald nur noch eine Handvoll Pressemeldungen, die in etwa so begannen: »Lucille Shalott in Spukhaus verschwunden«, und – unvorstellbar, sie schob den Gedanken beiseite.

»Stephen, du würdest mir einen echten Gefallen tun, wenn du dir die Aufzeichnungen anschaust. Die von Lucille und alles, was du hier über die Ashby-Minen findest. Steerpike und ich haben noch etwas zu erledigen.« Sie bedachte den Butler mit einem intensiven Blick und fügte hinzu: »Im zweiten Stock.«

»Gewiss, Miss Shalott.«

»Was ist im zweiten Stock?«, wollte Stephen wissen.

»Genau darum geht es«, antwortete Laura leise und mehr zu sich selbst.

Hollywood. Seit meiner frühesten Kindheit liebe ich Hollywood. Ich bin aufgewachsen mit Musicals, Krimis, Western, dem Film noir, brillanten romantischen Comedies – von ›Es geschah in einer Nacht‹ bis ›Pretty Woman‹. Wann immer die Klassiker im Fernsehen liefen, blieb ich zu Hause und war durch nichts in der Welt zu bewegen, mit den anderen Kindern zu spielen. Ich war eine Außenseiterin. Die Stars waren für mich der Ersatz für Götter und wurden zum Ersatz für Freunde. Ihr Spiel wurde zum Ersatz für mein eigenes Leben und Erleben. Sie bildeten ab, was in mir vorging. Und jeder weiß, dass das innere Geschehen mindestens so viel Substanz hat wie das äußere. Träume können uns tragen, wenn das Schicksal schlecht mit uns umspringt. »Fantasie ist wichtiger als Wissen, denn Wissen ist begrenzt«, hat Einstein gesagt. Gedanken sind wahr genug.

Vor dem Bildschirm ließ ich meinen Gefühlen freien Lauf, von Albernheiten wie Schularbeiten, Rangkämpfen, Pyjama-Partys und all den anderen Banalitäten, denen sich meine Altersgenossen hingaben, ungestört. Ich brauchte keine Spielkameraden, ich hatte dank des ausrangierten Farbfernsehers meiner Eltern Götter im Kinderzimmer…

Ich erwartete nie etwas von dem einen Gott. Das sah ich wie Frances Farmer: Wenn Gott mir half, meinen roten Hut wiederzufinden, aber nichts tat gegen das Elend auf der Welt, welche Bedeutung sollte er dann haben? Die Stars nahmen seinen Platz ein und wurden mir Spiegelbilder, Leitbilder, Vorbilder. Nichts wünschte ich mir sehnlicher, als eines Tages dazuzugehören, selbst bedeutungsvoll zu werden, in irgendeiner Form Teil dieses Pantheons zu sein … Und welches Land verlockt mehr dazu, sein Glück in die Hand zu nehmen und das Unerreichbare zu erlangen, als Amerika? Ich bin ein Kind Hollywoods, damals wie heute.

Bette Davis als Margo Channing, Marilyn am Ende ihres Kampfes in ›The Misfits‹, Jessica Lange in den Pranken King Kongs und auf einem Pferd durch Nevada reitend. Von Lillian Gish bis ›Big Fish‹. Licht und Schatten bei Orson Welles. Keanu Reeves in ›Speed‹. Sandra Bullock, Stephen Steed. Die Patzer in Tod Brownings ›Dracula‹, der Farbrausch in Coppolas Adaption. Hollywood erzählt die großen Geschichten nicht, wie sie waren, sondern wie wir sie gern hätten, und so habe ich es auch mit meinem Leben immer gehalten.

Wenn es eine Quizshow gäbe, in der man die hässlichsten Perücken der Filmgeschichte benennen müsste – ich würde gewinnen: ›Interview with the Vampire‹ und ›Edward Scissorhands‹.

Audrey Hepburn. Katherine Hepburn. Goldie Hawn. Tom, Brad, Johnny und Ewan. Jack Nicholson, der alte Bock. GRETA, der schönste Anblick, der je in Licht und Schatten gesetzt wurde. JUDY, in deren Stimme das Leid der Welt erklingt. Das Gesicht von Louise Brooks raubt mir den Atem. Die Nutten von Shirley, die Blondinen von Tipi. ›Hitch‹! ›Vom Winde verweht‹ und ›Cold Mountain‹. Jude LAW. Julia ROBERTS. Der Tinker-Bell-Aufkleber auf dem Grabstein Heather O'Rourkes auf dem Westwood Memorial. Die abgeschabte Grabplatte Marilyns ein paar Meter weiter, übersät mit Abdrücken billiger Lippenstifte. Dorothy und Toto auf Tassen und T-Shirts in den Souvenirläden am Hollywood Boulevard. Vine und Valentino. Gloria Swanson als Norma Desmond – ein visuelles Gedicht. Cary, Gary, Harrison. James Dean. Norma Jeane. Was Baz Luhrmann zu Ehren Marilyns mit Nicole in ›Moulin Rouge‹ getan hat! Doris Day schreit ›Que sera‹, um ihr entführtes Kind auf sich aufmerksam zu machen. Sharon Tate liegt im Blut ihres ungeborenen Kindes. Sharon Stone spreizt die Beine. Die blaue Gardenie und die Schwarze Dahlie. Taylor hat keine Angst vor Burton und Burton und wieder Burton. Debbie Reynolds weint. Carrie Fisher wird gehässig. Töchter, die Bücher über ihre liebste Mami schreiben. Das alles bin ich.

Es war mein Wunsch, ein Teil zu werden, und der Wunsch ist in Erfüllung gegangen. Ich habe Hollywood geatmet, gegessen, denn zuvor hatte ich mich danach verzehrt. In meinen Bildern habe ich sie für die Ewigkeit aufgespießt wie Schmetterlinge hinter Glas, eingefroren in einen Ausdruck meiner Wahl, reduziert auf das, was ich in ihnen sah. (Tja, Madonna, tut mir nicht leid.) Ich habe sie aus den Filmen ge-

holt und in die Magazine gebracht. Und zuletzt in die Museen.

Die Rache der modernen Frau ist ihr Erfolg. Ich habe mich sehr lustvoll gerächt. Woran? An der Unspektakularität des Lebens.

Was kommt nach dem Erfolg? Plötzlich, im letzten Sommer: Joan Crawford im Rollstuhl. Was als Nächstes? Joan Crawford tot am Strand, und ihre irre Schwester Baby Jane tanzt Ringelreihen und leckt ein Eis? Wo ist der Punkt, an dem man erreicht hat, was man wollte? Wo ist der Punkt, an dem man über den Regenbogen hinausgegangen ist? Vielleicht reicht es, dabeigewesen zu sein. Vielleicht ist das genug für Demut. Vielleicht ist es besser, gestoppt zu werden, als immer weiterzumachen.

Nicht wie Bette Davis als vom Krebs verzehrtes Gerippe im ›Tanz der Hexen‹ anzutreten, zu gebrechlich, eine Rose aufzuheben, die eine europäische Kollegin ihr ehrerweisend zu Füßen gelegt hat. Also trat sie drauf, zermalmte die Blüte auf dem Hotelteppich. Nicht hinter Schleiern mit schlecht sitzenden, falschen Zähnen »Just a Gigolo« zu nuscheln. Als komische Alte durch TV-Serien zu stolpern und sich nachts besinnungslos zu saufen, um einschlafen zu können, vom Göttlichen zum Niedlichen zum Tödlichen. Besser: die Tür zu schließen und die Vorhänge zuzuziehen.

Doch kehrt man der Welt den Rücken zu, lädt man die Messerwerfer ein. Gretas Asche, Marlenes Gebeine, lesbische Liebesbriefe und hasserfüllte Tagebücher. Ein letztes Interview, in dem du feststellst, dass der Ruhm alles ist, alles war, dass er dich aber nicht warmhält in einer kalten Nacht. Und die Liebesgöttin starb allein, nicht wahr?

Doch wie sich verabschieden, wenn einen niemand lässt? Wie verschwinden, wenn die Filme und die Bilder bleiben?

Stephen konnte nicht umblättern, er musste seinen Brechreiz niederkämpfen. Er hatte geglaubt, Lucille zu kennen, doch was ihm an Härte und Bitterkeit aus den Zeilen entgegenbrandete, entsetzte ihn. Hatte der Unfall einen solchen Menschen aus ihr gemacht? Oder war diese düstere Seite schon immer Bestandteil von Lucilles Persönlichkeit gewesen? Sie hatten über vieles geredet, aber nie darüber, was passierte, wenn der Erfolg ausblieb. Die Sätze taten ihm körperlich weh, und das, obwohl er wusste, dass er als Mann gut zehn Jahre länger erfolgreich bleiben konnte als seine weiblichen Kollegen. Zumindest was Hauptrollen anging.

Mehr als die Flüchtigkeit, die Lucille dem Ruhm unterstellte, erschreckte ihn die Sucht nach ihm, die aus ihren Worten sprach. Fast zwanzig Jahre hatte sie dem Ruhm gedient und er ihr – allerdings in einseitiger Abhängigkeit: Der Ruhm würde ohne sie auskommen und weiterziehen. Das Gewonnene wieder zu verlieren war um so vieles schrecklicher, als es nie so weit geschafft zu haben. Die Fallhöhe wuchs mit jedem Magazin-Cover, jeder neuen Sensationsgage, jedem Hit an den Kassen. Mit dem Bewusstsein von der Fallhöhe kam die Angst vor dem Verglimmen, vor dem Zerbrechen der eigenen Ikone.

Mit dem Ruhm war es wie mit der Sehnsucht nach Liebe: ein Verlangen, das nicht gesättigt werden kann. Der Ruhm war nicht das Blut. Der Ruhm war der Vampir.

»Wir sehen aus wie in einem schlechten Horrorfilm!«

Laura trug die Axt, Steerpike hatte die Kettensäge mit einem Schultergurt umgelegt. Sie stiegen die Treppe hinauf, gefolgt von Mowgli, der sich den beiden unaufgefordert angeschlossen hatte.

Das Haus schien ihre Ankunft im zweiten Stock zu kommentieren. Kaum hatten sie die Bodenplatte hinter sich geschlossen, ächzte das Gebälk und Fensterscheiben begannen zu klirren. Ein Windstoß erfasste die beiden, presste ihnen die Luft aus den Lungen und brachte ihre Haare zum Fliegen.

»O mein Gott, es geht wieder los.«

Obwohl es draußen heller Tag war, wirkte die Luft im Ballsaal diesig und schwer, und ein leichter Nebel stieg auf. Erkältungswetter, das den Körper angreift und Nährboden für Viren und Bakterien schafft, breitete sich aus, ein böses, niederträchtiges Klima. Die feuchte Kälte legte sich wie ein dünner Film über die Gesichter der beiden, und der kalte Wind, der aus dem Nichts kam, tat ein Übriges, ihnen Schauder über den Rücken zu jagen. Auch der Hund spürte die Bedrohung und übernahm die Führung – mit bedächtigem Gang und gesenktem Schwanz machte er sich daran, den Saal zu durchqueren. Als sie in der Mitte des Raumes im Zentrum des Bodenfrieses angekommen waren und eine weitere Böe sie erfasste und mehrere Schritte rückwärts zwang, setzte der Lärm ein. Unvermittelt. Rhythmisch. Anders als beim letzten Ausbruch des Hauses schien er aus keiner bestimmten Richtung zu kommen, dumpf, düster unterhöhlte er die Glaskuppel und presste sich gegen die Fenster, die sich zu wölben schienen, um dann wieder in die entgegengesetzte Richtung gesogen zu werden. Der pulsierende Lärm verschlang auch das Knurren des Hundes, aber seine Drohgebärde war eindeutig. Sein sonst glattes Fell sträubte sich im Nacken, die Ohren waren eng am Kopf angelegt, der Schwanz eingeklemmt, die Zähne gefletscht. Alarmiert schaute Mowgli nach oben, veränderte unruhig seine Position.

»Steerpike, ich weiß nicht, ob wir weitergehen sollten.«

Lauras Gesicht glänzte feucht, ihre Augen waren weit aufgerissen und wie eine Elfe war sie im Augenblick nur zu einem einzigen Gefühl fähig: nackter Angst. Was als Nächstes geschah, steigerte ihre Panik zu blankem Terror. Etwas stieg am Haus empor – der Lärm war unerträglich nah, schlug gegen die Trommelfelle, drohte sie zu zerfetzen. Wenige Sekunden später wurde es sichtbar, und die Panik schlug um in Entsetzten, Ungläubigkeit, Erleichterung, dann wieder Entsetzen. Über der Kuppel sah sie die Propellerblätter eines Hubschraubers rotieren, danach das grelle Aufblitzen von Kameralichtern, nur eine Sekunde lang, denn dann griff das Haus ein.

Die Vorhänge, die sich an der Innenseite der Glaskuppel befanden, wurden wie von Geisterhand zugeworfen, das surrende Geräusch der Gardinenringe in ihren Schienen übertönte einen Augenblick lang sogar den Lärm des Hubschraubers. Dieser war bereits weiter aufgestiegen, und das Motorgeräusch ebbte allmählich ab.

Nur ein einziges Foto, stummes Zeugnis einer todbringenden Vitalität.

Nur ein einziges Bild, geschossen von Fotoreporter Harry Gale, der ohne Auftrag, aber mit der klaren Gewissheit, dass er mit einem solchen Bild ein Vermögen verdienen würde, stärkere Geschütze auffuhr als seine Kollegen und im nahe gelegenen Penzance einen Hubschrauber mietete.

Nur ein einziges Bild, das bei Millionen von Zeitungslesern Angst und Schrecken angesichts des Schicksals der Fotografin Lucille Shalott verbreitete. Darauf zu sehen das verzerrte Gesicht Laura Shalotts, mit bleichem, ungesund glänzendem Teint, feucht funkelnden Augen, einem wie vor Schmerz verzogenen Mund, leuchtend roten Haaren, die ihr buchstäblich zu Berge standen, furiengleich gebleckten Zähnen in der perversen Karikatur eines Lachens. Und was war das? War sie geschrumpft, oder war dieser Hund größer als ein Kalb? In Lauras rechter Hand die Axt, in Drohgebärde erhoben. Daneben – es konnte nur er sein, es hatte doch in der Presse gestanden, dass er Lucille Shalott gerade besuchte – niemand anderes als Stephen Steed, obwohl ein Fleck unerklärlichen Ursprungs sein Gesicht teilweise verdeckte.* Über seinen Schultern was? Eine Kettensäge? Der monströse Hund in Angriffslust vor den beiden, und im steinernen Boden unter ihnen drei Wörter: Du Pensée Sauvage. Ja, ganz offensichtlich waren das Wilde, die wütend, entsetzt und kampflüstern ins Licht der Kamera blickten wie in das Auge eines Sturms.

Das Foto, das noch am selben Abend um die Welt ging, brachte Glück und Unglück zugleich.

Unglück für Laura, da ihr keine Verschnaufpause gegönnt war.

Unglück für den Fotoreporter Harry Gale, der an seinem Bild nie etwas verdienen sollte. Sein Hubschrauber wurde beim Wenden über dem Meer von einer Sturmböe ergriffen, die den Piloten dermaßen unerwartet traf, dass er durch ein hektisches Manöver die Kontrolle über seine Maschine verlor und den Steilklippen zu nahe kam, wobei sich zwei Rotorblätter verbogen und der Hubschrauber in einer finalen Spirale zu Boden ging.

* Das Bild von Laura Shalott, Steerpike (!) und Mowgli im Ballsaal von Ashby House sollte im Lauf der Jahre einem ganz anderen Motiv den Rang ablaufen, was Miss-Identifizierungen anbelangte. So ist es weitgehend unbekannt, dass die schreiende Frau im lindgrünen Kostüm auf dem Filmplakat von Hitchcocks »Die Vögel« nicht Tippi Hedren ist, sondern Jessica Tandy, die in dem Film die Mutter von Rod Taylor spielt.

Glück für Ellen Strickland, eine Cousine zweiten Grades der Gemeindesekretärin Kathy Claighbourne, die am Strand mit ihren beiden Rottweilern Bonnie und Clyde spazieren ging und etwa zwei Dutzend Meter vom Wrack des Hubschraubers entfernt die Umhängetasche des Fotografen entdeckte.

KAPITEL 18

Nur die plötzliche und absolute Dunkelheit und die sie begleitende Furcht verscheuchten in Laura den Impuls zu einem hysterischen Lachen.

»Ich hatte gedacht –«

»Ich auch.«

Mit ausgestreckten Armen langsam sich vortastend, schafften sie es, die Tür zum Gang zu erreichen, von dem die Dienstboten- und das Schulzimmer abgingen. Anders als bei ihrem letzten Ausflug ließ sich die Tür nur unter Anstrengungen öffnen, als habe sich über Nacht der Rahmen verzogen oder als hielte sie jemand von innen fest.

Nachdem der Hubschrauber sich entfernt hatte, war es von einem Moment auf den anderen still geworden. Nachdem die Vorhänge in der Ballsaalkuppel wie von Zauberhand zugezogen worden waren, hatten Laura und Steerpike einen sehr begründeten Anlass zu der Vermutung, dass es mit dieser Stille nichts Gutes auf sich haben konnte. Es war eine konzentrierte Ruhe, als atme Ashby House noch einmal tief durch, bevor …, ja, bevor was?

Schweigend schritten die drei Gestalten voran, bis sie an der Tür zum Turmzimmer angelangt waren.

»Soll ich zuerst?« Lauras Stimme zitterte, und in diesem

Moment, ganz anders als noch vor wenigen Minuten im Ballsaal, sah die Axt in ihrer Hand aus wie eine deplatzierte Requisite.

Steerpike schüttelte den Kopf, und der Anflug eines Lächelns umspielte seine Lippen, als er ihr das Beil aus der Hand nahm. »Wenn Sie bitte ein paar Schritte zurücktreten.«

Laura gehorchte.

Er packte den Stiel der Axt, atmete tief durch, und nach einem letzten Blickwechsel mit Laura wandte er sich der Tür zu. »Ich fange an.« Er holte aus, kniff die Augen zusammen und ließ die Axt auf die Tür niedersausen. Ein kratzendes Geräusch erklang, und Laura glaubte zu sehen, wie die Klinge auf der Tür Funken schlug. Der zweite Schlag folgte schnell, wieder raste das Beil auf die Tür zu, schlug Funken. Steerpike fuhr mit der Hand über die schmale Kerbe, die entstanden war. »Nichts, schauen Sie selbst.«

Laura trat heran und strich mit dem Finger die kaum erkennbare Delle entlang. »Sehen Sie!« Erschrocken trat sie einen Schritt zurück.

Der Hund hatte zu knurren angefangen, und im selben Moment vernahmen die beiden ein Geräusch, eher eine Schwingung, einen tiefen Bass, der bis in ihr Innerstes drang. Vor Lauras Augen verschwamm alles, sie konnte ihren Blick nicht mehr scharf stellen. Sie musste die Hand nach Steerpike ausstrecken, um zu begreifen, was wirklich geschah. Als ihre Hand auf seinem Oberarm zu liegen kam, spürten sie es beide. Sie vibrierten, als flösse Strom durch ihre Körper. Das Auflegen der Hand beendete die Vibrationen. Steerpikes Umriss war wieder klar zu erkennen, und nachdem er ebenfalls ihren Arm ergriffen hatte, stand auch Laura nicht mehr unter Strom. Instinktiv hatte der Hund sich gegen Laura gepresst, um das unangenehme Gefühl loszuwerden. Erst jetzt wandten sie sich wieder der Tür zu.

»Sie ist weg!« Steerpike war blass geworden.

Laura stellte sich neben ihn und betrachtete die Tür in Höhe der Kerbe, die der Axthieb gerissen hatte. Die Oberfläche war unversehrt, die Kerbe, die beide eben noch deutlich unter ihren Fingern gespürt hatten, verschwunden. »Dass mich das nicht überrascht, heißt nicht, dass ich es begrüße.«

Steerpike bückte sich und hob die Kettensäge auf.

Als Stephen Steed die ersten Geräusche eines Hubschraubers vernahm, deutete er sie sofort richtig. Er sprang auf und schaute aus dem Fenster die Auffahrt hinab.

Es hatte sich etwas getan. Wo zuvor ein einzelner Übertragungswagen gestanden hatte, stand mittlerweile ein halbes Dutzend. Die Zustände auf der Straße vor der Auffahrt erinnerten an einen Jahrmarkt. Immer mehr Wagen fuhren vor. Für die Bewohner des Dorfes, die einige Tage lang diskret und aus der Distanz von ihren Neuzugängen geschwärmt hatten, mussten der Aufruhr und die Medienpräsenz eine ähnliche Bedeutung haben wie der Mauerfall für die Deutschen. Man musste dabeigewesen sein, schließlich wurde gerade Geschichte geschrieben.

Nur gut, dass Lucille in der Klinik in London ist, dachte er, bevor er die Vorhänge der Bibliothek zuzog und sich plötzlich sehr allein fühlte. Er ging zurück zu seinem Platz am Kamin und stocherte mit dem Schürhaken in der Glut, um sie erneut anzufachen, und legte Holzscheite nach. Das orangefarbene Leuchten intensivierte sich mit einem Mal zu einem hellroten Glühen – Funken begannen zu sprühen. Und diese Funken beschrieben eine Form, die sein Verstand nur sehr langsam verarbeitete. Das Bruchstück einer Armlehne wurde erkennbar. Der Armlehne eines Rollstuhls. Ein allerletztes Mal glomm das Funkenbild auf und zerfiel zu Asche.

Erst beim dritten Versuch war die Kettensäge angesprungen. Laura hielt sich die Ohren zu, und Steerpike setzte an, ohne zu zögern. Der Lärm des Motors wurde vom Kreischen der Sägezähne auf der unnachgiebigen Turmzimmertür übertönt. Ein Funkenregen prasselte schmerzhaft auf Steerpikes Arme herab. Unter dem Brüllen der Maschine hatte das Pulsieren wieder begonnen. Laura stützte sich an der Wand ab, um die unangenehmen Schwingungen abzustellen, doch die Wände des Flurs verstärkten das sonore Brummen nur. Der Fußboden schien in Schwingungen zu geraten. Als sie nach unten schaute, schien ihr Fuß zur Hälfte im Parkett zu verschwinden, und je aggressiver Steerpikes Bemühungen wurden, die Tür zu öffnen, desto stärker wurden die Vibrationen. Ihr Blick fiel auf ihre Hand, mit der sie sich an der Wand abstützte. Auch hier derselbe Effekt. Ihre Finger verschwammen mit dem Untergrund, als sauge die Materie des Hauses an ihr.

»Steerpike!« Ihre Stimme ging im allgemeinen Krawall unter. Sie stand zu weit entfernt von Steerpike, um ihn zu berühren, und sie hatte Angst, sich auf dem wabernden Boden in seine Richtung zu bewegen. Was, wenn sie im Parkett versank?

»Steerpike, hören Sie auf!« Hysterie schwang in ihrer Stimme mit.

Er drehte sich zu ihr um, und der Schrecken war ihm ins Gesicht geschrieben, als er sah, wie sie in das Haus hineinzuschmelzen schien. Als er sich vollständig zu ihr umwandte, fanden auch seine Füße keinen Halt mehr. Es gelang ihm noch, die Kettensäge abzustellen, aber die rasenden Sägen brauchten Zeit, um zum Stillstand zu kommen.

Als er den Halt verlor und auf sie zustürzte, fragte sie sich, ob der Boden Steerpikes Fall aufhielt oder ob er ins Nichts verschwinden würde.

»Laura! Was habt ihr Lucille angetan? Was in Gottes Namen geht hier vor?«

Stephen Steeds Stimme und das zeitgleiche Bellen des Hundes rissen sie aus ihrer Besinnungslosigkeit.

Lauras erster Impuls war es nachzuschauen, ob sie noch alle ihre Gliedmaßen besaß. Diesbezüglich beruhigt, machte sie eine kurze Bestandsaufnahme. Steerpike hockte neben ihr, schwer atmend und ungläubig der Kettensäge nachschauend, die auf dem bewegten Boden den Korridor entlang in Richtung Ballsaal zu robben schien. Der Hund konnte sich kaum noch auf den Beinen halten und wirkte von dem hausgemachten Erdbeben hochgradig verunsichert.

Steed kam auf die kleine Gruppe zu und stützte sich mit beiden Händen an den Wänden ab. Kettensäge, gestürzte Frau, knurrender Hund, Mann mit Panik in den Augen – sein Interesse am Verbleib von Lucille war für einen Moment in den Hintergrund getreten. »Bist du in Ordnung?«

Sie kam nicht dazu zu antworten, denn so abrupt, wie das Vibrieren begonnen hatte, war es auch zu Ende.

Überrascht setzte Laura sich auf. In ihr schien die Vibration nachzuhallen, sie fühlte sich wie ein Matrose, der nach langer Zeit auf See das erste Mal wieder festen Boden betritt. Wenige Zentimeter von ihrem Oberschenkel entfernt hatte die Säge eine tiefe Kerbe von einem Meter Länge in das Parkett gefressen.

»Miss Shalott … ich … es … Mein Gott, ich hätte Sie beinahe umgebracht.«

Steerpike erhob sich, doch auf halbem Wege zum aufrechten Stand zuckte ein Schlag durch den Flur, der ihn wieder zu Boden warf. Der Hund stürzte, jaulte und rappelte sich wieder auf. Eine Sekunde später kam der nächste Schlag, stärker als sein Vorgänger, und der nächste trat in noch kürzerem Abstand ein, gefolgt von einer weiteren, erheblich schwereren Erschütterung, bis das krankhafte Zucken des Hauses sich zu einem eskalierenden Stampfen auswuchs, wie ein Publikum, das applaudierend eine Zugabe einfordert, oder ein Zug, der an Tempo zulegt.

Dann ertönte ein Schrei. Überrascht stellte Laura fest, dass er aus ihrem Mund kam.

Die Tür zum Turmzimmer stand offen. Der Raum lag im Dunkeln, doch eine Bewegung zeichnete sich darin ab. Unförmig, pulsierend und doch nicht manifest, wie ein Wirbel, eine Öffnung.

Der nächste Schrei, der erklang, stammte von Stephen Steed, als ein reißender Sog nach ihm griff und er mit ausgestreckten Armen und Beinen durch den Korridor flog, seine Hand gegen den Türrahmen knallte, sein ganzer Körper sich zweimal in der Luft überschlug und nach einem kurzen Verharren in der Schwebe von einem grauen Licht durchdrungen wurde, bis er kopfüber mit der Wucht und Stärke eines Presslufthammers von unsichtbaren Kräften in den Boden gerammt wurde, kurz bevor die Tür zum Turmzimmer zuschlug und das letzte Echo seines Aufschreis verschluckte. Stephen Steed, Weltstar. Verschwunden in Ashby House wie Spucke im Lagerfeuer.

TEIL 3

BELAGERUNGEN UND ANDERE KONSEQUENZEN

It's too real: Situation flammable …
Carlisle

KAPITEL 19

Nach einem finalen Scheppern, bei dem die Gegenstände wieder zur Ruhe kamen, kehrte Stille ein. Nur für einen Moment allerdings. Dann machte Ashby House ein – wie soll man es anders bezeichnen? – verdauendes Geräusch und begab sich in den Pausenmodus. Es war so friedlich, als sei der mit Axt und Kettensäge veranstaltete Angriff nichts anderes gewesen als das Klopfen eines unerwünschten Besuchers an der Tür. Lästig, aber nicht bedrohlich. Die modrigen Mauern von Ashby House hatten Schlimmeres erlebt und überstanden.

Laura und Steerpike und auch der mutierte Weimaraner indes hatten nie in ihrem Leben etwas Schlimmeres erlebt. Die Dimension des Schreckens war so weitreichend wie die Konsequenzen, die nun zu befürchten standen.

»Warum Stephen, warum ausgerechnet Stephen?«

Zuerst dachte Steerpike, das Verschwinden des Freundes sei allein der Grund für Lauras Bestürzung, doch dann führte sie das Thema weiter aus.

»Wie sollen wir das je erklären? Zwei Top-Celebritys, und beide verschwunden? Aus der Sache kommen wir niemals heil raus, Steerpike.« Steerpikes Blick war nicht zu deuten, und doch sah sie zum ersten Mal Geringschätzung darin.

»Was wird als Nächstes passieren? Wann sind wir an der Reihe? Und dann das Foto. Wenn wir vom Hubschrauber aus aufgenommen wurden, wie stehen wir dann da? Die Axtmörderin und das Cornwall-Kettensägenmassaker … Ich weiß nicht mehr, was ich tun soll! Mir fällt absolut nichts mehr ein.«

»Zunächst sollten Sie sich beruhigen. Als Nächstes wird die Presse versuchen, ein Statement von Ihnen zu bekommen. Und ein solches sollten wir vorbereiten. Wann wir an der Reihe sind, weiß der Himmel. Aber wenn das Zimmer uns hätte verspeisen wollen, wäre bisher ausreichend Gelegenheit dazu gewesen. Und was das Foto angeht – wir haben geprobt. Sie arbeiten an einem Horrorfilm-Drehbuch, und wir haben eine Szene aufgezeichnet.«

»Und wie erklären wir Stephens Verschwinden?«

Steerpike schaute nach oben, als fände sich dort die Antwort auf die Frage.

Wieder sprang ihr seine Ähnlichkeit mit Stephen Steed ins Auge, und ihre Sorge löste sich in Nichts auf. »Steerpike, was, wenn Stephen niemals hiergewesen wäre?«

»Wie meinen Sie das?«

»Wer hat ihn denn gesehen?«

»Sie waren im Dorf unterwegs. Sicherlich haben einige Menschen das bemerkt.«

»Einige Menschen haben vielleicht *geglaubt*, Stephen gesehen zu haben, aber in Wirklichkeit war ich mit Ihnen unterwegs.«

»Sie vergessen Slasher. Und die Köchin.«

»Die Köchin liegt im Krankenhaus. Und mit Slasher werde ich reden.«

»Wie viel wollen Sie ihm sagen?«

»Was meinen Sie?«

»Wir wissen immer noch nicht, wer der Informant der Presse war. Vielleicht war er es.«

Sie fasste es als persönliche Beleidigung auf, Slasher zu verdächtigen. »Jetzt hören Sie mal. Warum sollte er es sein? Was ist eigentlich mit Ihrem kleinen dunkelhaarigen Fickfreund. Wie viel hat der gesehen? Wie viel haben Sie *ihm* erzählt.«

Steerpike errötete bei der Anstrengung, seine Verärgerung nicht preiszugeben. »Ausgeschlossen! Er war nicht mehr im Haus, seit Ihre Schwester verschwunden ist.«

»Gut, Steerpike, augeschlossen. Das Gleiche gilt für Hector Slasher. Und was die Köchin sagt, ist irrelevant. Sie hat bei ihrem Sturz eine Gehirnerschütterung erlitten und wirkt seitdem verwirrt und unzurechnungsfähig. Das ist ab jetzt unsere Version der Wahrheit. Ohnehin werden Sie keine Gelegenheit haben, sie zu äußern. Das Reden überlassen Sie besser mir. Stephen Steed ist nie in Ashby House gewesen.«

Stephen Steed bleibt Dreharbeiten in Deutschland fern

Reuters, Berlin. Der amerikanische Filmschauspieler, der bis vor Kurzem mit Charlize Theron für das Spionagedrama ›Dusk sets in‹ vor der Kamera stand, ist laut Auskunft seiner Produktionsfirma Unique am heutigen Dienstag nicht wie geplant zu den Dreharbeiten in den Potsdamer Babelsberg Filmstudios erschienen. Der Star soll Gerüchten zufolge am Wochenende nach England gereist sein, um die seit ihrem tragischen Unfall zurückgezogen lebende Fotografin Lucille Shalott zu besuchen. Ein Foto, das im ländlichen Cornwall aufgenommen wurde, scheint seine Anwesenheit im Haus der Fotografin zu bestätigen. Dennoch dementiert Laura Shalott, die zusammen mit Lucille Shalott das Anwesen nahe Land's End bewohnt, die Anwesenheit des Leinwandstars.

Das ungewöhnliche Foto zeigt Stephen Steed mit einer Kettensäge und Laura Shalott mit zum Angriff erhobener Axt. Laura Shalott behauptet, es handle sich bei dem Abgebildeten keineswegs um Stephen Steed, sondern um einen Angestellten.

Die Agentur des Schauspielers hat noch keine Stellungnahme zum Verschwinden ihres Klienten abgegeben. Weder das Bundeskriminalamt noch Scotland Yard oder Interpol sehen zu diesem Zeitpunkt Handlungsbedarf.

In der Nacht auf Mittwoch hatte es noch zwei Vorkommnisse in Ashby House gegeben. Kurz nachdem Laura die Associated Press in New York angerufen hatte, um sämtliche Gerüchte zu dementieren, war die Bibliothek von Ashby House von einer Art Nachbeben erschüttert worden. Die Möbel waren über den Fußboden getanzt, ein Dutzend Bücher war aus den Regalen gefallen, und in der Wand über dem Kamin hatte sich ein vom Sims bis an die Decke reichender Riss von der Breite einer Pfund-Münze und in der Form eines Blitzes aufgetan. Laura hatte währenddessen ungerührt ihre Unterlagen zusammengesammelt und war in die Küche gegangen.

Von dort aus hatte sie Lucilles Agentin Lorna Eckels in Los Angeles zu erreichen versucht, es gelang ihr jedoch nur, eine Nachricht zu hinterlassen, die besagte, dass Stephen Steed am Sonntagabend aus Cornwall abgereist sei. Laura machte die späte Stunde dafür verantwortlich, dass sie die Agentin nicht ans Telefon bekam, übersah aber die Tatsache, dass es zu diesem Zeitpunkt in L. A. Mittagszeit war.

Dank zwei Xanax schlief Laura einen traumlosen Schlaf, und so entging ihr die zweite Veränderung, die sich im Haus vollzog. Als sie kurz vor Morgengrauen, noch von den Medikamenten benommen, aufwachte, sich aufsetzte und tief einatmete, schien kaum Sauerstoff in ihrer Lunge anzukommen. Noch einmal holte sie Atem, und wieder schien die Luft im Zimmer nicht auszureichen. Sie stand auf und eilte zum Fenster, das sich jedoch nicht öffnen ließ. Bei dem Versuch, es mit aller Kraft aufzustemmen, geriet sie in Panik. Als sie spürte, dass die Panik noch mehr Sauerstoffzufuhr erforderte – zwei Adern an ihren Schläfen pochten schmerzhaft, und ihr Herz begann zu rasen –, zwang sie sich zur Ruhe und griff nach einem Buch, das auf dem Nachttisch lag. Als sie gerade im Begriff war, damit die Glasscheibe zu zerschmettern, öffnete sich mit einem unschuldigen Knarren das Fenster selbsttätig, und kalte, aber wohltuende Meeresluft drang in den Raum. Gierig beugte sie sich über den Sims und sog die Luft ein.

Nach dieser Effekthascherei gab Ashby House wieder Ruhe. Mowgli war an ihre Seite getreten und schob sehnsuchtsvoll den Schädel ins Freie. Da fasste Laura einen Entschluss. Sie würde sich den Zermürbungsversuchen des Gebäudes schlichtweg für eine Weile entziehen. An Machtspiele gewohnt, wusste sie, dass ein Rückzug oft hilfreich war, wenn es galt, Energien für den nächsten Schlagabtausch zu sammeln.

Die Dunkelheit der frühen Morgenstunde bot ihr die beste Gelegenheit, sich unerkannt auf den Weg zu machen.

Nachdem sie fürsorglich leise ein Fenster in Steerpikes Schlafzimmer geöffnet und ihm eine kurze Notiz auf dem Nachttisch hinterlassen hatte, zog sie sich hastig an und verließ das Haus, von Mowgli begleitet, durch den Hintereingang.

Sie wagte nicht, an der alten römischen Straße Ausschau nach Übertragungswagen zu halten, sondern schritt einen Trampelpfad entlang, der sich unter dem tauenden Schneematsch im Licht des Halbmondes abzeichnete. Neben dem Rauschen des Meeres war nur das schmatzende Geräusch ihrer Füße auf dem matschigen Boden zu hören. Trotz seines beachtlichen Gewichts kam der Hund vergleichsweise geräuschlos voran.

Auf halbem Weg zum Teich folgte sie einem inneren Impuls und drehte sich noch einmal um. Ashby House schien nicht mehr zu kauern wie noch vor einigen Tagen. Es schien sich gestreckt zu haben, gewachsen zu sein, aber das konnte auch eine optische Täuschung sein. Oder? Dieser Schatten neben der Kuppel? Doch kaum hatte sie ihn wahrgenommen, war er wieder verschwunden. Der Turm? Erst das ungeduldige Schnauben des Hundes riss sie aus ihrer Betrachtung.

Wenn sie sich zwischen Küste und Straße fortbewegte, musste sie an der alten Mine vorbei ins Dorf gelangen. Der Gedanke, in der Finsternis den Ort zu passieren, an dem so viele Menschen den Tod gefunden hatten, behagte ihr keineswegs, aber vor die Wahl gestellt, entweder nach Ashby House, das sich mittlerweile zu voller Größe aufgerichtet hatte, zurückzukehren oder Hector Slasher einen Besuch abzustatten, fiel ihr die Entscheidung nicht schwer.

Währenddessen nahm in Atlanta, Georgia, Lorna Eckels den Kampf mit einer Angestellten des Bodenpersonals der British Airways auf, die sich weigerte, der Filmagentin einen Einzelplatz am Gang zu reservieren.

Unerklärlicherweise hatte es keine First-Class-Plätze für den Direktflug L. A. – London mehr gegeben, und auch der Flug über Atlanta sah nur noch Plätze in der Business Class vor. Lorna hatte unleidlich reagiert, als die Flugbegleiterin auf ihre Frage nach kohlenhydratarmem Weißwein in Lachen ausgebrochen war und humorig bemerkt hatte, dass der im Ausschank befindliche chilenische Chardonnay zumindest fettfrei sei. Ferner hatte der Flug United 7518 von Los Angeles nach Atlanta zu denjenigen gehört, in denen atmosphärische Störungen vor allem im Innern der Maschine vorherrschen, und dies lag zum einen an den zahnenden Zwillingsbabys, die zusammen mit ihrer Nanny die Plätze hinter Lorna belegten, und zum anderen an dem angetrunkenen Nachrichtenmoderator, dessen Flugangst in einem wiederkehrenden Gebrauch der kleinen, wasserfesten Tüten Ausdruck fand, die die Fluggesellschaften in den antediluvianisch anmutenden Netzen am Vordersitz für genau diesen Zweck unterzubringen pflegen.

Sagen wir, Lorna war gereizt, als ihr die British-Airways-Angestellte nicht den Luxus einräumen wollte, auf den zu verzichten die Agentin keinesfalls bereit war. Und so kam es, dass nach einigen Handgreiflichkeiten die Flughafensicherheit einschritt, Lorna in Gewahrsam nahm und die Angestellte des Bodenpersonals einem Sanitäter übergab. So blieb Lorna zumindest ein Transatlantikflug mit Babys an Bord erspart.

Als ihr Blutalkoholtest abgeschlossen war und sie allein in ihrer Ausnüchterungszelle saß, gab sie als Erstes ihrer Empörung über die Umstände, denen sie sich ausgesetzt sah, lautstark Ausdruck. Doch als ihr Alkoholpegel wieder auf die für sie üblichen 1,0 Promille gesunken war und ihr weder Xanax noch Prozac noch Lithium zur Verfügung standen, stieg mit kalten Krallen die Angst in ihr empor. Sie hatte den Kontakt zu ihren ehemals wichtigsten Klienten verloren. Lucille Shalott hatte sich von ihr abgeschottet, was unter dem Unbrauchbarkeits-Aspekt allerdings nicht weiter dramatisch war, aber Stephen Steed, der seine Mobiltelefone niemals ausschaltete, Stephen Steed, ihre Goldgrube, die Krone ihrer Schöpfung, Stephen Steed war das erste Mal, seit sie ihn kannte, telefonisch nicht erreichbar. Wenn sie eine seiner Nummern wählte, erklang am anderen Ende der Leitung nur ein statisches Rauschen. Dass er womöglich in den Fängen der verschlagenen, verantwortungslosen Laura Shalott war, streute, um es mit Eliza Dolittle auszudrücken, dem Gaul, der ihre Angst war, noch einmal so richtig Pfeffer in den Arsch.

Kurz bevor sich im Osten die Sonne zu ihrem Aufstieg anschickte und über die Horizontlinie spähte, war Laura an dem Feldweg angelangt, der an der alten Mine vorbei in Richtung Landstraße führte. Die Weite des Meeres zu ihrer Linken hatte sie beruhigt. Das Geräusch des Ozeans, mit dem sie aufgewachsen war, schien zum ersten Mal seit Lucilles Unfall wieder etwas Tröstliches zu haben. Sie verharrte an der Weggabelung, und erst, als der Hund nach einem Blick auf seine Herrin den Weg ins Festland hinein einschlug, setzte auch sie sich in Bewegung.

Auf halbem Weg zum Steinmonument, das den Eingang der Mine verschloss, ging in blassem Gelb die Sonne auf. Vor ihr, auf einem Areal von mehreren hundert Quadratmetern, waren hellglänzende Steine in einer gezielt wirkenden Anordnung über den Boden verteilt. An einigen Stellen jedoch waren nur gigantische Vertiefungen übrig geblieben, die sich von dem Druck der Steine über Hunderte von Jahren gebildet hatten. Langsam schritt sie auf einen dieser Krater zu, darauf bedacht, auf der matschigen Erde nicht auszugleiten, schaute hinab und sah – nichts. Nur eine Grube, wo früher ein Stein gewesen war.

Erst als die Erinnerung an einen Film in ihr hochstieg, den sie vor Jahrzehnten gesehen hatte, Roman Polanskis »Tess«, dämmerte Laura allmählich, wo sie sich befand. Es war jedoch nicht die Assoziation zu Stonehenge und seinen Geheimnissen, die sie frösteln ließ, sondern ein Gefühl aus ihrem tiefsten Innern, das, wie eine Klaviersaite angeschlagen, in ihr zu klingen begann und sich zu einem pochenden Schmerz steigerte, von dem man weiß, dass er einen lange begleiten wird.

Wenn man Angst hat, soll man pfeifen. Aber Laura schämte sich, pfeifend durch die Morgenlandschaft zu stapfen, und so griff ihre Erinnerung nach dem nächstbesten Lied, bei dem es sich ausgerechnet um einen alten Hit der Ramones handelte, der kaum dazu angetan war, das angstverursachende Thema zu wechseln. »I don't want to be buried in a pet cemetary – I don't want to live my life again«, sang sie lautlos und in Endlosschleife, da dies die einzigen Zeilen waren, auf die sie sich besinnen konnte.

Als die riesigen Findlinge in Sicht kamen, mit denen der Eingang zur alten Mine verschlossen war, biss sie sich auf die Lippen, denn die Erinnerung an ein ganz anderes Grab überfiel sie. Hier waren Kinder verschüttet worden. Hatte man sie beerdigt? Oder hatte man sich die Arbeit gespart, da die Mine dies bereits erledigt hatte?

Mit angelegten Ohren schritt Mowgli voran und schaute sich in regelmäßigen Abständen um, ob seine Herrin ihm folgte. Der Steinbau schien die Kälte der vergangenen Tage gespeichert zu haben und jetzt abzustrahlen. Die Bewegung hatte dafür gesorgt, dass Laura nicht fror, doch neben der versiegelten Mine, die Stephen Steed an ein Hünengrab erinnert hatte, begann sie zu frösteln und ihren Gang zu beschleunigen, so gut es auf dem matschigen Boden möglich war.

Gerade, als ihr bewusst wurde, wie glücklich sie darüber war, den Hund an ihrer Seite zu haben, blieb er abrupt stehen und starrte gebannt auf eine Stelle im Unterholz. Sie folgte seinem Blick und schaute in die Augen eines entsetzten Fuchses, der exakt in dem Moment in Bewegung geriet, als Mowgli seinen massigen Körper zum Absprung brachte. Der Fuchs verschwand in den Büschen, und der Hund raste hinter ihm her, in kürzester Zeit eine große Entfernung zwischen sich und Laura legend.

»Mowgli!«, rief sie und erschrak über den Sandpapierklang ihrer Stimme. Irgendetwas zwang sie dazu, sich umzudrehen, und sie glaubte zu erkennen, wie einer der gigantischen Felsbrocken verrutschte. Eindeutig war das Geräusch aufeinanderreibenden Steins zu vernehmen, ein ächzendes Mahlen, nur kurz, dann nichts als das Rauschen des Meeres in der Ferne. Sie schaute über die Felder – Mowgli war verschwunden, er hatte sie allein gelassen. Etwa anderthalb Meilen trennten sie von den ersten Häusern St. Justs. Sie raffte ihren Mantel und rannte über die Felder, ohne zurückzublicken. In den matten Beige- und Ockerfarben der Landschaft schimmerte ihr Haar wie eine Mohnblüte.

Es war die vorerst letzte Flucht, die ihr gelingen sollte – denn bekommt man auch das Mädchen aus dem Haus heraus, so ist Ashby House längst in dem Mädchen drin.

KAPITEL 20

Hector Slasher war an diesem Morgen sehr viel früher im »Star Inn« als gewöhnlich. Gerade als er den Kaffee aufgoss, sah er sie durch das Fenster. Ihr Anblick war verstörend, aber sie schien sich dessen kaum bewusst zu sein und bemerkte nicht die entsetzten Blicke der Autofahrer auf ihrem Weg zur Arbeit. Ihr Haar war strähnig, ihr Gesicht bleich, der Mantel von oben bis unten mit Schlamm und Matsch bespritzt. Doch nicht der Dreck war es, der die Aufmerksamkeit auf sie lenkte, sondern das Blut, das von ihren Händen herabrann. In ihren Armen trug sie ein Tier – reglos, blutverschmiert. Es war ein Fuchs.

Er öffnete ihr die Tür, bevor sie die Hand auf die Klinke legen konnte.

»Sein kleines Herz schlägt ganz schnell, Hector. Ich kann es fühlen. Ich konnte ihn doch nicht einfach liegen lassen, ich hätte mich so vor mir geschämt. Wegzulaufen! Ich bin weggelaufen, ich weiß nicht einmal, wovor – es ist, es ist … alles so unwirklich, ich komme damit nicht klar, ich habe Angst, Hector, ich habe ANGST!« In ihren grünen Augen wallten zwei Tränen auf, verharrten kurz auf den Augäpfeln, ergossen sich über ihre Wangen und fielen auf das blutige Fell des verletzten Fuchses. »Angst.«

Härteren Männern als Hector wäre das Herz zersprungen. »Kommen Sie, wir fahren zum Tierarzt!«

Es grenzte an ein Wunder, dass der Fuchs den Angriff des Hundes überstanden hatte. Er hatte mehrere Fleischwunden davongetragen, und sein rechter Vorderlauf war gebrochen. Der Tierarzt wollte keine verbindliche Prognose abgeben, versprach aber, sich mit Slasher in Verbindung zu setzen, sobald sich der Zustand des Tieres verändern würde.

Noch immer benommen, hatte sich Laura in seinen Wagen gesetzt und war mit ihm zum »Star Inn« zurückgefahren. Sie lehnte ein Frühstück dankend ab, ließ sich aber einen Kaffee einschenken.

»Ich nehme an, das war Ihr Hund? Er ist also wieder aufgetaucht?«

Sie nickte stumm. Bei all der Zuneigung, die sie für den zugelaufenen Weimaraner-Mutanten entwickelt hatte, wusste sie nicht, wie sie den Anfall roher Gewalt verarbeiten sollte. Sie hatte beobachtet, wie er den Fuchs aufgespürt, eingeholt und am Nacken gepackt, ihn dann geschüttelt und in die Luft geworfen hatte, bevor er, ohne sich nach ihr umzuschauen, weiter über die Felder gerannt war. Ohne Furcht hatte sie das schwer verletzte Tier hochgenommen und ihren Weg nach St. Just fortgesetzt, unter dem ständigen Druck, es rechtzeitig zu schaffen. Irgendetwas sagte ihr, dass sie es schaffen musste, dass, wenn der Fuchs stürbe, alles verloren war. Ihre Wahrnehmung schien sich erweitert zu haben, sie spürte jede Faser seines Fells, das warme Tropfen des Blutes auf ihren Händen, seine Wärme, das Rasen seines Herzens. All ihre Empfindungen waren auf das Bündel Leben konzentriert, das sie in den Armen hielt, und sie lief den Weg durch das Feld wie in Trance.

»Wie haben Sie es überhaupt bis hierher geschafft? Hat die Presse den Rückzug angetreten?«

»Ich bin den Weg über die Felder gegangen.«

»Warum haben Sie nicht angerufen? Ich hätte Sie abholen können!«

Sie lachte kurz auf. »Sie haben keine Vorstellung, wie es vor Ashby House zugeht. Wenn wir das Tor für Sie geöffnet hätten, wären sie eingefallen wie die Barbaren. Es ist unglaublich.«

»Wie geht Ihre Schwester damit um?«

Sie schwieg und betrachtete eingehend den Dampf, der von ihrer Kaffeetasse aufstieg.

»Was war das für ein seltsames Bild, das gestern auf allen Kanälen zu sehen war?«

Müde blickte sie zu ihm auf. »Hector, ich muss Ihnen etwas anvertrauen. Lucille ist verschwunden. Und nicht nur das. Stephen Steed ist ebenfalls weg.«

Er ergriff ihre Hand und beugte sich zu ihr.

»Aber wohin sind die beiden verschwunden, Laura?«

»Wenn ich das wüsste. Eben waren sie noch da, und dann …«

»Es wird doch sicherlich eine logische Erklärung für alles geben, nicht wahr?«

Sie schüttelte erschöpft den Kopf. »Sie werden mich für eine Irre halten, vielleicht bin ich das ja auch, bestimmt sogar …« Sie lachte lustlos auf, und Hector sah eine rothaarige Romy Schneider vor sich. »Aber glauben Sie mir, egal, wie es nach außen hin aussieht, ich habe mit all dem nichts zu tun. Glauben Sie mir das, Hector? Bitte sagen Sie mir, dass Sie es glauben.«

Er schenkte ihr das ehrlichste Lächeln, zu dem er fähig war. Sie konnte die Intensität dieses Blickes nicht aushalten und stand vom Tisch auf.

»Ich weiß es, Laura.«

Und damit log er keineswegs.

Es kam für sie überraschend, aber schon während er sie an sich zog, ihren Oberkörper von hinten mit den Armen umfasste, sodass sie seine Erektion hart an ihrem Rücken spürte, und mit der rechten Hand ihren Rock hob, war sie sich der Zwangsläufigkeit des Geschehens bewusst. Sie hatte sich vielleicht eingestanden, ihn zu begehren, aber sie war nicht so weit gegangen, sich vorzustellen, *wie* er sie nehmen würde.

Mit einer ungeduldigen Bewegung hatte er ihr den Slip hinuntergeschoben, der an ihren Beinen hinabrutschte und sich an ihren Knöcheln verfing. Er trat auf den Stofffetzen und ermöglichte ihr so, mit einem Bein herauszutreten. Dann drehte er sie um, schob sie gegen den Tisch, wischte mit einer ungeduldigen Handbewegung die beiden Tassen, die scheppernd zu Bruch gingen, aus dem Weg und spreizte ihre Beine. Mit der rechten Hand öffnete er seinen Gürtel und riss seine Hose herab, mit zwei Fingern der linken war er schon in sie eingedrungen.

Es war eher die Geschwindigkeit, mit der alles geschah, als das Gefühl seiner geschickten Finger in ihr, die sie kurz aufstöhnen ließ. Als er spürte, dass sie bereit war, setzte er seinen Schwanz an, presste ihn langsam in sie, bis seine Lenden ihren Hintern berührten, und verharrte kurz in dieser Position. Seine rechte Hand schob sich unter ihre Bluse und griff nach ihrer Brust. Seine linke wanderte nach unten und fuhr durch ihr Schamhaar, bis sie den Punkt erreichte, den Laura selbst so meisterhaft zu beherrschen gelernt hatte.

Dieses erste Zusammenkommen von Laura und Slasher war kurz, heftig und animalisch. Als er spürte, dass sie sich dem Höhepunkt näherte, zog er sich aus ihr zurück, drehte sie mit einer kraftvollen Bewegung auf den Rücken und setze die Stimulation, die seine Hand begonnen hatte, mit der

Zunge fort. Kurz bevor sie kam, schob er sie auf dem Tisch so weit vor, dass ihr Kopf über der Kante hing. Überrascht hob sie den Kopf, doch mit einer bestimmenden Bewegung drückte er ihn wieder nach hinten.

Alles in allem vergingen von der ersten Berührung bis zu Lauras Orgasmus vier Minuten. Als er sah, wie ihr Atem zu rasen begann und ihr Körper von Zuckungen ergriffen wurde, ergriff er seinen Schwanz. Auf dem Höhepunkt von Lauras Höhepunkt schoss heißes Sperma auf ihren Körper herab und intensivierte die Ekstase, die sie dank der ungewohnten Kopfhaltung und des dadurch abgebrochenen Blutzuflusses zum Gehirn noch nie so extrem erlebt hatte.

Als sie sich langsam wieder auf den Tisch gezogen und schwer atmend beruhigt hatte, schaute sie ihm das erste Mal in die Augen. Dann richtete sie sich auf, schlang die Arme um ihn, zog ihn zu sich heran und auf sich herab. So blieben sie eine ganze Weile liegen, bis das Sperma und der Schweiß gänzlich getrocknet waren. Um ihren linken Knöchel hing immer noch ihr Slip, genauso unsinnig und doch stimmig wie eine Spielkarte in der Fahrradspeiche.

Nachdem sie das Dringlichste in kurzer Zeit hinter sich gebracht hatten, schien Zeit keine Rolle mehr zu spielen.

»Es war sicher nicht immer leicht, Lucille Shalott als Schwester zu haben, nicht wahr?«

Sie zögerte, wie immer, wenn ihr jemand eine persönliche Frage stellte, die mit Lucille in Zusammenhang stand. Dann ließ sie, wie immer, wenn man sich entschließt, wirkliche Nähe zuzulassen, ihre Vorsicht fallen. »Sie hatte schon als Kind alle Aufmerksamkeit.« Sosehr sie sich auch nach Nähe sehnte, insbesondere nach Hectors Nähe, sie musste abwägen, wie viel Wahrheit sie ihm zumuten konnte. »Lucille war häufig krank, und unsere Eltern waren ständig in Sorge um sie. Bis zu meinem fünften Lebensjahr drehte sich alles nur um sie. Zumindest kam es mir so vor. Und als sie aus dem Haus war, war sie trotzdem irgendwie präsent. Und mit einem Mal war sie berühmt. Jemand, der im Weißen Haus zum Essen eingeladen wurde.«

»Da musstest du Mittel und Wege finden, die Aufmerksamkeit auch einmal auf dich zu lenken?« Er ergriff eine rote Haarsträhne und wickelte sie um seinen Zeigefinger.

»Und das waren nicht immer die besten Mittel und Wege. Andere Kinder hatten Asthma oder scheußliche Hauterkrankungen. Aber ich war quietschgesund. Also war ich diejenige, die heimlich auf dem Schulklo rauchte und mit den falschen Jungs durch die Gegend zog. Aber da war Lucille längst aus dem Haus. Als ich aus der zweiten High School flog, war sie schon berühmt. Und damit ich nichts anrichten konnte, das einen Schatten auf ihren guten Ruf warf, holte sie mich zu sich.«

»Was wolltest du eigentlich mit deinem Leben anfangen? Was wäre aus dir geworden, wenn Lucille Shalott nicht deine Schwester gewesen wäre?«

Sie legte ihren Kopf an seine Brust, um ihm nicht in die Augen schauen zu müssen. »Ehrlich gesagt, aus mir wäre gar nichts geworden. So wie jetzt. Ich hatte keine Pläne. Mein einziger Plan war, dass man mich sehen sollte, wahrnehmen, spüren.« Sie verzog ihren Mund zu einem kleinen Lächeln.

Überraschenderweise war es beruhigend, dass er ihr nicht widersprach. Er streichelte ihren Kopf, und sie bemühte sich, nicht zu schluchzen. »Vielleicht war ich die ganze Zeit darauf konzentriert, alles andere zu sein als Lucille Shalotts kleine, missratene Schwester. Aber wenn Lucille nicht berühmt geworden wäre, dann hätte sie einen tollen Arzt oder Anwalt aus guter Familie geheiratet, und ich hätte immer nur den miesen Typen abbekommen, den Drogendealer, den erfolglosen Schauspieler. Bestenfalls einen Tierarzt.«

»Neid ist vielleicht auch nichts anderes als eine Form von Bewunderung.«

Sie schloss ihre Arme um seinen Rücken und presste sich so fest an ihn, dass es ihr fast den Atem nahm. »Hector, ich vermisse sie so schrecklich. Ich wollte ihr doch niemals wehtun. Aber immer, wenn sich die Möglichkeit bot, habe ich es getan.«

Es war Mittag, als er sie hinter der alten Mine absetzte und sie den Rest des Weges zu Fuß in Angriff nahm.

»Du schaffst es, Laura. Alles wird gut.«

Woher nahm er die Sicherheit? »Ich weiß nicht, wie.«

»Du holst deine Sachen, und in zwei Stunden hole ich dich und Steerpike ab. Wenn Ashby House gefährlich ist, dann könnt ihr dort nicht bleiben.«

»Aber ich kann doch nicht ohne Lucille fortgehen!«

»Wir werden jemanden finden, der nach ihr sucht. Ich kümmere mich darum.«

Sie glaubte ihm. Sie traute ihm alles zu. Die Liebe und die Sehnsucht nach Erfüllung hatten ihre Skepsis und ihre gesunden Zweifel unterhöhlt. Sie schmiegte sich in seinen Mantel und klappte das Silberfuchsrevers hoch. »Ich danke dir, Hector. Du bist der erste Mensch –«

Er legte ihr den Zeigefinger auf die Lippen und bedeutete ihr, zu gehen.

»Steerpike soll um zwei Uhr das Tor öffnen und mich hereinlassen. Ich sorge dafür, dass außer mir niemand das Grundstück betritt. Und jetzt geh!«

Sie gab ihm einen hastigen und zugleich sehnsuchtsvollen Kuss, drehte sich zögerlich um, seufzte und machte sich auf den Heimweg. In ihrer verliebten Verblendung wunderte sie sich weder darüber, dass Slasher kaum Fragen über die Vorkommnisse in Ashby House gestellt hatte, noch, dass er alles, was sie ihm erzählt hatte, gleichmütig hinnahm, als sei es für ihn die natürlichste Sache der Welt, dass ein Haus seine Bewohner verspeist und dabei eine besondere Vorliebe für Prominente an den Tag legt.

Kathy Claighbourne, deren Bürowand neuerdings ein silbergerahmtes, leider gefälschtes Lucille-Shalott-Autogramm schräg rechts unter dem Bild der Königin zierte, hatte auf der Suche nach Stauraum für die ausufernden Aktenberge, die sie von Schreibtisch zu Schreibtisch schob, einen Fund gemacht. Im Keller des Rathauses, in einem Lagerraum, der das letzte Mal zum Silberjubiläum der Königin betreten worden war (so schloss sie aus den Zeitungsseiten, mit denen die Regale ausgelegt waren), war sie auf ein Bündel mit Unterlagen gestoßen, die einen besonderen Aspekt der regionalen Geschichte thematisierten. Neben den verschollen geglaubten Papieren über das Grundstück der Ashbys und die alte Mine hatte ein längst verstorbener Vorgänger Kathys einen umfangreichen Briefwechsel zwischen Deborah Ashby und dem Gemeinderat abgelegt. Beim ersten Überfliegen der Seiten war sie über seltsame Wörter und Begriffe gestolpert. Welches Interesse sollte der Bürgermeister an der javanischen Expedition der Ashbys im Jahre 1849 gehabt haben? Was waren »Ebu Gogo« – die aufgeführte Erklärung »die Großmutter, die alles frisst« war keine Definition, die ihr die Augen öffnete –, und was meinten die Ashbys, wenn sie immer wieder den »Homo Ashbyensis« erwähnten?

Die Kirchturmuhr schlug zwölf, und so nahm Kathy die Unterlagen, packte sie in ihre Handtasche und machte sich auf den Weg in die Mittagspause. Und weil durch das plötzliche Tauwetter ein Hauch von Frühling in der Luft lag, fühlte sich Kathy frivol und beschloss, ihre Mittagspausenroutine (Tee aus der Thermoskanne und ein belegtes Brot) zu durchbrechen und wie eine amerikanische Geschäftsfrau einen Lunch einzunehmen. Welcher Ort war dieser Tage besser dafür geeignet als das »Star Inn«?

»Wo in Gottes Namen sind Sie gewesen?«

»Beruhigen Sie sich, Steerpike, lassen Sie Gott aus dem Spiel, und packen Sie Ihre Sachen. Wir verschwinden.«

»Wir können nicht einfach verschwinden. Was denken Sie sich dabei?«

»Was ich mir dabei denke? Nun, zunächst einmal, dass dieses Haus genug Menschen auf dem Gewissen hat. Finden Sie nicht auch, dass es reicht? Oder möchten Sie der Nächste sein, der durch die Luft segelt und in diesem Zimmer verschwindet?«

»Und Sie wollen Ihre Schwester einfach zurücklassen?«

»Nachdem wir alles versucht haben, sie zurückzuholen, bleibt uns kaum etwas anderes übrig.«

Steerpike schüttelte verbittert den Kopf. »Ohne mich. Ich bleibe.« Während er sich von ihr abwandte, kam ihm ein Satz über die Lippen, über den er selbst erschrak. »Langsam werden Sie Ihrem Ruf gerecht.«

Laura fühlte sich, als habe er sie geschlagen. Sie atmete kurz und heftig aus, dann ergriff sie Steerpikes Arm und zwang ihn dazu, sie anzuschauen. »Ach? Kommt jetzt der wahre Steerpike zum Vorschein, ja? Sie glauben, Sie können mich beleidigen? Dann stellen Sie sich besser hinten an. Und bringen Sie Geduld mit, denn die Schlange ist lang. Haben Sie eine Vorstellung davon, wie es ist, wenn man die ganze Welt gegen sich hat? Wenn man schuld ist an Lucille Shalotts Behinderung? Und glauben Sie, es schert mich, wenn sich ein verdammter Dienstbote in die Schlange einreiht? Nicht sooo viel, Steerpike, nicht so viel.« Sie stürmte aus der Küche und knallte die Tür hinter sich zu.

Doch das ließ Steerpike sich nicht bieten, er folgte ihr. »Warten Sie!«

Schockiert darüber, dass sie nicht das letzte Wort in dieser Auseinandersetzung hatte, blieb Laura stehen.

»Sie glauben, Sie haben das Leid der Welt gepachtet, nicht wahr?« Steerpike bemühte sich, nicht zu harsch zu klingen. »Aber ich muss Ihnen etwas verraten. Auf dieser Welt werden Kinder ohne Augen geboren. Mit etwas Pech hätten sie in Äthiopien oder Somalia auf die Welt kommen können. Oder wären schon mit zwanzig Jahren an AIDS gestorben. Hören Sie auf mit diesem ekelhaften Selbstmitleid! Übernehmen Sie endlich einmal Verantwortung!«

»Verantwortung? Ver-ant-wor-tung? Sie haben doch keine Ahnung, was dieses Wort bedeutet! Glauben Sie etwa, ich fühle mich nicht verantwortlich? Ich bin schuldig, und die ganze Welt weiß es. Wenn das keine Verantwortung ist. An manchen Tagen, Steerpike, da wünsche ich mir, ich säße selbst in diesem verdammten Rollstuhl, da wünsche ich mir, *ich* wäre ohne Augen geboren.«

Seine Stimme hatte all ihre Schärfe verloren. »Dann bleiben Sie.«

»Das kann ich nicht.«

Der Ausbruch hatte die beiden weit über ihre Grenzen geführt. Laura hatte das Gefühl, ihrer Kräfte vollständig beraubt zu sein. Auch Steerpike sah aus, als wäre er gerade eben unter Verlust seines Hab und Guts einem Sturm entkommen.

»Als Sie fort waren, habe ich die Aufzeichnungen Ihrer Schwester gelesen.« Er machte eine Pause, aber sie fragte nicht nach. »Wollen Sie nicht wissen, warum Lucille dieses Haus gekauft hat?«

KAPITEL 21

»Das können wir nicht senden, so viel steht fest. Das ist sicherlich auch nicht in Ihrem Interesse, Slasher.«

»Nein, das geht direkt in meine kleine Pornosammlung, aber die Bilder mit dem Fuchs geben etwas her. Mir ist allerdings wichtig, dass wir so nahe an der Wahrheit bleiben wie möglich. Laura Shalott ist aus Ashby House geflüchtet, weil Steed und ihre Schwester verschwunden sind, und hat auf ihrer Flucht, sichtlich verwirrt, einen verwundeten Fuchs gerettet. Nach den Kettensägenbildern von gestern können wir sie nicht unkommentiert blutbesudelt zeigen, sonst glauben die Leute, sie hat ihre Schwester zerhäckselt.«

»Noch wissen wir zu wenig. Vielleicht hat sie es getan. Warum ist sie ausgerechnet zu Ihnen gekommen?«

»Weil sie im Ort sonst niemanden hat.«

»Eine schlimme Ironie des Schicksals, wenn man darüber nachdenkt. Manchmal frage ich mich …« Doch Electra Prynne, die Reporterin von »Sky Celebrity News«, führte diesen Gedanken nicht aus.

Dass Laura Shalott sich ausgerechnet Englands berüchtigtstem Star-Reporter a. D. anvertraut hatte, war in der Tat ein übler Zufall. Kein Zufall allerdings war es, dass Slasher über seine Laufbahn als Kolumnist für die »Sun« und als Gesellschaftsreporter bei »Sky News« Laura gegenüber Stillschweigen bewahrt hatte. Eine der wenigen, aber bedeutsamen Auslassungen.

Dass Slasher sich weitgehend aus seinem früheren Betätigungsfeld zurückgezogen hatte, war auf zwei Umstände zurückzuführen. Die Häme seines Reportagestils hatte zum einen die Prominenten (allen voran die jungen Prinzen, insbesondere Harry, die Herzogin von York, Dannii Minogue, Jade Jagger und, nach einem katastrophalen Auftritt am West End, auch Liza Minelli), zum anderen die Leser aufgebracht. Nach fünf Jahren hatte er ganz England gegen sich. Er repräsentierte alles, was an der Presse verachtungswürdig war. Allerdings hatte er mit fünfunddreißig Jahren finanziell ausgesorgt und keinen Grund, seinen Lebenstraum, ein kulinarisches Kleinod an der Küste zu eröffnen, weiter aufzuschieben.

Hector war jedoch einer Fehlannahme aufgesessen – »aus den Augen, aus dem Sinn« war ein Wunschtraum geblieben. Das »Star Inn« mochte eine sensationelle Küche aufbieten, doch die Bevölkerung mied das Lokal aufgrund seines Besitzers. Der Laden lief nur, wenn Touristen im Ort waren, und auch dann nur, wenn er sich im Hintergrund hielt. Slasher war ein Geächteter. So hatte er sich sein Maîtretum nicht vorgestellt.

Die Verlockung, den Schwestern Shalott so nahe zu sein, hatte seinen angeborenen Jagdtrieb entfacht. Es war wie der besonders heftige Rückfall eines Drogenabhängigen, und die Intensität des Rausches nach Jahren des Verzichts war geradezu überwältigend.

»Sie kann einem fast leid tun.«

»Sie ist wie eine Katze – sie wird immer auf allen vieren landen.«

Electra deutete auf das eingefrorene Bild auf dem Monitor: »Wenn sie nicht gerade auf dem Rücken liegt.«

Slasher lachte. »Seit wann hast du Skrupel? So kenne ich dich gar nicht.«

»Und du bist sicher, dass sie mit dem Verschwinden von Steed und ihrer Schwester nichts zu tun hat?«

»Ich könnte nicht sicherer sein, Electra. Sie ist kein schlechter Mensch. Eigentlich mag ich sie sehr gern.«

»Das wird sie sicher freuen zu hören, wenn sie erfährt, was du mit ihr gemacht hast.«

»Darüber mache ich mir Gedanken, wenn es so weit ist.«

»Aber was um Himmels willen ist dann mit den beiden geschehen?«

»Es gibt außer den Betroffenen nur einen, der das vermutlich weiß.«

»Wer soll das sein?«

»Ein ehemaliger Mitarbeiter des Secret Service.«

»Ja, worauf warten wir dann? Wie kriegen wir den vor die Kamera?«

»Das ist das Problem. Er ist in Ashby House. Er arbeitet dort als Butler.«

Der Riss in der Wand der Bibliothek war breiter geworden. Unter der zerfaserten Tapete und dem zerbröselten Putz kam das nackte Mauerwerk zum Vorschein. Doch Laura und Steerpike waren so vertieft in ihr Gespräch, dass ihnen diese Veränderung nicht weiter auffiel, ebenso wenig wie die Geräusche, die das Haus machte: ein Mahlen, Ächzen, ein stumpfes Stampfen, sehr verhalten allerdings, wie ein Murmeln oder als knirsche das Haus im Schlaf mit den Zähnen.

»Diese Chris, von der Lucille geschrieben hat, ist die ›Frau im Schatten‹.«

»Die Hauptfigur des Projekts, an dem sie arbeitete?«

»Richtig. Und es handelt sich um eine historische Figur. Lucille hat ihre Spur aufgenommen und die führte ...«

»... nach Ashby House.«

»Wo sie sich verliert.«

»Wenn diese Chris nun im Turmzimmer verschwand, dann *wusste* Lucille also, was das Haus anrichten kann?«

»Das ist sogar der Grund für sie gewesen, es zu kaufen.«

»Und wer war diese Frau?«

»Im Grunde war sie keine Frau im Schatten, sondern eine, die hauptberuflich im Licht stand. Chris war Lichtdouble. Sie arbeitete als Stand-in für Greta Garbo.«

Laura wurde ungeduldig. »Aber warum sollte das Leben eines Lichtdoubles abendfüllend sein?«

»Lucille hat dazu Folgendes geschrieben: *Wer wäre besser geeignet, den Ruhm und seine Absurdität zu messen, als die Arbeiter Hollywoods, die ihm so nahekamen, die im Licht der Götter badeten, um dann wieder in die letzte Reihe gestoßen zu werden? Welche Karriere war fragiler – die des Stars oder die des Doubles? Wer hatte am Ende weniger gewonnen und mehr verloren?*«

»Aber das erklärt nicht, warum sie sich ausgerechnet Greta Garbos Double ausgesucht hat. Haben Sie von Evelyn Moriarty gehört? Sie hat jahrelang Marilyn gedoubelt. Ich habe sie kennengelernt – eine fantastische Frau. Mittlerweile hat sie sich komplett in Marilyn verwandelt.«

»Lucille hat sich Chris ausgesucht, weil sie sich in der Materie auskannte. Sie ist das erste Mal in einem Fotoband auf den Namen gestoßen, den sie interessanterweise von Ihnen geschenkt bekam.«

»Ich erinnere mich. Das war ein Buch mit den Arbeiten von Clarence Sinclair Bull, dem Studiofotografen von Metro Goldwyn Mayer.«

»Und dort findet sich eine Abbildung von Chris mit einem Kommentar, der Lucille neugierig gemacht hat.«

Er nahm Lucilles Notizbuch und las vor: »*Von Chris, Greta Garbos Double, ist nicht viel mehr bekannt als ihr Vorname*. Ihre Schwester hat herausgefunden, wer sie war und was aus ihr geworden ist.«

»Dann erzählen Sie, Steerpike, aber beeilen Sie sich, dieses Haus macht mich nervös.«

Das Rumpeln und Röhren, das bis vor Kurzem konstant geblieben war und an die Vibrationen einer geräuscharm schleudernden Waschmaschine erinnerte, hatte sich abrupt verstärkt, als habe jemand einen Stufenregler betätigt.

»Chris ist in Hollywood als Kind deutsch-tschechischer Einwanderer geboren. Sie war neunzehn, als sie sich bei MGM vorstellte und hoffte, einen Schauspielvertrag zu bekommen. Den Casting-Chefs ist gleich aufgefallen, dass sie in Größe, Haltung und Statur der Garbo sehr ähnelte. Die Garbo war damals die erfolgreichste Filmschauspielerin, sie konnte Forderungen stellen wie keine andere. Sie bestimmte, wie viele Stunden sie am Set verbrachte, und da das nicht viele waren, griff man immer häufiger auf Doubles zurück. Sie sprangen ein, wenn es um Einstellungen ging, in denen der Star von hinten gefilmt wurde oder nur Einsätze liefern musste. Außerdem war die Garbo der Ansicht, dass ihre Zeit nicht mit Tätigkeiten wie dem Einleuchten verschwendet werden sollte. Überlegen Sie, wie viel Aufmerksamkeit dem Licht- und Schattenspiel im Stummfilm und im frühen Tonfilm geschenkt wurde. Die Bilder waren vollständig durchkomponiert. Wenn die Garbo keine Lust hatte, so lange zu posieren, bis der Regisseur mit der Beleuchtung einverstanden war, behalf man sich mit Doubles. Sie zu finden war nicht einfach, und wenn man endlich jemand Passenden gefunden hatte, dann ließ man ihn nicht los. Chris hatte keine Chance auf eine eigene Karriere, solange Greta Garbo Filme drehte.«

»Wie lang hat sie für die Garbo gearbeitet?«

»Chris begann ihre Arbeit für MGM im Jahr 1932. Als Double für ›Königin Christine‹. Daher auch der Name ›Chris‹. Lucille hat versucht, Unterlagen und Verträge von MGM zu bekommen, aber aus dieser Zeit ist nichts mehr erhalten. Die Garbo nannte sie ›Chris‹, und der Name blieb haften.«

»Hat sie nicht versucht, auch andere Filmarbeit zu bekommen?«

»Doch, das hat sie. Bevor sie Double wurde, war sie in der allerersten amerikanischen ›Dracula‹-Verfilmung zu sehen als eine der drei Vampirbräute. Allerdings wurde ihr Name nicht im Abspann aufgeführt. Aber sie hat auch während ihrer Arbeit für die Garbo andere Aufträge angenommen, und das sollte ihr zum Verhängnis werden. Als die Garbo erfuhr, dass Chris ohne ihre Kenntnis als Double für die verstorbene Jean Harlow in ›Saratoga‹ eingesprungen war, wurde Chris gefeuert. Die Garbo hatte auf Exklusivität bestanden und war abergläubisch. Außerdem war sie nicht gerade für ihren Humor bekannt und war sehr wütend, als sie einen Kurzfilm zu Gesicht bekam, in dem Chris sie parodierte. Als sollte sie mit ihrem Aberglauben recht behalten, wurde ›Die Frau mit den zwei Gesichtern‹ Garbos letzter Film.«

»Was ist dann aus Chris geworden?«

»Genau da setzt die Recherche Ihrer Schwester an. Lucille

hat Detektive in New York und Los Angeles mit dem Fall beauftragt. Chris ist von Hollywood an den Broadway gegangen, wo sie unter ihrem richtigen Namen ein paar kleinere Engagements bekam. Doch schon nach ein paar Monaten an der Ostküste war abzusehen, dass sie nicht von dem leben konnte, was der Broadway ihr bot. In den zwei Revuen, in denen sie auftrat, spielte sie – Sie erraten es …«

»… die Garbo.«

»Richtig. Und als weitere Angebote ausblieben, nahm sie ein Angebot aus Europa an.«

»Sie drehte in England.«

»Dazu sollte es nicht mehr kommen. Offiziell zählt sie zu den ersten Opfern des Blitzkrieges im September 1940. Angeblich hielt sie sich im Astor-Hotel auf, als der Bombenhagel niederging. So die Auskunft der Filmgesellschaft.«

»Und in Wirklichkeit?«

»In Wirklichkeit war sie zu diesem Zeitpunkt bei einem Außendreh in Cornwall. Die Ealing-Studios produzierten einen der wenigen Geisterfilme dieser Zeit. Er wurde jedoch nie fertig gestellt. Der Regisseur erlitt einen Schlaganfall, und der Kameramann verschwand – fand sich aber wenige Tage später wieder in London ein. Er schwor, keinen Fuß mehr über die Schwelle von Ashby House zu setzen, und wenn es ihn seine Karriere kostete. Der Angriff der Deutschen auf London kam der Filmgesellschaft sehr gelegen. Wie sonst hätte man erklären sollen, dass eine junge Schauspielerin ein Haus betrat und es nie wieder verließ?«

Vor ihrem inneren Auge sah Laura Stephen Steed durch die Luft fliegen. »Man muss es sehen, um es zu glauben.«

»Und selbst dann fällt es einem schwer.«

»Steerpike, wie war der wahre Name der Schauspielerin?«

»Chris hieß in Wirklichkeit Jeraldine Dvorak.«

Als völlig unerwartet ein lautes Bellen zu hören war, blieb Laura für eine lange Sekunde fast das Herz stehen. Mowgli war von seinem räuberischen Ausflug zurückgekehrt. Im selben Moment spürte sie an ihrer rechten Lende ein hektisches Vibrieren: den Alarm ihres Mobiltelefons. Sie nahm es aus der Tasche ihrer Kostümjacke und sah auf dem Display eine Zahlenkombination, die sie nicht erkannte: 386725. Die Zahlen leuchteten pulsierend, verschwanden, und eine neue Zahlenfolge erschien: 56668.

»Was ist das?«

»Zeigen Sie her!«

Steerpike griff nach dem Handy, und seine Augen begannen zu glänzen. »Es ist so weit.«

Im selben Moment, in dem ein Röhren durch die alten Wasserleitungen von Ashby House ging, das Wasser freudig erregt aufbrauste, in der Küche und in zwei Bädern die Armaturen aus den Kacheln reißend, und sich fontänenartig auf den Boden ergoss, brach in der Auffahrt von Ashby House ein Tumult aus, wie selbst dieses abgebrühte Haus ihn noch nicht erlebt hatte. Unter den Augen der versammelten Presse raste ein Mercedes gegen die schweren Eisentore, die zunächst wacker standhielten, jedoch beim dritten Anlauf des nun schon schwer gezeichneten Wagens aufsprangen. Die lädierte Limousine jagte kiesspritzend und mit kreischenden Reifen die Auffahrt hinauf und kam kurz vor dem Treppenportal zum Stehen.

Gebannt und reglos starrten Steerpike und Laura auf das Autowrack, dessen Fahrertür sich mit einem Schwung öffnete. Zwei unerträgliche Sekunden später wurde ein schlankes Bein sichtbar, gekleidet in eng anliegende, weiche schwarze Lederstiefel, dann der dazugehörige Körper in einem weißen, taillierten Pelzmantel mit schwarzen Punkten. Der Anblick entlockte Laura spontan ein »Cruella DeVil«, was Steerpike trocken mit »Wenn sie erscheint, ist der Teufel im Spiel« kommentierte.

Der komische Moment verflog indes sofort, als sich eine ihrer schlimmsten Befürchtungen bewahrheitete. Die kollektive Presse schien erstmals die geöffneten Tore zu registrieren, und als die Kamera-Assistentin von ›CBS News‹ zögernd Ashby-Grund betrat, war die Meute nicht mehr zu halten.

Lorna Eckels hatte acht Stunden Flug und zwei Stunden Autofahrt hinter sich. Und all das ohne ihre Medikamente, die man ihr bei ihrer Verhaftung abgenommen hatte. Lorna Eckels war nicht gut gelaunt. Ihre Entzugserscheinungen sowie spontane Speed-Flashbacks trugen ebenfalls nicht dazu bei, ihre Stimmung zu heben. Wie sie die Autofahrt überlebt hat, entzieht sich jeglicher Kenntnis. Von einem Schutzengel zu sprechen wäre zynisch, denn ein Autounfall wäre die reine Gnade gewesen, wenn man in Betracht zog, welches Schicksal sie in Kürze auf dem Grund und Boden von Ashby House ereilen sollte. Mit gefährlichen siebzig Meilen pro Stunde war sie in einem völlig überheizten Wagen durch St. Just geprescht, vorbei an den staunenden Einwohnern, die aus ihren Häusern getreten waren. Lorna hatte weder Augen für die irritierten Blicke noch für die kleine Menschentraube, die sich am Eingang des »Star Inn« gebildet hatte. Ihr Blick war nach vorn gerichtet, und sie horchte konzentriert auf die monotone Stimme aus dem Navigationsgerät.

Raketengleich schoss sie durch das Dörfchen, die Römische Straße entlang, an den Feldern und der alten Mine vorbei, bis die von ihrem Fahrstil unbeeindruckte Computerstimme sie aufforderte, nach zweihundert Metern rechts abzubiegen, nach hundert Metern rechts abzubiegen, JETZT rechts abzubiegen. Mit quietschenden Reifen preschte sie den Schotterweg entlang, die Fauna im Unterholz aufschreckend und auch die Medienvertreter veranlassend, die Beine in die Hand und den Hintern von der Straße zu nehmen und den Weg freizumachen zu einem Metalltor, das sie an das prächtige Schmiedeeisen der Paramount Pictures erinnerte.

Sie bremste den Wagen, kam zum Stehen, sah Schrecken und Ehrfurcht in den Blicken der Gaffer, die sich jedoch sekundenschnell in Erkennen, Begeisterung und mediale Gier transformierten, legte den Rückwärtsgang ein, fuhr zurück und startete ihre Attacke, bis sie nach dem dritten Angriff endlich das Eisen besiegt, den Weg freigemacht hatte. Endlich, nach allen erlebten Entbehrungen, Katastrophen und sonstigen Hindernissen, war sie am Ziel angekommen, das ihre allerletzte Reise beenden und ihr Schicksal besiegeln sollte.

»Öffne die Tür! Sofort!«

Wie Kugelhagel zuckten die Kamerablitze durch den trüben frühen Nachmittag, als die echauffierte Agentin lautstark und handgreiflich Einlass begehrte.

Zugegeben, Laura zögerte, und auch Steerpike stand noch im Bann des soeben unter Beweis gestellten Tatendranges der zum Letzten entschlossenen Lorna. Als Laura sich schließlich durchrang, der Agentin ihrer Schwester Zugang zu gewähren, hatte sich Ashby House längst anders entschieden. Zunächst dachte sie, das Schloss klemme, die Tür habe sich bei den Erschütterungen und Stößen in ihrem Rahmen verkantet oder der kaltfeuchte Schlüssel, den zu berühren sie sich scheute, müsse sich erst noch umdrehen lassen. Doch nach einigem Rütteln und Ziehen und einem panischen

Blickwechsel mit Steerpike erkannte sie, dass Ashby House für die Außenwelt geschlossen war. Das jedoch nicht nur für die, die hereinwollten, sondern auch für die, deren Fluchtwagen in kurzer Zeit bereitstehen sollte.

»Mach die Tür auf, du Hexe!« Wahnsinn schwang in Lornas Stimme. Der innere Kontrollverlust, gepaart mit dem Unvermögen, eine Tür zu öffnen, potenzierte Lornas Wut beträchtlich.

»Miss Eckels, was ist mit Ihren Klienten geschehen?«

»Lorna, bitte mal herschauen!«

»Gibt es Neuigkeiten über Stephen Steed und Lucille Shalott?«

»Lorna – haben Sie bereits die Polizei eingeschaltet?«

Ihr eigenes Kreischen hatte zunächst die Fragen der Pressevertreter übertönt. Dann aber drehte sich die Agentin um und blickte in die aufgerissenen, strahlenden Augen des Mobs. Sie kamen näher, sie waren schon viel zu nah. Kalte Angst packte ihr Herz und drückte fest zu. Ihr wurde schwindelig, die Beine wollten nachgeben, haarscharf sauste sie an einer Ohnmacht vorbei, riss sich zusammen, strauchelte, fing sich. Mikrofonständer mit bunten Schaumstoffkappen ragten ihr entgegen wie Speere, einer traf sie am Kinn, ungläubig fuhr sie mit der Hand darüber und spürte kalten Schweiß. Alles in ihrem Innern signalisierte, dass ihr letztes Stündlein geschlagen hatte – ein Gefühl, das mit Xanax hätte gedämpft werden können, doch jetzt war sie Lorna Eckels im Rohzustand.

Wenige Meter über ihr, noch sah es niemand, löste sich ein Wasserspeier. (War er vorher schon dagewesen? Aufnahmen des Hauses vom Vortag sollten diese Frage mit Nein beantworten).

Die Angst, angegriffen, vom Mob zerfetzt und verspeist

zu werden, ergriff von ihr Besitz, und Tränen liefen ihr aus den Augen.

Steerpike versuchte weiterhin ergebnislos, die Tür zu öffnen, griff sogar zu einem Stuhl, um eines der großen Fenster zu zerschlagen und die Agentin aus der Belagerung zu erlösen, selbst auf die Gefahr hin, dass die Presse in ihrem Gefolge das Haus stürmen würde.

Der Stuhl knallte gegen die Scheibe und wurde mit gleicher Wucht zurückgeschleudert. Steerpike musste aus dem Weg springen, um einen Zusammenprall zu vermeiden.

»AAAAAACHTUUUUUNG!!«

Nach diesem Aufschrei kehrte eine abrupte, lähmende Stille vor Ashby House ein. Ein Kabelträger starrte mit aufgerissenen Augen nach oben, sein ausgestreckter Arm deutete ebenfalls in diese Richtung.

Lorna sah, wie die Köpfe sich vor ihr hoben, wie Panik in die Gesichtszüge floss, wie die Meute ins Taumeln, Stolpern und Fallen geriet. Gerade als sie den Kopf heben wollte, ging der spitze Schnabel eines moosbedeckten Wasserspeiers auf sie nieder und spaltete ihren blonden Schädel mit der Wucht einer Axt, die sich in eine Kokosnuss senkt. Das Gewicht des tonnenschweren Kolosses brach ihr das Rückgrat an zwei Stellen und zerdrückte ihren Körper auf den Treppen des Portals wie ein lästiges Insekt.

Unter den Schwingen des fledermausartigen Steinmonstrums lugten blonde Haarsträhnen und weißer Pelz hervor und färbten sich in kurzer Zeit rot.

Nach einem Moment des Innehaltens, in dem die Anwesenden fassungslos den auf so absurde Weise entstellten Leichnam betrachteten, schlossen sich, wie als Nachgedanke, mit stakkatoartigem Geklapper sämtliche Fensterläden von Ashby House.

KAPITEL 22

Es dauerte weniger als eine halbe Stunde, bis alles, was in St. Just Beine, Räder oder Stelzen hatte, sich am Ort des Geschehens einfand. Mit den Schaulustigen kamen weitere Reporter in Wagen und Bussen, sodass sich bald entlang der Römischen Straße eine Kolonne gebildet hatte, die bis in den Ort zurückreichte.

Die Polizei, die sich in kleinerer Mannschaft bereits nach weniger als zwanzig Minuten eingefunden hatte, war zunächst damit beschäftigt gewesen, die potenziellen Hausfriedensbrecher vom Grund und Boden des Anwesens zu entfernen, und hatte dann mit den Zeugenverhören begonnen. Als ein Kommissaren-Team sich vergeblich bemüht hatte, Laura Shalott dazu zu bewegen, die Tür zu öffnen, hatte man die Drohung, Verstärkung anzufordern, wahrgemacht. Eine Spezialeinheit der Armee war angerückt, nachdem alle Versuche, die Türen oder Fenster des Hauses gewaltsam von außen zu öffnen, gescheitert waren.

Darüber, weshalb sich Laura Shalott und ihr Butler Steerpike im Haus verschanzten, kursierten diverse Gerüchte, deren gemeinsamer Nenner der folgende war: Nachdem einer oder beide sich des Mordes an Lucille Shalott, Stephen Steed und zuletzt Lorna Eckels schuldig gemacht hatten, verbarrikadierten sie sich jetzt hinter den Mauern von Ashby House, um ihrer verdienten Bestrafung zu entgehen. Dass von mehreren Dutzend Betrachtern nicht ein einziger gesehen hatte, wie einer der Beschuldigten den Wasserspeier gelöst und auf Lorna Eckels hatte stürzen lassen, war schon jetzt auffällig. Dies wurde jedoch genauso wenig hinterfragt wie die Tatsache, dass sich vor den Augen sämtlicher Anwesender die Fenster des Hauses nahezu gleichzeitig geschlossen hatten, was zu bewerkstelligen zweifellos mehr als zwei Personen erfordert hätte.

Eine bedeutend größere Fraktion der Anwesenden hielt Laura Shalott für allein verantwortlich, einige wenige Betrachter glaubten jedoch fest an ihre Unschuld und vermuteten in dem mysteriösen Steerpike den Täter. (Kathy Claighbourne, die den Reportern aus dem »Star Inn« an den Tatort gefolgt war, zählte zu Lauras Verteidigern.) Wer wen aus welchem Grund in seine Gewalt gebracht hatte und jetzt im Haus gefangen hielt oder ob die beiden gemeinsame Sache machten, war Ausgangspunkt unzähliger Spekulationen. Auf den Gedanken, dass vielleicht beide unschuldig von einem Dritten (dem Haus) festgehalten wurden, war noch niemand gekommen. Die Hysterie, die in der Luft lag, vermittelte sich über den Äther, Radiowellen, Fernsehbilder und Internetseiten, und binnen kürzester Zeit war die ganze Nation, ja die gesamte westliche Welt angesteckt.

Zu der Trauer um den Weltstar und seine Haus-und-Hof-Fotografin gesellten sich Bestürzung, Wut und Hass. Anders als bei Prinzessin Dianas Unfalltod gab es jemanden, gegen den man seine Verachtung richten konnte. Die Welt hatte die Wahl zwischen einem gesichtslosen Butler und der bösen Schwester der Fotografin, die ja angeblich schon für die Verkrüppelung ihrer Schwester verantwortlich war.

Gar nicht schön für Laura Shalott, zu deren akutem Problem nun auch die lange befürchtete globale Verachtung kam.

»Was passiert hier, Steerpike? Was wissen Sie?«

»Ich kann nicht behaupten, dass ich es weiß, aber ich bin mir ziemlich sicher.«

»Raus damit! Was soll dieser ganze Spuk? Und wieso kennen Sie sich damit aus?«

»Ich habe etwas Ähnliches erlebt. Dies ist nicht mein erstes Spukhaus.«

»Ist das eine Art krankes Hobby von Ihnen?«

»Gewissermaßen. Aber ich habe das Hobby irgendwann zum Beruf gemacht.«

»Sie sind ein Ghostbuster?«

Er lächelte. »Ich würde es eher als Erforschung paranormaler Phänomene bezeichnen. Ashby House steht auf einer streng vertraulichen Liste der gefährlichsten Orte mit paranormaler Aktivität in Großbritannien. Die Organisation, für die ich tätig war, hat alle Untersuchungen abgebrochen, nachdem bei der ersten Expedition zwei Mitglieder verloren gegangen sind.«

»Was war das für eine Organisation?«

Er zögerte.

»Steerpike – wahrscheinlich kommen wir hier nicht lebend raus, also spannen Sie mich nicht auf die Folter.«

»Der Prince of Wales hat vor etwa fünfundzwanzig Jahren den Secret Service zu einer Konferenz einberufen. Sein Anliegen war der Schutz des britischen Kulturerbes. Und im Rahmen dieses Treffens forderte er den Secret Service auf, ausfindig zu machen, ob von den englischen Spukhäusern tatsächlich Gefahren ausgehen oder ob es sich um harmlose Phänomene handelt, die man möglicherweise nutzen könnte.«

»Vor ein paar Wochen hätte ich mich gefragt, ob der Mann noch bei Vernunft ist.«

»So hat der Secret Service zunächst auch reagiert, aber was soll man machen? Er ist der zukünftige König. Und ehrlich gesagt, ist es mir angenehmer, einen Esoteriker auf dem Thron als einen Kriegstreiber an der Macht zu sehen.«

»Schauen Sie mich nicht so an. Ich habe den Mann nicht gewählt. Wie ging es weiter?«

»Ein Forschungsteam wurde zusammengestellt. Wir waren ein Dutzend Secret-Service-Agenten, die in Crashkursen und Seminaren auf paranormale Phänomene vorbereitet wurden.«

»Wer hat Sie ausgebildet?«

»Menschen, die entsprechende Erlebnisse hatten, Psychologen, Historiker, Wissenschaftler sämtlicher Disziplinen. Für viele vermeintliche Geisterscheinungen gibt es ganz schlichte, normale Erklärungen. Zunächst waren wir alle skeptisch, aber nach unseren ersten Untersuchungen hat sich das geändert. Wir haben in insgesamt drei Forschungsobjekten Aktivitäten festgestellt, die nicht rational gedeutet werden konnten. Derlei Phänomene existieren tatsächlich. Nicht zuletzt hat uns Ashby House davon überzeugt.«

»Aber warum sind Sie wiedergekommen, obwohl Ihre Truppe die Forschung abgebrochen hat?«

»Neugier, gepaart mit wissenschaftlichem Ehrgeiz. Nachdem ich erfahren hatte, dass das Haus verkauft werden soll, bin ich sofort nach St. Just gereist. Es war meines Erachtens unverantwortlich, so einen Kauf zuzulassen, aber die regionalen Behörden hatten Dollarzeichen in den Augen. Ich kam zu spät. Ich habe den Makler unter Druck gesetzt, und er hat mir den Job als Butler besorgt.«

»Die Tatsache, dass Sie Lucille Shalott beschützen konnten, war sicherlich auch ein Anreiz …«

»Der von meinem Gefühl des Versagens, als Ihre Schwester verschwand, weit in den Schatten gestellt wurde.«

»Gibt es noch etwas, das ich wissen sollte?«

»Das gibt es. Aber ich weiß nicht, ob dieser Zeitpunkt der richtige ist.«

»Bitte, Steerpike. Wir stecken hier gemeinsam drin. Noch verrückter kann es doch nicht werden.«

»Ich fürchte doch. Jeraldine Dvorak – Chris – ist mit uns in Kontakt getreten. Das erste Lebenszeichen seit über sechzig Jahren.«

»Ich verstehe nicht. Sie sagten doch, sie sei verschwunden. Ist sie irgendwo unversehrt aufgetaucht wie dieser Kameramann, der aus Ashby House geflüchtet ist?«

»Nein. Sie ist immer noch hier. Erinnern Sie sich, was nach unserer ersten Expedition in den Dunklen Raum passierte? Die Zahlen auf dem Fernsehschirm? Die Zahlen gerade eben auf Ihrem Mobiltelefon?«

Verwundert zog Laura ihr Handy aus der Tasche.

»Ihre Schwester hat verstanden, was es bedeutete. Ich habe es ihrem Gesicht angesehen.«

»Was meinen Sie?«

»Schauen Sie auf die Zahlentasten. Die Zahlen 386725. Was für ein Wort ergibt sich daraus?«

Laura betrachtete die Tasten ihres Telefons und begann zu begreifen. »Moment, da gibt es mehrere Möglichkeiten. Jede Zahl hat mindestens drei zugeordnete Buchstaben.« Sie konzentrierte sich auf die Buchstaben, und langsam kristallisierte sich das gesuchte Wort heraus. »Es heißt Dvorak.« Sie schüttelte ungläubig den Kopf. »Was waren die anderen Zahlen?«

»Nach unserer Expedition in den zweiten Stock stand dort 255346.«

Jetzt, da ihr Blick geschult war, gelang es ihr in kurzer Zeit, den Code zu entziffern. »Das heißt ›allein‹. Sie hat geschrieben ›Dvorak allein‹.

»Richtig. Und die heutige Botschaft lautete 56668.«

»Oh, mein Gott.«

»Nein. Es heißt ›Dvorak kommt‹.«

Und wie zur Bestätigung riss die Decke über ihnen, und ein Sessel aus dem Zimmer über ihnen fiel lärmend durch den Spalt hinab auf den Parkettboden, Mowgli, der ihrem Gespräch konzentriert gelauscht hatte, nur knapp verfehlend.

Laura war geistesgegenwärtig einen Schritt zurückgetreten. Mit all dem Wissen, das sie nun hatte, reagierte sie auf die Anschläge des Hauses fast automatisch. »Was ist mit den verschwundenen Kindern?«

»Es hat auf Ashby House nie Kinder gegeben.«

»Aber das Schulzimmer, die Haarsträhne! Es gab hier Versuche, da bin ich mir sicher.«

»Es gab eine Versuchsreihe, das stimmt. Aber wenn an die Öffentlichkeit gerät, was die Ashbys wirklich getan haben, dann gibt es einen Skandal, der nicht nur das Königshaus erschüttern, sondern auch ungeahnte Ausmaße annehmen dürfte.«

»Ist das der Grund, warum Sie hier sind? Um im Auftrag der Regierung einen Skandal zu vertuschen?«

»Nein. Ich bin auf eigene Faust hier. Unsere Abteilung war nicht nur der Regierung, sondern auch dem Königshaus und der anglikanischen Kirche unterstellt. Eine unheilige Allianz …«

»Sie wollten den Skandal allein aufdecken?«

»Es geht hier nicht um Skandale, Miss Shalott. Es geht darum, ein Geheimnis zu lösen. Es geht um Menschenleben.«

»Ich weiß nicht, wie gut ich im Retten von Menschenleben bin. Meine bisherigen Erfahrungen gehen eher in die andere Richtung.« Ihr Blick glitt ins Leere, doch wie von der Hand eines unsichtbaren Marionettenspielers gezogen, strafften sich plötzlich ihre Schultern, und ein feines, entschlossenes Lächeln legte sich um ihren Mund. »Aber eines kann ich Ihnen versichern, Steerpike: Mit dem Auslösen von Skandalen kenne ich mich gut aus, womöglich ist es sogar eine meiner Kardinalsdisziplinen. Und ich bin überzeugt, dass auch Sie ihr Vergnügen daran haben werden.«

Er hatte keine Zeit, darüber nachzudenken, ob ihm gefiel, was sie da gesagt hatte. Denn in diesem Moment kamen die Hubschrauber.

Das Eintreffen der Spezialeinheit hatte sich verzögert, da erst die auf der Landstraße geparkten Kraftfahrzeuge hatten entfernt werden müssen. Obwohl es noch keinen Schlachtplan gab, waren die Soldaten in höchster Alarmbereitschaft. Die Truppe hatte sich ihre Meriten bei der Geiselnahme in einer nordirischen Schule verdient. Bis auf einen Physiklehrer und einen Geiselnehmer waren bei der Räumung des Gebäudes keine Todesopfer zu beklagen gewesen. Das Sonderkommando setzte sich aus Scharfschützen und Taktikern zusammen, monatelanger Drill hatte ihnen zu Sachverstand und Kompetenzen verholfen, die auf der Insel ihresgleichen suchten. Es waren idealistische, staats- und monarchietreue Frauen und Männer, die heroisch ihr Leben aufs Spiel setzten, wenn alle anderen Methoden versagt hatten.

Man hatte versucht, Ashby House in Frieden zu betreten. Selbst Drohungen hatten keine Resultate erbracht. Nun, da mit Lorna Eckels das erste nachgewiesene Todesopfer zu beklagen war, galt es, nicht länger zu zögern. Es blieb nur noch die letzte Konsequenz. Der Sturm.

Während vor Ashby House Stellung bezogen wurde, tagten in London die Krisenmanager, um einen Schlachtplan zu entwickeln.

Anders als bei großen Geiselnahmen mit mehr als einem Dutzend Geiseln stand hier nicht fest, wie viele Menschen von wie vielen Geiselnehmern in Schach gehalten wurden. Man ging von zwei dringend Tatverdächtigen – Laura Shalott und Steerpike – und mindestens zwei Geiseln – Lucille Shalott und Stephen Steed – aus. Wenn es zu einem Übergriff käme, wäre es zwei oder auch nur einem Täter ein Leichtes, eine oder mehrere Geiseln zu opfern. Aufgrund des geringen Gefangenenaufkommens war das prozentuale Opferaufkommen sehr hoch – so etwas würde sich in der Statistik (und in der Zeitung) nicht gut machen. Hinzu kam, dass beide Geiseln über ein hohes Maß an Popularität verfügten – ein weiterer Aspekt, der die Koordination des Sondereinsatzes auf eine harte Probe stellte. Käme es zu Opfern, dann wären diese keine rein statistischen Werte, sondern weltbekannte Schicksale, die man auf immer und ewig mit dem Misserfolg des Sonderkommandos in Verbindung bringen würde. So hart es klang: Wären bei der Befreiung eines mit achthundert Menschen besetzten Theaters ein Dutzend Opfer zu beklagen, dann wäre die öffentliche Akzeptanz für das Scheitern des Übergriffs größer, als wenn nur eine einzige der Geiseln auf Ashby House zu Schaden käme. Unter Berücksichtigung all dieser Tatsachen verzögerte sich die strategische Planung des Übergriffs nicht unerheblich. Es waren Minuten, für die Laura und Steerpike dankbar waren.

In all dem Tumult, der auf der Römischen Straße in Richtung St. Just herrschte, beachtete niemand die Gemeindesekretärin Kathy Claighbourne, die mit gerunzelter Stirn und angespannten Schultern verloren umherwanderte und auf ihre freundlich-reservierte Art Blickkontakt suchte. Vielleicht lag es an ihrer verträumten Ausstrahlung, vielleicht an ihrer kindlichen Statur, die von ihren hüftlangen Haaren noch betont wurde – sie wurde schlicht übersehen.

Kathy Claighbourne wurde langsam ärgerlich, denn sie hatte das Bedürfnis nach einem Ansprechpartner, wusste aber nicht, für wen die Informationen, die sie bei einem starken Tee im »Star Inn« aus dem Briefwechsel zwischen den Ashbys und der Gemeindeverwaltung bezogen hatte, von Belang waren. In ihrem Inneren spürte sie, dass diese Fakten brisant waren, dass sie möglicherweise mit den gegenwärtigen Vorfällen im Haus in Verbindung standen und dass Laura Shalott die geeignete Empfängerin der Botschaft war, schließlich hatte sie den Ball überhaupt erst ins Rollen gebracht. Doch wenn schon die Armee daran scheiterte, das Haus zu betreten, wie sollte dann Kathy Zutritt bekommen?

Sie spielte kurz mit dem Gedanken, sich an einen der Befehlshaber zu wenden, doch ihre Schüchternheit hielt sie davon ab. Zudem hatte sie das Gefühl, dass die Informationen und Beweise, die sie in einer Einkaufstüte mit dem Aufdruck des Kaufhauses Harrod's bei sich trug, besser nicht in die Hände von Regierungsvertretern geraten sollten, da sie nicht von ungefähr im Keller der Gemeindeverwaltung einen Dornröschenschlaf gehalten hatten. Möglicherweise wäre das Material bei den Medien besser aufgehoben. Doch für welches Medium sich entscheiden, wenn dessen Protagonisten, aufgescheucht von der Staatsmacht, fluchend und ihre festgesprühten Frisuren mit teuer behandschuhten Händen schützend, wie vom Weg abgebrachte Lemminge umherirrten, laut ihren Missmut über die rohe Behandlung kundtuend? Für die emsige Sekretärin hatte niemand ein Auge. Und so verstrichen weitere wichtige Minuten, in denen der Feind in Laura und Steerpike vermutet wurde und nicht in den Adern und Gliedmaßen von Ashby House.

Dass Kathy Claighbourne im Begriff war, eines der spektakulärsten Geheimnisse von Ashby House aufzudecken, stand jedoch in keinerlei Zusammenhang mit dem Verhalten, welches das Haus binnen der nächsten Stunden an den Tag legte. Dieses Verhalten gründete sich auf ein ganz anderes Mysterium, dessen Ursprünge weiter zurücklagen, tiefer verborgen waren und über das es keine Korrespondenzen gab, lediglich ein paar stumme Zeugen, alt wie die Zeit. Hätte nicht so eine Unruhe geherrscht, wäre die Luft nicht erfüllt gewesen vom Murmeln und Zetern der Polizei und Presse, vom Starten von Fahrzeugen, von Reifen auf Kies, beschleunigenden Motoren, wäre nur für einen Moment Ruhe eingekehrt, so hätte man das Brummen gehört – sonor, abgrundtief, als spräche die geschundene Erde selbst.

KAPITEL 23

»Wo ist Slasher? Hat jemand Hector Slasher gesehen?« Lotte Herbst, eine entfernte Cousine Hectors, die in Deutschland aufgewachsen war und seit dem Mauerfall für diverse britische Magazine als Deutschland-Korrespondentin arbeitete und bislang unter dem Namen Rose Marsh (die Erste) aufgetreten ist, lief unruhig umher. Da die Straße vor Ashby House geräumt wurde, hatte man den Übertragungswagen vor dem »Star Inn« aufgebaut. Das war Lottes Idee gewesen – über ein wenig Extra-Publicity würde ihr Cousin sich sicher freuen. Es waren noch zehn Minuten bis zur Aufzeichnung, und von ihrem Auftraggeber fehlte jede Spur.

Eigentlich hatte er sie nur ins Haus eingeschleust, um Insider-Informationen über den Akklimatisierungsprozess der sich in einem mysteriösen Double-Bind befindlichen Schwestern in der neuen britischen Umgebung zu sammeln. Doch als die Ereignisse in Ashby House absurde und geradezu surreale Züge angenommen hatten, hatte sie nach Rücksprache mit ihm das Vorhaben abgebrochen. Sie war erstaunt gewesen, wie schnell er ihren Rückzug akzeptiert hatte – das sah ihm nicht ähnlich. Normalerweise war er unerbittlich, wenn es darum ging, Menschen dazu zu bringen, seine Pläne umzusetzen und seine Spiele zu spielen. Freilich hatte er zum Zeitpunkt ihrer Kündigung bereits selbst die besten Kontakte in das Spukhaus, doch waren diese nicht zu vergleichen mit der Vierundzwanzig-Stunden-Observation, für die er seine talentierte Cousine bezahlte.

Lotte hatte eine Vermutung. Ihr als kalt, machtsüchtig und zielstrebig verschriener Verwandter war weich geworden. Hector Slasher hatte ein Auge auf Laura Shalott geworfen, und sein Blick war an der zarten Rothaarigen hängen geblieben. Dass andere Männer schlicht gestrickt waren, wusste Lotte. Dass ihr Cousin, die Sensations-Koryphäe (der slasher aller slasher) sich plötzlich von seinem Trieb steuern ließ, ging ihr nicht in den teutonisch-preußisch disziplinierten Kopf. Laura Shalott besaß offensichtlich die richtige Oberflächenstruktur für seine Widerhaken, und nun war er, gewollt oder ungewollt, mit ihr verhakt wie die beiden Teile eines Klettverschlusses.

Lotte packte einen vorbeieilenden Kabelträger am Oberarm, und der junge Mann winselte unter dem starken Griff. »Haben Sie Hector Slasher gesehen?«

»Nein, keine Ahnung. Zuletzt in seinem Büro.«

Sie entließ ihn aus dem Klammergriff und schnaubte.

Im »Star Inn« herrschte aufgeregte Betriebsamkeit. Sie ließ ihre Augen über die aufgescheuchte Menschenmenge schweifen, durchsuchte ergebnislos die Küche und schaute aus dem Fenster. Hectors Wagen stand noch immer da, wo sie ihn heute Morgen gesehen hatte. Wo war er bloß, verdammt? Sie ging zu seinem Schreibtisch und sah einen Stapel Karteikarten. Seine Notizen für den geplanten Insider-Beitrag. Auf dem obersten Zettel klebte eine neongelbe Haftnotiz in deutscher Sprache:

»Lotte – wenn ich es nicht shaffe (sic), mach du es.«

Das einzige Fenster zur Außenwelt, das nicht verschlossen war, befand sich in Lucilles Schlafzimmer und sendete Bilder der Belagerung. Die gesamte britische Fernsehwelt strahlte Sondersendungen über die Schwestern Shalott aus. Um nicht immer wieder dieselben Aufnahmen eines hermetisch abgeriegelten Hauses und seiner Belagerung erst durch die Presse, dann durch das Militär präsentieren zu müssen, hatten sich britische Journalisten auf den Weg in die Welt gemacht, um Stimmungsbilder einzufangen. In Ermangelung kompetenter Zeugen wurden Filmhistoriker, Fan-Clubs, Männer und Frauen auf der Straße zu den Ereignissen befragt. Diese Beiträge folgten dem weltweit gültigen boulevardjournalistischen Gesetz: »Hast du keine Information aus erster Hand, dann frage die zweite, dritte und vierte, was sie davon hält.«

Dass die Fragen und Antworten nicht halb so informativ und interessant ausfielen wie die Gespräche, die eine kleine Sondereinheit der Regierung, der anglikanischen Kirche und dem Königshaus unterstellt, in einem erstaunlich beengten, schlecht tapezierten Büroraum im Buckingham Palace führten, lag auf der Hand. Doch man kann die britische Boulevardpresse nicht für dieses Versäumnis in der Berichterstattung verantwortlich machen, denn so fähig die englische Presse in der plakativen Kommunikation von Indiskretionen ist, so versiert sind die Briten in allen Belangen der Geheimhaltung. Die Presse wusste nichts von dieser Sondereinheit. Die Sondereinheit indes wusste um die Geheimnisse von Ashby House. Doch nicht einmal sie wusste zu diesem Zeitpunkt, wie viele Lebende sich noch in den Mauern des Hauses an der Küste aufhielten. Für Präventivmaßnahmen war es zu spät, also musste man vom Schlimmsten ausgehen: von Überlebenden, die das Geheimnis mit an den Tag brächten, sofern sie sich aus Ashby House befreien konnten. In der Spezialeinheit glaubte man fest an Diskretion, und so schien ausgeschlossen, was mittlerweile längst eingetreten war: dass sich die brisanten Informationen in einer Harrod's Einkaufstüte in den Händen einer Gemeindesekretärin befanden, die sich zwischen den Vertretern der Weltpresse bewegte wie eine Flipperkugel – seltsam angezogen und abgestoßen zugleich.

Obwohl keine Gesprächsnotizen von der hochrangig besetzten Plauderrunde existieren – man führte aus Sicherheitsgründen kein Protokoll – erscheinen die Überlegungen, die dort angestellt wurden, naheliegend. Am besten mache man das Haus platt, dem Erdboden gleich, sperre das Areal weiträumig ab und werfe alle Schlüssel fort. Unter anderen Umständen wäre diese häufig erfolgreich erprobte Vorgehensweise zweckdienlich gewesen, doch die Anwesenheit von Lucille Shalott und Stephen Steed setzte neue Vorzeichen.

Die monarchistische Fraktion gab es nicht gern zu, sah es aber insgeheim ein: Die beiden Verschwundenen waren auf ihre Art Royalty. Die Zeiten, in denen man Könige opferte, waren vorbei. Der letzte Versuch war in eine Katastrophe ausgeartet, von der sich die Monarchie nur langsam erholte. Zudem durfte das hervorragende Verhältnis zu den Vereinigten Staaten auf keinen Fall aufs Spiel gesetzt werden. Es bestand Zugzwang, und der einzige Weg, die amerikanischen Protagonisten zu entsorgen, hätte in einer monumentalen Diskreditierung bestanden, die man nicht kurzfristig erzeugen konnte, sondern die von langer Hand und mit großem Vorlauf hätte geplant werden müssen. Einem Team von TV-Autoren wären sicherlich Mittel und Wege eingefallen, die Bewohner von Ashby House zu diffamieren – Lucille Shalott chinesische Geheimagentin, ihre Schwester im Besitz eines tückischen Virus, der die Menschheit mit einem Wimpernschlag ausradieren würde, Steerpike ein Drogenbaron, der Macht über die jungen Prinzen gewonnen hat. Doch in den Schaltzentren der Macht war man vielleicht heimtückisch, aber auch entsetzlich fantasielos.

Der Geheimdienst sträubte sich am längsten, doch nach dem kontinuierlichen Aushöhlen durch die Kirchen- und dem ennuyierten Abnicken der Monarchenvertreter beschloss man, bevor man Maßnahmen einleitete, einen Vertreter der CIA zu informieren. Weitere, für Laura und Steerpike lebenswichtige Minuten verstrichen.

»… gebe ich jetzt weiter an Lotte Herbst, die in St. Just unseren berühmt-berüchtigten Society-Reporter Hector Slasher vertritt. Lotte, Sie haben mit Hector gesprochen, der in den vergangenen Tagen in enger Verbindung mit den Bewohnern von Ashby House stand. Was hat er uns zu berichten? Gibt es ein Stimmungsbild? Was genau hat sich in den Tagen ereignet, die die Schwestern Shalott in Cornwall verbracht haben? Hat sich die Katastrophe, von der wir momentan ausgehen, bereits im Vorfeld abgezeichnet?«

»Danke, Electra.« Mit einem energischen Nicken an die Kollegin übernahm Lotte Herbst die Berichterstattung. »Zunächst einmal: Wir haben keine Neuigkeiten über die aktuellen Geschehnisse in Ashby House, aber wir sollten uns der Frage zuwenden, was die Schwestern Shalott überhaupt bewegt hat, ihren Wohnsitz nach Großbritannien zu verlegen. Was zog sie hierher? Weshalb entschieden sie sich, in ein vergleichsweise unkomfortables und nicht behindertengerechtes Haus zu ziehen, wenn ihnen die ganze Welt offen stand?«

Die Kamera wechselte, und Lotte sprach nun im Halbprofil zu ihren Zuschauern.

»Auf viele dieser Fragen haben wir noch keine Antwort.

Doch blicken wir einige Monate zurück. Seit ihrem Unfall im August des vergangenen Jahres ist Lucille Shalott in eine Wolke aus Geheimnissen gekleidet. Die berühmteste Fotografin neben Annie Leibovitz, eine Society-Persönlichkeit, die nicht nur hinter der Kamera eine gute Figur machte, hat sich erfolgreich und beinahe unauffindbar zurückgezogen. Die dramatischen Ereignisse hier in St. Just, Cornwall, Großbritannien deuten darauf hin, dass sie definitiv und endgültig verschwunden ist. Möglicherweise ist Lucille Shalott nicht mehr am Leben. Wie konnte es dazu kommen, dass eine der berühmtesten Persönlichkeiten unserer Zeit so entschieden den Rückzug antrat, der ihr aller Wahrscheinlichkeit nach zum Verhängnis wurde?«

Archivbilder zeigten einen Krankenwagen, der mit kreischenden Reifen am Wilshire Memorial Hospital vorfuhr, zwei Krankenpfleger, die sich bemühten, eine mit Wolldecken bedeckte Person auf einer Tragbahre durch eine Traube aufdringlicher Paparazzi in die Notaufnahme des Krankenhauses zu transportieren. Daraufhin wurden Bilder einer Pressekonferenz eingeblendet. Lorna Eckels, angespannt und blass unter ihrem perfekten Make-up, stand den Vertretern der Weltpresse Rede und Antwort. »Lucille Shalotts Zustand ist ernst, aber stabil. Allem Anschein nach ist sie bei einem Ausflug mit ihrer Yacht verunglückt. Sie hat mehrere Minuten unter Wasser verbracht, konnte jedoch von einem Bootsoffizier wiederbelebt werden. Wir können zu diesem Zeitpunkt keinerlei Auskünfte darüber erteilen, ob Lucille vollständig genesen wird, und möchten uns auf diesem Wege für die weltweite Anteilnahme bedanken.« Energisch packte die Agentin ihre Papiere zusammen, während die Presse im Saal lautstark ihr Fragenbombardement begann.

»Was zum Zeitpunkt dieser Pressekonferenz noch niemand wusste«, Lotte Herbst hielt ein Plastikfläschchen von der Größe eines kleinen Joghurtbechers demonstrativ in die Kamera, »ist, dass Lucille Shalott unter dem Einfluss einer Droge stand, die Gammahydroxybuttersäure heißt, besser bekannt unter ihrem Straßennamen ›GHB‹ oder auch ›Liquid Ecstasy‹. Die Droge hat eine stimmungsaufhellende, ja geradezu euphorisierende Wirkung, doch in Kombination mit Alkohol kann sie zu einer tödlichen Waffe werden. Bewusstlosigkeit, Lähmung der Atemwege, Blackouts sind die ersten Symptome bei einer Intoxikation. Bleibt eine sofortige Behandlung aus, führt die gefährliche Mischung in nicht seltenen Fällen zum Tod.«

Lotte signalisierte mit ihren gerunzelten Augenbrauen eindringlich »Macht das nicht zu Hause«, bevor sie in ihrem Bericht fortfuhr. »Kaum war die Information an die Öffentlichkeit gedrungen, meldeten sich unabhängig voneinander zwei Drogendealer anonym bei einem amerikanischen Boulevardmagazin.«

An dieser Stelle blendete die Regie einen kurzen Clip von Laura ein, wie sie in Tränen aufgelöst (aber ohne Mascaraspuren) mit einem opulenten Strauß aus Tuberosen, Gardenien und Levkoyen in den Armen das Wilshire Memorial betritt. Sie trägt ein knapp sitzendes schwarzes Satinkostüm mit Chiffoneinsatz, das ihre helle Haut noch weißer erscheinen lässt und das Filmkenner sofort als Marilyn Monroes Kostüm in der Schlussszene des Films »Let's make love« identifizieren. Der üppige Blumenstrauß betont ihre zierliche Figur. Ihr rot schimmerndes Haar ist mit achtlos erscheinender Präzision zu einem Grace-Kelly-Knoten aufgesteckt, aus dem sich einige Strähnen lösen.

»Schockiert darüber, dass Lucille Shalott den von ihnen in Umlauf gebrachten Drogen zum Opfer gefallen sein könnte, beschuldigen die entsetzten Gesetzlosen Laura Shalott, die zu ihrem Kundenstamm zählt, die eigene Schwester unter Drogen gesetzt und auf offenem Meer dem Tod ausgeliefert zu haben. Da Lucille Shalott keine Anklage erhebt und die Beschuldigung ihrer Schwester nicht kommentiert, gibt es nie ein öffentliches Verfahren gegen die rothaarige Schönheit. Fortan lebt sie jedoch unter dem Verdacht, für den sogenannten ›Unfall‹ ihre Schwester verantwortlich zu sein.«

Die schwarzverhüllte Kuppel von Ashby House starrte wie eine glanzlose Pupille in den Himmel, den Trubel, der sich zu Lande und in der Luft abspielte, ignorierend. Im Inneren setzten trübe Glühbirnen, Sterntrabanten gleich, spärliche Lichtlandschaften in das Universum des Hauses. Ein beharrlicher Wind pfiff durch die Korridore und brachte marode Gardinen zum Rauschen, sodass es klang, als quälten sich alte Frauen mit müden Beinen in Reifröcken über Taffeta-Unterkleidern durch die Räume, Säle und Gänge. Die Temperatur war merklich gefallen, was nicht nur darauf zurückzuführen war, dass Steerpike das erste Mal seit seiner Ankunft das Heizen der Kamine vernachlässigt hatte.

Die beiden hatten sich Jacken übergeworfen, und wie bei ihrer Ankunft in Ashby House sah Laura Shalott aus, als entstamme sie einem früheren Jahrhundert als dem frisch angebrochenen einundzwanzigsten.

Der Fernsehschirm tauchte die Gesichter der beiden in ein graublaues Licht. Steerpike, dem Verhöre alles andere als fremd waren, scheute sich, Laura anzusprechen, die, während sie dem Bericht der falschen Rose Marsh lauschte, immer weiter in sich zusammensackte. Erst senkten sich ihre Schultern, dann beugte sich ihr Nacken, bis ihr Kinn schließlich fast auf ihrem Brustbein zu liegen kam. Wie um sie vor dem Fallen zu bewahren, schob sich der Hund an Lauras Beine.

Und dann sprachen beide gleichzeitig. »Immerhin wissen wir jetzt, dass die falsche Rose Marsh nicht im Turmzimmer verschwunden ist«, sagte Steerpike, während Laura ihrem Brustbein anvertraute: »Immerhin hat es jetzt endlich jemand ausgesprochen.«

»Jetzt dürfen wir uns etwas wünschen«, sagte sie und schenkte Steerpike ein erschöpftes Lächeln, die Augen immer noch schamhaft gesenkt, doch mit etwas strafferen Schultern als zuvor.

»Ist es so gewesen, wie sie sagt?«

Laura schüttelte den Kopf. »Es war keine Absicht, aber das scheint niemanden zu interessieren.«

»Es interessiert *mich*.« Um seine Bemerkung zu bekräftigen, legte Steerpike seine rechte Hand auf ihren Unterarm, doch sie zuckte zurück, als habe sie sich verbrannt.

»Entschuldigung.«

»Entschuldigung.«

Entgegen der Umstände mussten beide aufgrund der erneuten Gleichzeitigkeit kurz auflachen, bevor sich die düstere Stimmung wieder über sie legte.

»Alle haben geglaubt, dass ich es mit Absicht getan habe.«

»Aber warum hat man Ihnen die Schuld gegeben?«

»Weil ich meistens schuld *bin*. Ich weiß auch nicht. Vielleicht bin ich verantwortlich. Ich hatte das Zeug in meinen Orangensaft getan, der im Kühlschrank stand. Und vielleicht ... Irgendetwas in mir wusste, dass sie sich ihren Morgendrink damit mischt. Auch wenn mir nicht bewusst war, dass es passieren könnte – ich habe es darauf ankommen lassen. Ich weiß noch, dass ich den Wecker ausgestellt habe, als er klingelte. Und als ich mich noch einmal umgedreht habe, um eine halbe Stunde weiterzuschlafen, hat sie ihren Tom Collins getrunken. Und – zack – ist sie über Bord.«

Laura selbst hatte es nicht gesehen, aber in ihrer Vorstellung war es ein Bild von perverser Poesie: Lucille in einem weißen Morgenmantel, die langen blonden Haare offen und von der Meeresbrise bewegt, in der rechten Hand das Glas, in der linken eine heimliche Zigarette, am Bug der Yacht, wie Königin Christine in eine ungewisse Zukunft blickend. Anders als Christine hat sie die Augen mit einer Sonnenbrille geschützt vor der Intensität des gleißenden Morgenlichts, das sich in den tiefblauen Wellen bricht und sie anfunkelt, lockt, bis die Droge ihre Wirkung entfaltet und das Meer sie ruft – in ihren Ohren deutlich der verlockend klare Ruf der Sirenen, »herab, herab« –, bis sie auf der Oberfläche aufschlägt, nach einem einfachen Salto mit dem Rücken zuerst, die Kälte sie umarmt und ein großer weißer Vogel, die Seele eines verstorbenen Matrosen, am Bug entlang über die sich über ihrem sinkenden Körper noch kräuselnde Meeresoberfläche fliegt, wie um einen Vorhang zu schließen.

»Ich glaube langsam selbst, dass es genau das war, was ich wollte. Vielleicht.«

»Aber warum hat Lucille Sie dann nie zur Verantwortung gezogen?«

»Wir wirken nicht gerade wie liebende Schwestern. Aber das liegt nur daran, dass wir ein Problem haben, es zu zeigen.«

»Ich verstehe es trotzdem nicht.« Er hob an, weiterzusprechen, doch sie kam ihm zuvor.

»Steerpike, wir sind so. Wenn wir uns wehtun, dann spüren wir uns wenigstens. Kennen Sie das etwa nicht?«

Und wirklich, sie liebten sich, auch wenn es Steerpike schwerfiel, dies anlässlich der Geschehnisse zu begreifen.

Vielleicht hätte er verstanden, wie groß die Liebe war, wenn er um den größten Liebesdienst, den Laura Lucille erwies, gewusst hätte. Das Wahren eines Geheimnisses selbst jetzt, in einer Stunde der Wahrheit und über den anzunehmenden Tod der Schwester hinaus.

»Tief in ihrem Innern liebt sie mich, da bin ich mir sicher. An irgendetwas muss man schließlich glauben, oder?«

KAPITEL 24

In diesen Stunden setzte in den Vereinigten Staaten von Amerika eine Welle ein, die noch vor wenigen Tagen niemand hatte voraussehen können. In Kleinstadt-Supermärkten, Internet-Versandhandlungen und Auktionshäusern, Videotheken und den Souvenir-Shops auf dem Hollywood Boulevard waren Stephen-Steed-DVDs und -Memorabilia nahezu vollständig ausverkauft. Steeds erster straight-to-DVD-Flop, ›No Speed Limit‹, der wie Blei in den Kaufhausregalen gelegen hatte, landete in der Luxusausgabe mit zwei Bonus-DVDs und sieben unterschiedlichen Featurettes auf Platz 3 der Amazon-Verkaufscharts. So schnell die Warenwirtschaftssysteme den Ausverkauf registrierten und an die Produktionsfirmen weiterleiteten, so zügig gaben Verantwortliche Nachpressungen und Neuauflagen in Auftrag. Nach drei schweren Jahren, in denen die Einnahmen der Filmindustrie aufgrund von Piraterie stark eingebrochen waren, löste das Verschwinden des Hollywood-Herzensbrechers einen wirtschaftlichen Boom aus.

Es ist nicht immer die Präsenz einer Information, sondern häufig die Abwesenheit derselben, die einen Neugierigen auf den Plan ruft. Hector Slasher gehörte zu denen, die zwischen

Zeilen lesen konnten, die noch nicht einmal gedruckt worden waren. Diesem Spürsinn hatte er seinen Erfolg im Investigativ-Boulevard-Journalismus zu verdanken. Er war für die Reportage das, was der Paparazzi für die Fotografie ist. Von allen Schnüfflern war er der größte: der Cary Grant seines Faches, einzigartig und vielleicht am besten mit dem Begriff »Gentleman-Arschloch« zu beschreiben. Hector Slasher machte keine Notizen. Hector Slasher verfügte über ein fotografisches Gedächtnis. Es war ungewöhnlich, dass er Notizen für einen Fernsehbeitrag sammelte, doch in diesem Fall hatte er vermutlich geahnt, dass ihm eine wichtigere Aufgabe bevorstand, als seinen eigenen Beitrag zu sprechen. Und so hatte er seiner Cousine die Informationen hinterlassen, die er in der Gewissheit, dass sie von ausreichendem Interesse für »Sky News« sein würden, aus der Hand geben konnte.

Doch bei aller Sympathie für seine Kraut-Cousine: Slasher war kein Mann, der etwas verschenkte. Und so konnte Lotte Herbst nur auf das Material zurückgreifen, das ihr vorlag, und auf die Erfahrungen, die sie selbst in Ashby House gemacht hatte. Die wirklich spektakuläre Spur, die das Bild Lucille Shalotts für immer verändern würde, verfolgte Slasher gerade selbst.

»Die Stimmung in Ashby House war von der ersten Minute an gespannt. Zwischen den Schwestern Shalott herrschte ein kühler, wenn nicht gar rüder Umgangston. Es wird ihre Bewunderer schmerzen zu erfahren, wie verbittert die Fotografin über ihre Behinderung war und dass sie sich in ihrem Schmerz und Leid zunehmend zurückzog und die Führung des Haushaltes ihrer Schwester und einem Butler überließ. An der Fürsorglichkeit Laura Shalotts bestehen berechtigte Zweifel, und so überrascht es nicht, dass bereits am dritten Tag ihres Englandaufenthalts jede Spur von Lucille

Shalott fehlte. Es bleibt Spekulation, aber dennoch: Von drei Bewohnern blieben zwei übrig. Mit den Fragen, wohin Lucille Shalott verschwunden ist und was ihr angetan wurde, beschäftigt sich nun die Polizei, die mittlerweile das Militär zur Unterstützung herangezogen hat, um das Geheimnis um die Geschehnisse in Ashby House zu lösen und mit der Spurensuche zu beginnen. Anders als bei dem Unfall, der zu Lucille Shalotts Behinderung führte, dürfte es für die Verantwortlichen dieses Mal äußerst schwierig werden, ungestraft davonzukommen.

Beobachter beschreiben Laura Shalott als hartherzig, kalt und auf den eigenen Vorteil bedacht. Die Sechsunddreißigjährige hat nie eine Ausbildung gemacht und arbeitet seit Ende ihrer Schulzeit für Lucille Shalott. In eingeweihten Kreisen heißt es, Lucille habe sich ihrer angenommen, um zu verhindern, dass sie unangemessen in Erscheinung tritt. Laura Shalott stand mehr als zwanzig Jahre im Schatten der berühmten Schwester – ein Zustand, den sie offensichtlich nicht länger ertragen konnte. Auch wenn bislang die Beweise fehlen mögen – es scheint kein Zweifel daran zu bestehen, dass sie ein historisches Verbrechen begangen hat: Sie hat einen der berühmtesten Darsteller Hollywoods und eine einzigartige Fotokünstlerin auf dem Gewissen. Sie sehen die ›Sky Celebrity News‹, wir befinden uns in St. Just, ich gebe zurück ins Studio, und ich«, an dieser Stelle schickte sie einen bedeutungsvollen, fast bedrohlichen Blick in die Haushalte der Fernsehzuschauer, »bin Lotte Herbst.«

»Und ich, ich bin geliefert.«

»Wenn wir hier herauskommen – und, Laura, das werden wir –, dann können Sie alles richtigstellen.«

»Wo anfangen?«

»Darum kümmern wir uns, wenn es so weit ist. Fürs Erste werden wir genug damit zu tun haben, das hier zu überstehen.«

»Was wird passieren, Steerpike? Ich habe Angst.«

»Ich weiß nicht, was passieren wird, aber eins ist sicher: Dieses Haus ist ein Epizentrum paranormaler Aktivität. Und in den letzten Tagen hat es sich ganz besonders verausgabt. Etwas Vergleichbares habe ich in all den Jahren meiner Forschung nicht erlebt, und dennoch habe ich das Gefühl, dass dies erst der Auftakt ist.«

»Wird es uns auch holen, wie Lucille und Stephen?«

»Das weiß ich nicht. Aber ich weiß, dass Chris gerade darum kämpft, zu uns zu gelangen.«

»Sie meinen wirklich, sie kommt zurück?«

»Sie versucht es.«

Und wie um Steerpikes Behauptung zu bestätigen, wurden nun auch im Haus die Vibrationen spürbar, die von dem keltischen Steinkreis nahe der alten Mine ausgingen, sich über das Land ausbreiteten und selbst im Meer noch die Fische aufscheuchten. Nachdem sich bereits an den Innenwänden und Decken von Ashby House Risse aufgetan hatten, fingen unter der sonoren Klangattacke auch die Außenmauern an zu bröckeln.

»Oh, mein Gott, schauen Sie!«

Laura deutete auf den Fernsehschirm, auf dem man ein Luftbild des Hauses sah. Eine zarte Staubwolke stieg von den Mauern auf und hüllte das Gebäude in eine trübgraue Aura. Erst hörten sie das Geräusch berstenden Glases, dann sahen sie, wie die Glaskuppel auf der Hausvorderseite barst und feine Risse sich wie ein Spinnennetz über das Gemäuer ausbreiteten. Unwillkürlich schauten sie nach oben, und kaum war ihr Blick auf die Decke gerichtet, platzte der Verputz und rieselte auf sie herab, sodass sie sich die Augen zuhalten mussten. Der Hund bellte einmal laut auf, dann spannte sich sein ganzer Leib an, und er hastete aus dem Zimmer in die Halle.

»Wo will er hin?«

»Schauen Sie!« Steerpikes Hand zitterte, als er seinen Finger auf den Fernseher richtete.

Angesichts dessen, was sie und Millionen von Fernsehzuschauern in diesem Moment zu Gesicht bekamen, verschlug es Laura die Sprache. Während die Glaskuppel vollständig zersplitterte und die Scherben unter Krachen und Scheppern auf das Haus und die Auffahrt herabstürzten, schob sich in Intervallen etwas in den Himmel, das man unter dem Staub und Schmutz zunächst nicht identifizieren konnte. Erst, als es die Staubwolke durchbrach und sich über ihr emporreckte, war es zu erkennen.

Da, wo vorher nichts gewesen war, erschuf sich ein Raum. Schwere, unförmige Felsbrocken, grob gehauen, in einer altertümlich anmutenden Aufwärtsspirale aufeinandergetürmt und von graugrünem Moos überzogen, schoben sich aus dem Nichts empor wie ein Reptil, das nach dem Kälteschlaf sein Haupt reckt. Ashby House gebar sein nie vorhanden gewesenes Turmzimmer, und kaum, dass der Turm sich zu voller Größe aufgerichtet hatte, begann im Haus der letzte große Sturm zu toben.

Das Feuer brach zuerst in der Küche aus. Die Stromleitungen, die noch aus dem Jahr 1908 stammten, bestanden die Zerreißprobe, der sie sich jetzt ausgesetzt sahen, nicht. Ein Funkenregen ergoss sich aus den Wänden oberhalb des Spülbereichs und rieselte in einen von Lotte Herbst achtlos stehen gelassenen Kanister mit Lampenöl. Erwartungsgemäß explodierte dieser, und die Feuerzungen leckten nun die Wände empor, sprengten die Fensterscheiben, sodass die Läden wie Geschosse durch die Luft flogen, und fraßen sich durch unersetzbare Antiquitäten: den Esstisch aus Java, die intarsienverzierten Holzschränke aus dem Schwarzwald und die Küchengardinen aus flämischer Spitze.

Von all dem bekamen Steerpike und Laura nichts mit, denn sie waren dem Hund gefolgt, der die Treppen in den zweiten Stock im Sturm genommen hatte und nicht nur zu spüren schien, dass etwas Außergewöhnliches geschah, sondern wohl auch die Quelle kannte, von der die gewaltige Kraft ausging. Im Unterschied zu den vorhergehenden Expeditionen hatte die Windrichtung gewechselt, der vorherrschende Sturm dirigierte das Grüppchen durch die Korridore, die Treppen empor und durch den Ballsaal, dessen Boden nunmehr ein funkelndes Scherbengrab war. Die schweren Deckenvorhänge tobten und knallten wie losgelöste Segel – mehrmals mussten Steerpike und Laura sich auf den Boden ducken, um nicht von einer der schweren Eisenösen getroffen zu werden, die sich aus ihrer Halterung gelöst hatten. Stetig trieb der Sturmwind sie voran. Gebückt durchquerten sie, die Hände schützend vors Gesicht gelegt, den Raum, den Spuren folgend, die Mowglis zerschundene, blutende Pfoten hinterließen.

Als sie endlich den Korridor erreicht hatten, an dessen Ende die Tür zum Turmzimmer lag, wagte Laura einen Blick zurück. »Schauen Sie, Steerpike!«

Auch er drehte sich um und sah über den Ballsaal hinweg die offen stehende Tür des Dunklen Raums. Es dauerte einen Moment, bis er bemerkte, was Laura aufgefallen war. Entgegen der vorherrschenden Lichtverhältnisse breitete sich von der Türöffnung her die Dunkelheit aus. Langsam zwar, aber deutlich erkennbar fraß sich der Raum einen Weg in den Ballsaal. Nicht nur am Boden verbreitete sich die Finsternis, sondern auch entlang der Wand und zur Decke empor. Wie Tinte, die sich durch ein Blatt Löschpapier saugt, begann das Schwarze Loch die Materie zu durchdringen, sie gewissermaßen zu verspeisen.

»Es verschlingt das Haus!«

»Wenn es nicht schon vorher in die Luft fliegt.«

Wie um ihnen die Entscheidung für einen möglichen Fluchtweg abzunehmen, zeichnete sich an der nach unten führenden Treppe der Schein der sich emporfressenden Flammen ab. Kurze Zeit später erreichte sie auch der Geruch des Feuers.

»Kommen Sie – bloß weg hier!«

In dem vergeblichen Bemühen, das Feuer zurückzuhalten, versuchte Laura, die Tür hinter sich zu schließen, doch der Sturm erwies sich als ein zu starker Gegner. Nach einem letzten Blick auf die Leere, in der der Ballsaal verschwand, wurden sie von einer Böe in Richtung der geheimnisvollen Tür zum Turmzimmer geschoben. Hier hatten sie Stephen Steed verloren, in einem unerklärlichen Wirbel, und wie schon am Tag seines Verschwindens stand die ansonsten fest verbarrikadierte, widerständige Tür weit geöffnet. So schien es auf den ersten Blick. Denn – wo war sie?

»Hier war doch eine Tür, Steerpike. Oder drehe ich gerade völlig durch?«

»Das wäre unter den gegebenen Umständen verständlich, aber Sie haben recht. Schauen Sie!«

Er wies auf die abgesplitterten Bodendielen, die Zeugnis davon ablegten, was sich hier abgespielt hatte. Der Turm hatte sich aus dem Nichts materialisiert und auf seinem Weg himmelwärts den Boden, die Wand und die Tür zermalmt wie Streichhölzer. An der Stelle der Tür befand sich nun eine gut drei Meter hohe Öffnung, ein Türbogen, aus schwerem Fels geschlagen.

»Vorsicht!« Er stieß sie nach vorne, hechtete hinter ihr her und konnte so gerade noch verhindern, dass sie von dem sich abrupt heraufschraubenden Turm zwischen Türbogen und Decke zerquetscht wurden.

Wo gerade noch der Korridor zum Ballsaal gewesen war, blickten sie in den staubigen Himmel, in dem Rußschwaden waberten. Der Lärm von Sirenen schien von überall her gleichzeitig zu kommen. Eine entsetzte Möwe segelte orientierungslos durch die Öffnung, knallte gegen die Mauer und ging leblos zu Boden. Lauras und Steerpikes Blicke folgten dem Sturz der Möwe und blieben im Turm hängen. Entlang der Wand verlief eine Treppe. Ansonsten war der Schacht leer.

»Schauen Sie, wie hoch das ist!«

»Was sollen wir tun?«

»Wir haben wohl keine andere Wahl, als hinaufzugehen.« Steerpike ließ Laura den Vortritt, und der Hund folgte den beiden.

Gerade als sie den Fuß auf die erste Stufe setzte, erfasste eine Erschütterung das Gemäuer, und das Kreischen aufeinandermahlender Felsbrocken übertönte für einen Moment den Lärm des Sturmes, der duch Ashby House fegte und das Feuer ankurbelte, das offenbar bereits das erste Stockwerk erreicht hatte. Das kostbare Mosaik der Ashbys riss unter der darunter tobenden Hitze.

»Halten Sie sich dort fest!« Steerpike wies auf eine Einkerbung in der Wand des Turmes, und sie hielt sich daran fest, während sie langsam und vorsichtig die abgewetzten Stufen emporstieg. Er folgte ihr, jede Sekunde damit rechnend, dass ein neuer Schub den Turm weiter emporschrauben und die Wucht des Stoßes sie zu Fall bringen konnte.

Der Schlag traf sie unvermittelt von der Seite. Als wäre ein gigantischer Gegenstand von außen gegen den Turm gerammt worden, wurden sie und Mowgli von der Treppe hinab auf den massiven Steinboden geschleudert.

»Haben Sie sich verletzt?« Steerpike war als Erster wieder auf den Beinen und beugte sich über Laura, die rücklings auf dem Boden lag und ungläubig nach oben starrte. »Laura – ist alles in Ordnung?«

Sie starrte schnurgerade nach oben. War das, was sie sah, wirklich oder die Folge einer Gehirnerschütterung?

Aus den vier Himmelsrichtungen hatten sich Kraftfelder wie Baumstämme durch die Mauern gebohrt und bildeten an ihren Schnittflächen in der Mitte des Turmes ein Kreuz.

Steerpike erkannte die wabernden Umrisse, die wie ein Sommerhitzeflimmern eine perfekte geometrische Form bildeten. »Laura, sagen Sie etwas!«

»Was ist das?«

»Das ist das Portal.«

Als der Hund zu wimmern anfing, sahen sie, dass sich innerhalb des Portals etwas bewegte. Aus dem regenbogenfarbenen Flimmern schälte sich schemenhaft eine Silhouette. Es handelte sich, für Laura unzweifelhaft, um die Gestalt eines Kindes.

Sie wurden Zeugen einer Wiedergeburt – einer Verschwörung von Raum und Zeit, Vergangenheit und Gegenwart.

KAPITEL 25

Aufgrund einer Entscheidungslähmung im Buckingham Palace (der CIA-Ansprechpartner hatte sich im Erdgeschoss verlaufen) war es nicht etwa die Terroreinheit, die den Sturm auf Ashby House eröffnete, sondern die Freiwillige Feuerwehr von St. Just. Es war Kathy Claighbourne gewesen, die sie verständigt hatte, als die ersten Flammen aus den Fenstern der Küche loderten. Geistesgegenwärtig hatte sie ihren Cousin Mitchell per Handy informiert, und so hatte sich die erfahrene Truppe auf den Weg gemacht, war an den Armee-Fahrzeugen, Hubschraubern, Polizeiautos und Übertragungswagen vorbeigerauscht, ein allgemeines Herabfallen der Unterkiefer auslösend.

Erst die Erektion des Turmes sollte die Überraschung über den patenten und unvermittelten Feuerwehreinsatz übertreffen.

Vom Einsatz der Löschfahrzeuge war im Turm nichts zu spüren. Gebannt und fassungslos starrten Steerpike und Laura auf das, was sich über ihren Köpfen abspielte.

Aus dem irisierenden Lichtkreuz schälte sich die Gestalt eines Kindes, entwickelte sich langsam wie ein Polaroid, während einem Herzschlag gleich Stöße durch das Mauerwerk gingen, die den Boden erschütterten. Je mehr Konturen die Gestalt annahm, desto intensiver erstrahlte das Lichtkreuz, bis Laura den Blick senken musste.

Schon während die erste Gestalt sich manifestierte, erschien eine weitere Korona, diese jedoch länger und um einiges schemenhafter als die erste. Der Turm schien an dem Energiefeld, das in ihm arbeitete, fast zu zerbersten, und die stumpfen Schläge, die Wellen von Vibrationen zwangen Steerpike und Laura auf alle viere. Der Hund hatte sich schon vor ihnen geschlagen gegeben und lag hechelnd auf dem Boden, der sich spürbar erwärmte.

Die Hand vor die Augen legend, kroch Steerpike zur Treppe, arbeitete sich mühsam empor, bis er kurz unterhalb des pulsierenden Kreuzes ankam. Es fiel ihm schwer zu atmen – das Kraftfeld schien sämtlichen Sauerstoff zu verbrauchen.

»Nein, Steerpike!«, schrie Laura, als sie sah, wie er seine Hand in das Licht streckte und nach der Kindergestalt griff, doch er ignorierte sie. Ein orangefarbenes Leuchten erfasste seinen Arm, mit überraschter Miene beugte er sich weiter vor, griff nach der Gestalt, und ein Ausdruck größter Freude legte sich auf sein Gesicht. Als sei sie nicht schwerer als ein Blatt Papier, zog er die Gestalt aus dem Lichtkreuz heraus. Kaum hatte sie das Kraftfeld verlassen, begann sie, den Gesetzen der Schwerkraft zu gehorchen, und fiel schwer auf Steerpike herab. Kurz drohte sie ihm zu entgleiten, doch gerade noch rechtzeitig gelang es ihm, sie zu halten.

»Laura – kommen Sie, Sie müssen mir helfen!«

Wie eine Schlafwandlerin kroch sie die Treppe empor, stürzte von der dritten Stufe, als ein gewaltiger Schlag der Wand sie traf, und taumelte unter Schmerzen wieder empor.

Fleischfarbener, zäher Schleim umhüllte das Kind, das er ihr zureichte, um sich auf den nächsten Geburtsvorgang vorzubereiten.

Unter zitternden Händen spürte Laura den Herzschlag des Wesens, streckte ihre Hand nach seinem Gesicht aus, um Nase und Mund vom Schleim zu befreien. Sie spürte es – sie wusste, dass sie Lucy Gray vor sich hatte, das Mädchen, das in Ashby House verschwunden war.

Eine von diesem Pandämonium völlig entrückte Ruhe überkam sie, ein Wohlgefühl, das in krassem Gegensatz zu der Feuersbrunst stand, die nur wenige Meter unter ihnen tobte. Hierfür hatte sich alles gelohnt. Und ja, sie hielt Lucy Gray in den Armen. Als sie mit ihren Fingern die Wölbung der Stirn abtastete und die feste, zerfurchte Haut spürte, als sie in ein bleiches Gesicht schaute, das alt war und dem eines Affen fast mehr ähnelte als dem eines Menschen, da entfuhr ihr ein Schrei, der so laut und so durchdringend war, dass er für einen kurzen Augenblick die Geräusche übertönte, die Ashby House bei seinem selbstzerstörerischen Treiben machte.

»Ruhe. Und weiter.« Steerpikes Stimme strahlte Entschlossenheit aus.

Nachdem der erste Schock verarbeitet, Lucy nach einem schrecklich klingenden Husten aufgewacht und angesichts der vorherrschenden widrigen Umstände in ein haltloses Weinen und Murmeln ausgebrochen war, stieg in Laura etwas auf, mit dem sie niemals gerechnet hätte. Es fühlte sich an wie ein Mutterinstinkt. Ob Mensch oder Affe – dieses Wesen verdiente ihre Aufmerksamkeit.

»Bringen Sie sie nach unten, auf der Treppe ist es zu gefährlich.« Steerpike streckte seinen Arm bereits nach der zweiten Gestalt aus, als Laura Lucy vorsichtig die Treppe hinabhalf. »Du bleibst hier stehen, ganz vorsichtig, ja?«

»Vosichtikja.«

Das Vertrauen, das sie in Lucys Augen las, trieb Laura Tränen der Rührung in die Augen.

Als sie der nächsten Gestalt ins Leben zurückhalf, entdeckte sie unter der dicken Schleimschicht ein Gesicht, das sie sofort wiedererkannte. Es war dasselbe, das sie im Mosaik des Ballsaals gesehen hatte, wenn auch um viele Jahre gealtert. Vor ihr lag Deborah Ashby und erwachte hustend zu neuem Leben. Wie eine aus einem Dornröschenschlaf Erwachte schaute sie sich um, erblickte Lucy, kroch die Treppe hinunter und schloss das affenähnliche Geschöpf fest in die Arme.

Auch das nächste Gesicht, das ihr erwachend entgegenschaute, erkannte Laura sofort, auch wenn sie ihm nie zuvor begegnet war. Im gleißenden Licht des Kraftfeldes stand eine Frau, die ihr Leben größtenteils im Schatten der Lichtgestalten verbracht hatte. In Lauras Schoß lag »Chris« Jeraldine Dvorak, Greta Garbos Lichtdouble.

Insgesamt gelangen Steerpike und Laura Shalott die Rettung von zwei Ashbys, einem männlichen Hollywoodstar, einem 1940 verschollenen Lichtdouble, zwölf zwergwüchsigen Ureinwohnern einer javanesischen Insel und zuletzt, kurz vor der totalen Zerstörung von Ashby House, auch die von Lucille Shalott.

Es war heiß geworden, unerträglich heiß, und die Geretteten hatten, nach Mowglis Vorbild, den Boden des Turms verlassen und sich entlang der nach oben führenden Treppe aufgebaut. Steerpike und Laura waren schweißüberströmt und nass von dem Schleim, der die Geburtsvorgänge begleitet hatte.

Mit jedem neuen Geretteten, bei dem es sich nicht um Lucille handelte, wuchs Lauras Panik. Sie wusste, sie würde nie mehr in den Spiegel schauen können, wenn sie Ashby House ohne ihre Schwester verließ. »Steerpike, was tun wir überhaupt? Wir haben doch überhaupt keinen Fluchtweg. Was soll bloß werden?«

Er ignorierte sie und legte ihr den nächsten zeitreisenden Leib in den Schoß.

Schon als sie das Gewicht spürte, war ihr klar, wen sie vor sich hatte, oft genug in den vergangenen Monaten hatte sie dieses Gewicht aus dem Rollstuhl und in den Rollstuhl heben müssen. »Oh, mein Gott.« Fast grob wischte sie die glitschige Schleimschicht vom Gesicht ihrer Schwester und schluchzte. So war es das weinende Gesicht Lauras, das Lucille Shalott wieder in der Gegenwart begrüßte. »Oh, mein Gott, oh, mein Gott, oh, mein Gott, Lucille, ich hab dich so lieb, bitte, du musst mir verzeihen!«

»Hab mich lieber weniger lieb und hilf mir auf!«

Kaum hatte sie die Worte ausgesprochen, brach ein Teil des Turmbodens ab, und eine meterhohe Flamme schoss in die Luft.

»Es ist keine Zeit mehr – ihr müsst nach oben.« Steerpike rang noch um den nächsten Körper, als die kuriose Prozession sich anschickte, die Treppe emporzukriechen.

»Du kannst wieder laufen?«

»Schon seit Wochen.«

»Ich bin erleichtert, dass die Baby-Jane-Nummer ausgespielt ist.«

»Und ich erst.«

Laura war die Erste, die die Spitze des Turms erreichte und sofort wieder zurückwich, entsetzt von der Höhe und den pechschwarzen Rauchschwaden, die den Blick auf die Auffahrt verdeckten.

Lucille war es, die die Ruhe behielt, ihren Atem sammelte und um Hilfe zu brüllen begann.

Es dauerte keine Minute, bis die Feuerwehr ein Sprungtuch gespannt und das Militär Hubschrauber auf den Weg gebracht hatte, um die Überlebenden zu retten.

»Lass die anderen vor. Es ist schließlich unser Haus.«

Während Stephen Steed mit zwei javanesischen Ureinwohnern den Luftweg nahm, sprangen Deborah und Sebastian Branwell Ashby als Erste in das Sprungtuch. Einzeln folgten die anderen Ebu Gogo, und Laura schaute ihnen staunend nach, denn sie schienen das Ganze als heiteres Spiel zu betrachten, lachten und schlugen Saltos.

Nachdem der letzte der Ureinwohner zum Kopfsprung angesetzt hatte, begaben sich Laura und Lucille auf die Turmbrüstung. Für Mowgli wurde eine Trage vom Hubschrauber abgeseilt.

»Weiß die Welt jetzt Bescheid?«

»Was meinst du?«

»Hast du denen die Wahrheit gesagt?«

»Du meinst …?«

Was Hector Slasher schon seit Jahren beschäftigte, waren nicht die Fakten in Lucille Shalotts Biografie, sondern die Abwesenheit gewisser Fakten. So gab es erstaunlicherweise keinerlei Berichte oder Gerüchte um Liebschaften oder Beziehungen der Künstlerin. Niemanden schien Lucille Shalotts Liebesleben zu interessieren. Außer ihn. Es gab eigentlich nur eine Deutungsmöglichkeit. Lucille Shalott war lesbisch und ihr Liebesleben eines der großen Geheimnisse, die es für ein Gentleman-Arschloch wie ihn aufzudecken galt. Eine Zeit lang hatte er sogar geglaubt, dass es sich bei Laura Shalott keineswegs um Lucilles Schwester, sondern um ihre heimliche Geliebte handelte, doch die Analyse einer DNA-Probe, die er bei einem seiner Höflichkeitsbesuche geraubt hatte, hatte eindeutig ergeben, dass die beiden ein Geschwisterpaar waren.

Hector Slasher hatte keine Ahnung gehabt, wie gefährlich nah er der wirklichen Auflösung des Rätsels gekommen war, befand er sich doch im Besitz authentischer Lucille-Shalott-DNA. Eine gründlichere Untersuchung hätte seinen Wissensdurst ein für alle Mal gestillt und ein Presseecho hervorgerufen, das ihn schlagartig berühmter und berüchtigter gemacht hätte als jeder andere verkommene Bericht seiner Laufbahn.

Eine genauere Betrachtung von Lucille Shalotts DNA hätte Folgendes an den Tag gebracht: Aufgrund einer Mutation ihres Androgen-Rezeptoren war ihr Körper außerstande, auf die Ausschüttung männlicher Hormone zu reagieren, und das, obwohl sich bei ihr im Embryonalstadium ein Hoden entwickelt hatte. Die komplette Blockade des Rezeptoren hatte zur Folge, dass sich ihre äußere Körperstruktur weiblich ausbildete, während die inneren Fortpflanzungsorgane männlich angelegt waren. Lucille war intersexuell.

Der einzige Vorteil, den sie darin sah, war, dass sie von der Menstruation verschont blieb. Und vom Sex.

»Natürlich, Lucille. Es stand in jeder Zeitung. LUCILLE SHALOTT IN WAHRHEIT SCHWANZMÄDCHEN. Für was für ein Monster hältst du mich eigentlich?«

Einen Moment lang hatte Lucille wirklich angenommen, dass Laura ihr Geheimnis verraten hätte. Doch dann begriff sie, dass ihre Schwester einen Scherz gemacht hatte. »Weißt du – vielleicht war ich dir gegenüber nie gerecht. Vielleicht hätte ich dich dein eigenes Leben lassen sollen.«

»Wenn das heute nicht unser Ende wird, dann vielleicht ein Anfang.«

»Einen Versuch ist es wert.«

Steerpike hatte dem Hund den Tragegurt angelegt und dem Hubschrauberpiloten signalisiert, ihn emporzuziehen. »Bitte, meine Damen – wir haben keine Zeit zu verlieren. Lucille, wenn ich Sie bitten dürfte?«

Sie erhob sich, und in der Schwerfälligkeit ihrer Bewegung sahen die beiden die Spuren des Unfalls und die Last ihrer gesamten Existenz.

»Das Sprungtuch ist frei.«

Sie zögerte, aber es war nicht Angst, die sie zurückhielt. »Danke, Steerpike, für alles.«

»Es war mir eine Ehre.«

Zum ersten Mal in ihrem Leben entlockte die Ehrerbietung eines Verehrers Lucille Shalott eine Träne. Doch dann besann sie sich ihrer preußischen Disziplin, nickte den beiden zu und warf sich anmutig in die Tiefe.

»Da sind wir zwei wohl wieder allein.« Sie hatte das Bedürfnis, die richtigen Worte zu finden, um sich bei Steerpike zu bedanken. Und weil sie diese bedachtsam wählen wollte, kam es dazu, dass sie niemals ausgesprochen wurden. Noch während Laura über die perfekte Formulierung nachdachte, sackte der Turm in einer abrupten Abwärtsbewegung einen halben Meter nach unten und riss der Steinboden, sodass die Flammen unkontrolliert emporschossen. Laura stürzte rücklings von der Brüstung. Das Letzte, was sie sah, war Steerpikes entsetzter Blick, dann seine Aufwärtsbewegung. Er schien emporgehoben zu werden, getragen, dann waberten Rußwolken, Asche regnete, jemand schrie, eine Stichflamme verwandelte sich in einen Feuerball und sog allen Sauerstoff auf.

Ihr Körper traf auf das Sprungtuch, wurde hochgeschleudert und schlug zwei Meter neben dem Tuch hart auf, federte nach und blieb reglos liegen. Gnädigerweise hatte das Bewusstsein sie schon vor dem Aufprall verlassen.

TEIL 4

HAPPY ENDINGS UND ANDERE HIMMELFAHRTEN

Love is, love is, love is … a big, scary animal!
Belinda Carlisle

KAPITEL 26

Lucille Shalott kehrte auf demselben Weg in die Neue Welt zurück, auf dem sie sie verlassen hatte: an Bord eines Ozeanriesen. Doch dies war nahezu die einzige Gemeinsamkeit, die Verlassen und Rückkehr aufwiesen. Nicht nur hatte sie wieder die volle Kontrolle über ihre Extremitäten, auch ihr Gesicht war dank eines zweimonatigen Aufenthalts in einer diskreten Klinik nahe Davos in tadellosem Zustand.

Anders als bei der Überfahrt von New York war das Publikumsinteresse an der Starfotografin jetzt so groß, dass es ihr unmöglich wurde, ihre Mahlzeiten im Speisesaal einzunehmen. Ihr erstes Auftreten dort hatte eine Art Massenhysterie ausgelöst – die Mitreisenden hatten sich quer durch den Raum fragende Blicke zugeworfen, bevor sie sich von ihren Stühlen erhoben und Lucille lautstark zujubelten –, so dass sie, einem Vampir oder einer verwunschenen Märchenprinzessin nicht unähnlich, es vorzog, nur des Nachts an Deck zu gehen, und die Tage nutzte, um sich von den Strapazen in Ashby House (das sie nach dessen dramatischem Verschwinden nur noch als »Ashtray House« bezeichnete) und der Gesichts-OP zu erholen.

Die Ebu Gogo (die britische Regierung hatte Lucille unter den gegebenen Umständen keinen Wunsch abschlagen können) taten es ihr gleich. Nachts trappelten ihre kleinen Füße in maßgefertigten Schuhen an Deck. Verspielt, aber entschlossen begleiteten sie die Fotografin auf Schritt und Tritt, lachten viel, ahmten ihre Sprache nach und verbreiteten allgemeine Heiterkeit. Auf ihre musikalisch-mäandernde Art beschützten sie ihre neue Gönnerin, der bewusst war, dass sie mit der Gruppe zwergwüchsiger javanesischer Ureinwohner das coolste Spielzeug der Welt besaß. (David LaChappelles Fotos der Diva mit ihrem Zwergenclan gingen wenige Wochen später um die Welt. Sie illustrierten den von ihr selbst verfassten Artikel in »Vanity Fair«, der ihr Coming-out als Intersexuelle enthielt.)

Zur Verleihung des »Excellence in Media«-Awards, der ihr im Rahmen der GLAAD-Media-Awards im selben Jahr in New York verliehen wurde, erschien sie allerdings so, wie es jemand wie Greta Garbo getan hätte: allein.

Noch während seines kurzen Klinikaufenthalts erhielt Stephen Steed zwei freudige Botschaften. Das American Film Institute verkündete, Steed den Lifetime Achievement Award zu verleihen, und auch das Kennedy Center plante eine Ehrung des Schauspielers (durch das Programm, das amerikaweit im Fernsehen übertragen werden würde, würde Nicole Kidman führen). Dieser Ehre nicht genug, hatten sich die Brüder Weinstein, die gut zwei Drittel von Steeds Filmen produziert hatten, etwas ganz Besonderes einfallen lassen*.

* Wie so oft hatte man sich an der Vergangenheit orientiert – das Vorbild hatte Gloria Swansons Jubelzug durch die Vereinigten Staaten geliefert, nachdem sie in Frankreich gedreht hatte und mit zwei Geschenken zurückkam: einem Marquis, den sie geheiratet hatte, und einem Baby unter der Brust, das sie abtreiben musste, da der Geburtstermin eine voreheliche Empfängnis verraten hätte, die Ende der zwanziger Jahre

Man hatte einen Zug angemietet, der Stephen nach seinem Eintreffen in New York durch das ganze Land bis nach Los Angeles fahren sollte. Von einem Triumphzug zu sprechen, wäre eine Untertreibung.

In vierzehn ausgesuchten Städten der Vereinigten Staaten besuchten fast eine Million Amerikaner die Bahnhöfe, um ihrem verloren geglaubten Helden zuzujubeln. Wo immer Stephen Steeds Heimkehrzug erwartet wurde, brach Verkehrschaos aus. Schulunterricht entfiel, Blumenläden waren bereits in den frühen Morgenstunden ausverkauft, Polizei, Militär und Feuerwehr schoben, ohne zu murren, Sonderschichten, weil sie selbst Teil sein wollten – Teil an dem amerikanischen Gesamtkunstwerk: der historisch spektakulärsten Rückkehr eines Verlorengeglaubten, der weltweit größten aller Homecoming Queens.

Einzig der Präsident reagierte irritiert über diese ihm unliebe Form des Nationalismus. Steed war ein berüchtigter Demokrat, und seine Heiligsprechung (denn von nichts anderem wurde die Welt in diesen Tagen und Wochen Zeuge) könnte Konsequenzen für das Ansehen seiner Partei haben.

Was Diana, Prinzessin von Wales, durch ihren Tod ausgelöst hatte, das bewirkte Stephen Steed mit seinem Überleben: Er vereinte die Massen. Der neue Kult um seine Person übertraf sogar den um ihn als Filmstar.

Einen wichtigen Termin vorschiebend, hatte sich anstelle des Gouverneurs der Vizepräsident angeboten, Stephen von Bord der »Queen Elizabeth« zu seinem Zug zu begleiten, doch, sich seiner neuen Beliebtheit nur allzu bewusst, hatte Steed dankend abgelehnt und schritt nun Arm in Arm mit

noch einen Skandal ausgelöst und das Ende ihrer Karriere zur Folge gehabt hätte.

dem charismatischen demokratischen Vorgänger des regierenden Präsidenten die Gangway hinab.

Nach mehr als sechzig Jahren der Abwesenheit kehrte auch Greta Garbos ehemaliges Lichtdouble nach Hollywood zurück. Jeraldine Dvorak arbeitet seitdem im Gartenhaus der Shalotts an einem Roman über zwei Schwestern, die sich in einem Spukhaus im ländlichen Cornwall wiederfinden, und beabsichtigt, nach Fertigstellung des Romans die Arbeit an ihrer Autobiografie in Angriff zu nehmen. Stephen Steed hat die Filmrechte für beide Stoffe bereits erworben und plant, Lucille Shalotts erste Regiearbeit zu produzieren.

Deborah Ashby und Sebastian Branwell Ashby fanden es nicht leicht, sich im 21. Jahrhundert zu akklimatisieren. Die britische Regierung, zum ersten Mal offiziell mit Zeitreisenden konfrontiert, schritt ein und startete ein Resozialisierungsprogramm, doch der Schock, den das Geschwisterpaar erlitten hatte, war zu groß. Das England, in dem sie sich wiederfanden, war nicht mehr ihr England. Der technische Fortschritt, für den sie in ihrer Zeit gekämpft hatten, überforderte sie. Rolltreppen, Fernseher, Mobiltelefone und Ronan Keating im Radio – der permanente Elektrosmog legte sich über ihre Herzen, und wie bei Tieren, die man in Freiheit eingefangen hat und in einen Zoo sperrt, wurden ihre Haare stumpf und ihre Augen glanzlos.

In rücksichtsvollen Verhören in Anwesenheit von Psychiatern und Neurologen hatten sie beteuert, dass sie das Projekt der Domestizierung der Ebu Gogo nicht aus ausbeuterischen Motiven verfolgt hatten. Es sei ihnen daran gelegen gewesen, die Kinderarbeit in den Minen abzuschaffen – Friedrich Engels und das Minenunglück in St. Just hatten einen starken Eindruck bei den Industriellen hinterlassen –, doch aufgrund der schwach ausgebildeten Intelligenz der Ebu Gogo und ihrem eigenen Unvermögen, sie zu verbessern, waren sie nach einigen Jahren und unzähligen Lehrern (Miss Mills, Miss Gulch, Mister Durbeyfield) von dem Plan abgekommen. Zudem hatten sie festgestellt, dass die Ebu Gogo sich zwar nicht als Minenarbeiter eigneten, aber über eine Reihe von anderen Fähigkeiten verfügten: Ihre Begabung bestand im kreativen und äußerst sorgsamen Umgang mit Baumaterialien. Das Mosaik in Ashby House war ihr bis dato größtes Werk, und nach seiner Zerstörung geben nur die Fotos, die Laura Shalott und Steerpike bei ihrer Expedition in den zweiten Stock von Ashby House zeigen, Zeugnis von der Genialität der Ureinwohner Javas, was die kunsthandwerkliche Bricolage angeht.

Die staatlichen Instanzen befanden, dass die Ashbys des geplanten Menschenhandels und der Entführung unschuldig waren, zumal sie sich nachweislich gut um ihren Java-Import gekümmert hatten und weil die Ebu Gogo im Grunde ohnehin nicht der Gattung des Homo sapiens angehörten, man also gar nicht von »Menschen« sprechen konnte.

Diese Einschätzung wurde untermauert durch Skelettfunde auf der Insel Flores im Oktober 2004. Forscher hatten die Überreste eines ausgestorben geglaubten Volksstammes entdeckt, und noch heute ist die Wissenschaft in zwei Lager gespalten: jene, die annehmen, dass der Ebu Gogo ursprünglich ein Homo Sapiens war, der auf seiner Insel aufgrund des begrenzten Nahrungsmittelangebots evolutionär verzwergte (wie z. B. die nur bambigroßen Weißwedelhirsche der Florida Keys), und jene, welche die Ansicht vertreten, dass es sich bei den Ebu Gogo um eine Gattung handelt, die sich parallel zum Homo sapiens entwickelt hat.

Die Schriftwechsel, die die Gemeindesekretärin Kathy Claighbourne übergeben hatte, bewiesen, dass den Ashbys – im Gegensatz zur damaligen Regierung – an einer menschenwürdigen und respektvollen Behandlung der Homo floresiensis, wie man sie jetzt nannte, gelegen gewesen war. Der Antrag auf Bezeichnung der Spezies als Homo ashbyensis wurde abgelehnt.

Nur eine Ebu Gogo hatte Lucille Shalott nicht nach Hollywood begleiten wollen. Es handelte sich um die weißhaarige Lucy Gray, die aufgrund ihrer hellen Hautfarbe eine besonders sorgsame Pflege benötigte. Dank der Intervention der anglikanischen Kirche und des Prinzen von Wales war man zu dem Schluss gekommen, dass eine weitere Erforschung der ausgestorben geglaubten Spezies verlockend sei und idealerweise im Herkunftsland stattfinden sollte, wo sich die Errungenschaften des Technikzeitalters weit weniger gravierend ausgewirkt hatten als in der westlichen Welt. Da es auf der Insel Flores jedoch keine Ureinwohner mehr gab, entschied man sich für die Andamanen, eine Inselgruppe im Indischen Ozean. Und wer wäre besser geeignet, diese Forschungen zu leiten, als die Geschwister Ashby?

Unter Ausschluss der Öffentlichkeit wurden die Ashbys, ein vierköpfiges Forschungsteam kleinwüchsiger Wissenschaftler und Lucy Gray auf eine kleine Insel der Andamanen expediert, die von einem Volksstamm, den man als »die Schlumpen« bezeichnet*, besiedelt ist. Normalerweise lassen die Schlumpen keine Besucher zu und begrüßen Einreisende konsequent mit Pfeil und Bogen. Die Ashbys haben verlau-

* Die Schlumpen sind nicht zu verwechseln mit den Schompen, die auf der Insel Great Nicobar zu Hause sind!

ten lassen, dass die hellhäutige Lucy Gray von den ebenfalls kleinwüchsigen Einwohnern nicht nur aufs Freundlichste willkommen geheißen wurde, sondern geradezu kultisch verehrt wird und dass sie es war, die eine Massenflucht des Dorfes in die Baumwipfel veranlasste, als die tödliche Tsunami-Welle im Dezember 2004 über der Inselgruppe niederging und unzählige Menschenleben forderte.

Die Ashbys liefern bis zum heutigen Tag wichtige Informationen über die Alltags- und Gedankenwelt der bis dato gänzlich unerforschten Schlumpen, in deren Volksglauben von einer alten weißen Frau und ihrem Hofstaat die Rede ist, die Rettung und Heil bringen soll. Sie sei über das Wasser gekommen und würde das Wasser bannen, wenn die Flut käme.

Ebu Gogo bedeutet in der Übersetzung »eine Großmutter, die zu viel isst«. Die Schlumpen nehmen diese Bezeichnung wörtlich und erweisen ihre Verehrung mittels opulenter Gelage. Lucy Gray ist heute eine eher rundliche Albino Ebu Gogo und hat Freundschaft mit Lolo Gam, dem Sohn des Häuptlings der Schlumpen, geschlossen. Ihre rundliche Figur ist nicht nur eine Folge ihrer guten Ernährung: Sie ist zum Zeitpunkt dieses Berichtes im dritten Monat schwanger und wird den Fortbestand ihrer Art (zumindest zu fünfzig Prozent) sichern.

KAPITEL 27

Der Februar ist ungewöhnlich mild. Es ist kein Rest von Schnee mehr zu sehen, und die Hügel Cornwalls schimmern frühlingsgrün. Erste Krokusse schießen aus dem Boden und setzen quietschfarbig-kitschige Akzente. St. Just hat sich von dem Schock erholt, und bereits jetzt in der Vorsaison ist das Touristenaufkommen deutlich höher als in den vergangenen Jahren. Die Dorfbewohner könnten über dem Katastrophentourismus zynisch werden, doch da der Tourismus die bedeutendste Industrie der Gegend ist, seit vor mehr als hundert Jahren die alten Minen geschlossen wurden, duldet man die Sensationslust und lächelt die neugierigen Reisenden freundlich an. Ein keltisches Festival hat sich bei der Gemeinde um die Genehmigung eines Musik-Events nahe des alten Steinkreises bemüht, wurde jedoch abgelehnt. Die diesbezügliche Ratssitzung dauerte genau achtundzwanzig Sekunden.

Das »Star Inn« wirft zum ersten Mal seit seinem Bestehen Gewinn ab. Doch Hector Slasher kann sich darüber nicht freuen. Seit den Geschehnissen in Ashby House ist er ein verwandelter Mann. Man kann zwar nicht behaupten, dass er bereut – nach wie vor trifft auf ihn die Bezeichnung »Gentleman-Arschloch« zu. Dennoch hat er den Dienst für »Sky Celebrity News« quittiert. Die Entscheidung fällte er